차 보스와 매일매일

성희주 장편 소설

Yewonbooks Romance Story

차 보스와 매일매일

초판 1쇄 찍은 날 | 2019년 4월 2일
초판 1쇄 펴낸 날 | 2019년 4월 10일

지은이 | 성희주
펴낸이 | 예경원

편집 | 주승아

펴낸곳 | 예원북스
등록번호 | 제396-2012-000132호
등록일자 | 2012. 7. 25
YRN | 제1-0248호

주소 | 경기도 고양시 일산동구 호수로 646-24 위너스21-Ⅱ 206A호 (우) 10401
전화 | 031-819-9431 팩스 | 031-817-9432
http://cafe.naver.com/yewonromance
E-mail | yewonbooks@naver.com

ISBN 979-11-6424-262-7 03810

※ 이 도서의 국립중앙도서관 출판시도서목록(CIP)은 서지정보유통지원시스템 홈페이지(http://seoji.nl.go.kr)와 국가자료공동목록시스템(http://www.nl.go.kr/kolisnet)에서 이용하실 수 있습니다.

차 보스와 매일매일
성희주 장편 소설
Yewonbooks Romance Story

Contents

프롤로그 ······ 7

1장 ······ 12

2장 ······ 69

3장 ······ 131

4장 ······ 190

5장 ······ 246

6장 ······ 312

에필로그 ······ 368

외전 ······ 373

프롤로그

그녀의 집은 푸른 잔디에 풀장까지 있던 2층 집이었다. 그러나 열 살 되던 해, 방 두 개짜리 반지하로 이사를 했다.

햇빛도 제대로 안 들어오는 그곳에서 그녀의 엄마는 밤낮으로 눈물만 흘렸다.

말끔하게 양복을 차려입고 기사 딸린 승용차로 출근하던 아빠는 점퍼 차림으로 새벽에 나가 늦은 밤, 먼지를 뒤집어쓴 채 취해서 들어왔다.

좋은 집, 옷, 학교, 친구들은 모두 사라졌고, 어둡고 좁은 방에서 밥도 제대로 먹지 못하고 라면으로 때웠다. 어린 나이였지만 갑작스러운 변화에 그녀도 혼란스럽고 두려웠다. 그중 정말 그녀를 두렵게 한 것은 바뀐 부모의 모습이었다.

다정하고 상냥했던 엄마에게 미소는 사라졌고, 자상하고 따뜻했던 아빠의 목소리는 들을 수도 없었다. 그녀를 그 누구보다 사랑해 주었던 부모가 아니었다.

차라리 고아원으로 가고 싶다는 마음이 들 정도로 무너진 부모의 모습을 보는 것이 열 살 나이의 그녀에겐 가장 힘든 고통이었다.

그러던 어느 날 부부가 웃으며 치킨을 사 들고 들어왔다. 그리고 예전처럼 그녀를 향해 웃어 주었다.

"수연아, 아빠가 좋은 곳에서 일할 수 있게 됐어. 우리 이제 이런 집에서 안 살아도 돼. 우리 다시 행복해질 거야. 그동안 우리 딸 힘들었지? 엄마, 아빠가 힘들게 해서 미안."

이사를 간다는 것보다 엄마의 미소를 볼 수 있어 좋았다. 따뜻하게 안아 주는 엄마의 품에 다시 안길 수 있어 행복했다.

일주일 후, 이사 갈 집을 보러 간다며 나간 부부는 교통사고를 당했다. 겉으로 보이는 외상이 없어 병원에 들르지 않고 그냥 집으로 돌아왔다. 새로 계약한 집으로 이사를 간다는 설렘과 딸이 더 이상 지하에서 지내지 않아도 된다는 기쁨에 아픈 것도 몰랐다.

그러나 일주일 후 대수롭지 않게 넘겼던 사고 후유증으로 인해 부부는 같은 날 세상을 떠났다.

수연은 그렇게 열 살에 부모를 잃고 혼자 남겨졌고, 유일한 혈육인 이모의 집으로 들어가게 되었다.

좋은 집에 살 때, 이모는 또 다른 엄마였다. 엄마만큼이나 그녀에게 잘해 주었었다. 사촌 언니와 싸워도 늘 그녀 편을 들어주었다. 그러나 부모가 죽고 이모의 집에 와서 살고부터는 예전과 달랐다.

딱히 친절하지도 않았고 잘해 주는 것도 없었다. 그렇다고 그녀를 괴롭히거나 힘들게 하지는 않았다. 그저 좀 귀찮아할 뿐이었다. 그러나 이모 집에서 살면서 고달픈 삶이 시작되었다.

이모가 아닌 사촌 언니인 민아 때문에 하루에도 수십 번 집을 뛰쳐나가고 싶었다.

민아는 어린 나이의 수연이 감당할 수 없는 모진 말로 상처를 주었다.

"고아원으로 가지 그랬어? 너 때문에 진짜 짜증 나! 너 또 이번에 1등 했냐? 그것 때문에 엄마한테 잔소리 들었잖아! 야! 주제를 좀 알아. 네가 그런다고 대학에 갈 수 있을 것 같아? 우리 엄마하고 아빠가 너 대학까지 보내 줄 것 같냐고? 그리고 양심 좀 있어 봐. 먹여 주고 키워 줬으면 빨리 돈 벌어서 갚아야지! 공부는 해서 뭐 해!"

공부를 잘하면 잘 하는 대로 그녀의 가슴에 대못을 박았다.

"최원준이 너한테 고백했다며? 그래서 둘이 만나서 피자 먹었다며? 미친! 남자들한테 꼬리나 치고 다니고. 걔가 너 우리 집에 얹혀살고 있다는 거 아니? 우리 집 살림 축내고, 돈 잡아먹는 민폐 인간이라는 건 알고 있냐고? 재수 없어. 집도 부모도 없는 게 연애는 하고 싶은가 보지?"

같은 반 남자친구와 함께 있는 것도 봐 주지 않고 악담을 퍼부었다.

"야! 이제 네 용돈은 네가 벌어 써라. 양심도 없는 년. 너한테 들어간 돈 때문에 아빠가 나한테 차를 못 사 주잖아! 그 돈이면 내 차를 사고도 남았을 건데!"

나이를 먹어도 민아는 변하지 않았고 어느 순간부터는 이모인 선미에게서도 그녀를 향한 구박이 시작되었다.

"요새는 고등학생들도 알바할 수 있다는데, 수연이 너는 그냥 학교만 다닐 거니? 이제 네 용돈 정도는 네가 벌어서 쓰면 안 돼? 언제까지 이모가 학비하고 네 생활비를 감당해야 하니? 이모 너무 힘들다."

이모와 민아의 모질고 험한 말에 단련이 되어 가는지 나중에는 눈물도 나오지 않았다. 그러나 그곳을 벗어나고픈 마음은 시간이 갈수록 강해졌다.

"나가고 싶어. 빨리 이 집에서 나가고 싶어."

이모 집에 들어간 지 10년 후, 대학 입학과 동시에 수연은 선미의 집에서 독립했다.

그 집에서 나오면 마음 편하고 행복할 줄 알았다. 이유 없는 구박을 받지 않으니 서럽거나 괴로울 것도 없어 살 만하기는 했다. 그러나 일하고 공부하는 삶이 그렇게 녹록하지는 않았다. 그러나.

'잘 살자! 윤민아에게 아주 제대로 한 방 먹여 줄 수 있게!'

수연은 건물주는 아니더라도 조그만 상가 하나 사고 말겠다는 독한 의지를 가지고 누구보다 열심히 살기로 작정했다.

1장

휴대폰의 요란한 진동 소리가 수연의 잠을 깨웠다.

그녀는 손을 뻗어 휴대폰을 집어 들었다. 그리고 인상을 찌푸리며 시간과 발신인을 동시에 확인했다.

「고문님.」

주말 새벽 1시에 전화를 할 리 없는 그녀의 보스 차유림이었다. 수연은 벌떡 일어나 앉으며 유림의 전화를 받았다.

"네, 고문님."

[미안. 너무 늦은 시간에 전화해서.]

"괜찮아요. 무슨 일이세요?"

[정말 미안한데, 우리 오빠 좀 케어해 줘.]

뜬금없는 시간에 전화를 한 것만큼이나 그 내용도 황당했다.

"오빠분이라면……?"

[알잖아? 요새 스캔들 좀 뿌리고 다니는 나이스그룹 후계자, 차승준 상무.]

수연도 잘 안다. 걸그룹 출신의 여배우 신혜리와 열애설이 났던 유림의 친오빠. 그런데 왜 그 잘난 나이스그룹의 후계자를, 하필 주말인 새벽 시간에, 그것도 유림의 개인 비서인 자신이 케어라는 것을 해야 하는지 이해가 되지 않았다.

[술 마시고 바에서 뻗었나 봐. 오빠 수행비서는 제주도로 휴가 갔고. 그렇다고 아무한테나……. 됐다. 내가 수연 씨한테 이런 이유까지 설명할 필요는 없는데. 차 상무를 바에서 집까지 잘 모셔다 놓으면 특별 수당 더블로 줄게. 어떻게 할래?]

어떡하긴? 해야지!

특별 수당 더블이면 그녀의 한 달 생활비에 맞먹는 돈이다. 한 푼이 아쉬운 그녀에게 이보다 더 좋은 특별 야근은 없다.

"모셔다드릴게요. 어디로 가면 되죠?"

[그래, 고마워. 고이 모실 필요 없어. 그냥 집 안에 던져 놓기만 하면 돼.]

그리고는 차승준이 있다는 바의 위치와 이름을 알려 주었다.

"일 끝내고 문자 드릴게요."

[그래. 미안, 그리고 수고.]

"네, 들어가세요."

통화를 끝낸 수연은 준비랄 것도 없이 옷만 갈아입고 집을 나섰다. 원룸촌에 어울리지 않는 고급 차에 올라 내비게이션에 유림이 알려 준 바의 주소를 찍었다. 그리고 막히지 않은 새벽의 도로를 달려 20분 만에 강남의 고급 바에 도착했다.

그러나 아무나 들어갈 수 없는 그곳에서 그녀는 입구에서부터 출입을 제지당했다.

"죄송합니다. 멤버십으로 운영되는 곳입니다. 들어가실 수 없습니다."

"연락받고 차승준 상무님 모시러 왔는데요."

"여자분이 온다는 말을 못 들었습니다."

조폭 분위기를 제대로 풍기는 남자가 그녀를 의심스럽게 바라보며 고민에 빠진 듯했다. 잠깐 머뭇거리던 남자가 이어 마이크를 통해 누군가에게 물었다.

"차 상무님 에스코트하실 분 오셨습니다. 어떡할까요?"

그리고는 대답을 들었는지 출입문을 열어 주며 들어가라는 눈짓을 보냈다.

재벌들이 다니는 멤머십 바는 어떤 곳일지 호기심 가득한 마음으로 내려가는데 안에서 큰소리가 들려왔다.

"안 간다고! 술 더 가져와!"

제대로 진상 짓을 하는 술주정이 들려왔다.

'설마……?'

하는 순간 그녀를 기다리고 있었던 것 같은 직원이 어느 문 열린 룸으로 수연을 데리고 갔다.

"헐!"

수연은 태어나서 처음 보는 광경에 입이 딱 벌어졌다.

그녀가 아는 술은 마시는 것이고 안주는 먹는 것이다. 그런 술과 안주를 바닥과 벽에 뿌리고, 던지며 행위예술을 하는 이상한 술버릇의 남자와 그 결과로 인한 끔찍한 룸 안의 상황에 한숨과 함께 후회가 밀려들었다.

"상무님. 모시고 갈 분 오셨습니다. 가시죠? 밖으로 모시겠습니다."

돈이 뭔지. 끔찍한 진상 짓을 부린 승준에게 깍듯한 직원들에게 수연은 동병상련의 감정이 느껴졌다.

"나 데리러 올 사람이 없는데? 야, 니네도 우리 꼰대 양반한테 매수당했냐? 에이, 이제 여기도 못 오겠네."

중심을 잡지 못하고 흐느적거리는 승준을 직원 두 명이 양쪽에서 부축하고 룸을 나가려던 그때, 입구에 있던 수연의 눈이 그와 마주쳤다.

우습게도 수연은 방금 그가 벌인 진상 짓은 잊은 채, 차승준은 사진보다 실물이 낫다는 생각을 했다. 후광이 빛난다는 연예인을 보는 것처럼 그에게 머문 시선이 쉽게 떨어지지 않았다.

그런 와중에서도 보스의 오빠이자 나이스그룹의 차기 후계자에게 예의 바르게 인사하는 것은 잊지 않았다.

"제가 모시겠습니다, 상무님. 차 고문님 비서 정수연입니다."

그런데 그녀의 인사를 받은 승준이 갑자기 웃음을 터뜨리며 자신을 부축하고 있는 직원의 어깨를 두드렸다.

"고맙다, 황 부장. 이렇게 나를 모실 여자까지 준비해 주고. 우리 집 꼰대 양반 프락치로 오해한 거 미안해."

그리고는 비틀거리며 수연에게 다가와 그녀를 머리에서부터 발끝까지 훑어보았다.

"음…… 가슴 빈약한 게 좀 흠이지만, 난 가슴에 집착하는 타입이 아니라. 가자, 베이비."

'이거 뭐지? 지금 나를 차 상무 저 남자가…… 그렇고 그런 여자로…….'

얼굴이 확 달아오르고 가슴에서는 뜨거운 것이 치고 올라왔다.

술주정만 더러운 것이 아니었다. 말하는 본새도 수준 이하로 못되고 지저분한 인간이라는 생각이 들었다. 그 훤한 인물이 아깝기만 했다.

"저기요, 상무님. 뭔가 오해를 하고 계신 것 같은데, 저는……."

그의 생각을 정정해 주려 했지만, 만취상태의 술주정뱅이는 피하는 게 상책이라는 생각에 입을 다물었다. 그리고 빠르게 앞장서서 바를 나섰다.

"차는 있나?"

"네."

"가져와."

시빗거리를 만들지 않기 위해 빠르게 움직여 차를 그 앞으로 가져다 댔다. 그러자 바 입구에 서 있는 직원이 열어 주는 뒷좌석 문으로 그가 올라탔다.

수연은 이번에 유림에게서 받은 승준의 집 주소를 찍었다. 차로 10분도 안 되는 거리. 그 짧은 시간만 버티면 된다는 생각에 시동을 걸고 차를 출발시켰다.

그러다 룸미러로 그의 상태를 힐끔 살펴보는데 그가 눈을 감고 있다.

'자는 건가?'

잠을 자고 있으니 좀 전과 같은 흉한 말을 듣지 않아도 되는 것에 안심했다. 그런데 운전에 집중해서 차를 몰 때, 그의 목소리가 뒤에서 들려왔다.

"황 부장이 얼마 줬어?"

뭐야? 왜 안 자고 쓸데없는 걸 물어보는 거야?

"황 부장한테 돈 받았을 거 아니야?"

"황 부장은 누군지 모르고요, 고문님 지시받고 움직인 겁니다."

"고모님? 누구 고모?"

술 좀 작작 마시지! 말귀도 못 알아듣고!

"고모님이 아니라 차 고문님이요. 차유림 고문님."

"유림이가 보낸 거였어? 난 또……. 보내려면 제대로 된 애를 보내야지, 어떻게 신혜리보다 못한 애를 보내?"

'총 맞았냐? 신혜리보다 잘난 애가 이 새벽에 술 마시고 멍멍이가 된 당신을 데리러 오게?'

하고 싶은 말은 많았지만, 수연은 운전에만 집중했다. 그리고 그가 살고 있다는 고급 빌라에 도착해 주차를 했다.

"다 왔습니다. 내리시죠? 상무님."

그런데 이 골칫덩어리 차 상무가 그새 잠이 들었다.

"아, 뭐야? 잠들면 어쩌라고?"

인상을 찌푸린 수연이 운전석에서 나와 뒷좌석 문을 열고 그를 조심스럽게 흔들어 깨웠다.

"저기요, 상무님. 도착했습니다."

"알았어."

"그럼 들어가 쉬세요."

차에서 내려 비틀거리는 승준에게 인사를 하고 다시 차에 오르려는데.

“유림이가 이렇게 주차장에 버리고 가라고 했나?”

취중에 중심을 못 잡아 몸을 흐느적거리기는 해도 뼛속 깊은 금수저라 그런지 마지막까지 사람을 부려먹으려 하고 있다.

‘그래, 고이 모실 필요 없이 집 안에 던져만 놓으라고 했으니, 거기까지는 내가 해 준다. 당신을 위해서가 아니라, 내 돈을 위해서.’

“가시죠? 집까지 모실게요.”

“그랬어야지. 어디서 튕기고 있어.”

1 가구, 1 엘리베이터라는 부의 클래스를 확인하며 수연은 승준과 함께 그가 사는 3층에 도착했다.

“12341234.”

“네?”

“비밀번호.”

수연은 빨리 그를 집 안으로 들여보내야겠다는 생각에 그가 말한 비밀번호를 빠르게 눌렀다. 그리고 문을 열어 주며 그가 들어갈 수 있도록 옆으로 비켜섰다. 그런데 갑자기 그가 그녀의 손목을 잡고 집 안으로 끌고 들어가는 것이 아닌가. 어디 그뿐인가. 곧바로 벽으로 그녀를 밀어붙이며 얼굴을 가까이 들이댔다. 키스라도 할 것처럼.

"엄마야! 왜, 왜 이러세요?"

"그냥 가면 어떡해? 유림이가 그냥 보내지는 않았을 텐데? 받은 값은 하고 가야지."

이 남자, 지금 뭐라는 거지? 설마 그가 말하는 받은 값이 혹시 그 값?

아주 짧은 순간, 수많은 생각이 수연의 머리를 스쳤다. 아무리 술 마시고 멘탈이 개가 되었다고 해도 이건 아니다.

여동생의 개인 비서를 이런 식으로 대하다니!

'이마를 들이받아? 남자 구실 못하게 거기를 한 대 차?'

마음 같아서는 그렇게 하고 싶지만 하고 싶은 대로 선불리 행동했다가는 먹고살 길이 막막해질 수가 있다. 열이 오를 대로 올랐지만 생계 본능이 작용한 수연은 그를 똑바로 바라보며 차분하게 설명했다.

"오해를 하신 것 같은데, 저는 상무님이 생각하는 그런 목적으로 이곳에 온 여자가 아닙니다. 저는 차유림 고문님의 비서입니다. 이러시면 상당히 곤란합니다."

그러나 그는 그녀의 말에 아랑곳하지 않는 듯했다. 오히려 그의 미간과 입가가 묘하게 비틀어졌다.

"그런 목적으로 오지 않았다고 해도 목적은 바뀔 수 있는 거 아닌가? 모든 여자들은 나한테 하나의 목적만 가지고 오던데. 너도 다를 것 없어 보이는데, 왜 이리 뻔대실까?"

그의 말이 터무니없는 헛소리로 들리지는 않았다. 나이스그룹의 후계자인데다, 생긴 건 연예인 빰치게 생겼으니 그 앞에서 뻔대지 못하고 무너져 버린 여자들이 수두룩했을 것이다.

하지만 수연은 그런 목적을 갖기에는 삶이 너무 빠듯하다. 더욱이 그녀는 이런 난잡한 삶을 혐오한다.

수연이 정색하며 단호하게 말했다.

"분명히 제가 누군지 말씀드렸는데도 계속 이러시면 이건…… 성추행입니다."

두 사람의 눈동자가 서로를 향했다. 눈싸움을 하듯, 화를 담은 수연의 뜨거운 눈빛과 그걸 무시하는 것 같은 승준의 차가운 눈빛이 서로를 쏘아보았다.

먼저 상대의 시선을 피한 건 승준이었다. 피식 웃음을 내뱉으며 그녀에게서 떨어졌다.

"유림이가 교육을 제대로 시켰네. 다른 건 젬병이면서 그런 거 하나는 똑 부러지지. 그럼 주방에 가서 물 한 잔 가져와."

귀찮은 듯 그가 그녀에게서 떨어져 거실의 소파에 털썩 주저앉았다.

"제가 왜……?"

"너 잘리고 싶냐?"

잘리면 안 된다. 이보다 더 좋은 꿀 보직은 없다. 무슨 수를 써서라도 매장 하나 차릴 만큼의 돈을 벌 때까지는 버텨야 하는 자리다.

더럽고 치사하지만 이런 갑질에 단련되어 있는 수연은 이를 악물고 거실로 들어와 주방이 어디인지 휘둘러보았다.

"혼자 사는데 왜 이렇게 집이 넓어? 주방이 어딘지도 모르겠네."

그가 듣지 못하게 혼자 투덜거리며 주방을 찾아 들어가 물 한잔을 그에게 가져왔다. 그런데 그는 자는 것인지, 조는 것인지, 이번에도 눈을 감은 채 고개를 숙이고 앉아 있었다.

"저기요, 상무님. 물 가지고 왔는데요."

하지만 그는 반응이 없다.

"아, 짜증나, 진짜."

말을 뱉어 놓고 수연이 흠칫 놀랐다. 속으로 말한다는 것이 입밖으로 튀어나오고 말았다. 혹시라도 그가 들은 건 아닌지 승준의 상태를 살폈지만 그는 여전히 눈을 감고 있었다.

'자는 것 같은데…… 도망갈까?'

수연이 테이블에 물컵을 올려놓고는 살금살금 현관 쪽으로 걸어갔다. 그런데.

"목욕물 받아."

"네?"

"몸 좀 담갔다가 자게, 목욕물 좀 받으라고."

보자 보자 하니까!

하지만 그녀는 또 한 번 꾹 참으며 대답했다.

"네, 물 받아 드리죠. 그런데 욕실은 어디 있나요?"

"저기."

눈을 감고 있는 와중에도 욕실을 정확하게 가리키는 그의 손가락 방향으로 수연의 시선이 향했다. 문을 열고 욕실로 들어와 기포가 올라오는 스파 시설이 갖춰진 욕조에 수연은 차가운 물만 틀었다.

'정신이 바짝 들 것이다.'

욕실 밖으로 나가 봐야 승준의 말도 안 되는 잔심부름만 할 것 같아 수연은 바닥에 주저앉았다.

낯선 집의 욕실에서 재수 없는 남자의 목욕물을 받고 있는 자신의 처지에 깊은 한숨이 흘러나왔다

"나 지금 뭐 하냐? 미친 또라이한테 걸려서 이 무슨 개고생이야? 이 좋은 주말에 신혜리나 만나지, 돈도 많으면서 왜 혼술이야? 재벌이고 잘생기면 뭐 해? 술 마시고 개 되는 게 딱 양아치구만. 나를 어디다 가져다 붙여? 재수 없어, 진짜."

어느 정도 욕조에 물이 차올랐지만, 그 남자에 대한 안 좋은 말들이 끊임없이 흘러나왔다.

"사람 잠깐 보고 이렇게 욕하기는 처음이네."

하지만 그렇게 밖으로 제 화를 털어놓고 나니 속이 좀 후련해지는 느낌이다.

물이 거의 다 받아져서 물을 잠그고 밖으로 나가려 몸을 돌리려는데 허리에 타월만 두른 그가 앞에 딱 버티고 서 있었다.

"엄마, 깜짝이야!"

까무러칠 듯 놀라는 수연과 달리 승준은 비틀어진 미소를 지으며 그녀를 보고 있었다.

"뭐야? 왜 안 나오고 여기에 있었던 거지? 날 기다린 건가? 함께 목욕하자고? 고고하게 차유림 비서라고 앙큼 떨더니, 이런 걸 원했나? 이왕이면 옷도 좀 벗고 기다리지 그랬어? 서프라이즈하게."

승준이 타월을 벗으려는 듯 허리에 손을 올리며 그녀에게 다가왔다.

생각지도 못한 갑작스러운 상황에 놀란 수연이 버럭 소리를 지르고 말았다.

"미쳤나 봐! 이 양반이 보자 보자 하니까! 돈만 있으면 뭐 해? 교양도 양심도 없는데! 도대체 뭘 배우고 산 거야?"

수연이 욕실을 뛰쳐나갔다. 그 뒤로 승준이 따라 나왔다.

"이봐, 거 말이 너무 심한 거 아니야? 양심이 없다니? 네가 나 양심 없는 거 봤어? 너 거기 안 서? 너 잘리고 싶어?"

하지만 그녀는 뒤도 돌아보지 않고 마치 그에게 들으라는 듯 크게 구시렁거렸다.

"똥 밟은 것보다 더 기분 더러워."

"뭐? 내가 똥보다 더 더러운 인간이라고?"

"말귀는 잘 알아들으면서 왜 저렇게 살지? 재수 없어."

그녀는 현관문을 거칠게 닫고 밖으로 나왔다. 그가 밖에까지 따라 나오는 건 아닌지 걱정했지만, 다행히 그는 나오지 않았다.

"어우, 또라이! 미친 개또라이!"

수연은 현관을 향해 버럭 소리를 지르고는 그곳을 벗어났다.

그녀가 나간 현관문을 바라보던 승준은 밖에서 들리는 수연의 목소리를 고스란히 듣고 있었다.

"어우, 또라이! 미친 개또라이!"

그 말에 승준은 쿡쿡거리며 주방으로 들어가 생수를 마셨다. 방금까지 술에 취해 흐느적거렸던 사람이라고 믿을 수 없을 만큼 그의 발걸음이나 행동은 반듯했다. 반쯤 풀려 있던 시선도 또렷하게 바뀌었다.

사실 그는 처음부터 취하지 않았다. 그렇다고 술을 마시지 않은 것은 아니다. 술이 들어가는 대로 해독되는 체질을 가진 것처럼 그는 웬만해서 취하지 않는다. 그가 부친에게 유일하게 고마워하는 부분이기도 하다. 술에 취하지 않는 체질을 물려준 것.

"아무리 유림이 비서라지만 웬만해서는 넘어왔을 텐데……. 유림이한테 철저하게 세뇌당해 온 거야? 아니면 진짜로 나를…… 또라이라고 생각하는 거야?"

헛웃음이 튀어나왔다. 자신에게 저런 반응을 보인 여자는 처음이다. 시선 한 번 마주쳐 보려고 온갖 교태를 다 부리는 여자들만 봐 와서 그런지 유림의 비서라는 여자의 반응이 황당하기만 하다.

바에서 자신을 한심하게 바라보는 그녀의 시선에서부터 좀 의외이긴 했다. 여태껏 자신을 그런 시선으로 바라본 사람은 단 두 명뿐이다. 부친인 차 회장과 여동생인 차유림.

그런데 첫 만남부터 그를 잘 아는 직계가족이나 쳐다볼 수 있는 시선으로 그를 대하는 게 신선하기도 하고 앙큼하기도 했다.

그래서 일부러 놀려 봤다. 진심인 것인지, 아니면 고단수인 것인지. 욕실에서 하는 혼잣말을 듣지 못했다면 끝까지 그녀의 속을 몰랐을지 모른다. 그런데 그녀는 진심으로 그를 한심하게 보고 있었다.

처음으로 정신이 온전하고 건전한 여자를 만난 것 같은데 기분이 묘하게 불쾌하다.

"아무리 그래도 그렇지, 또라이?"

승준은 뒤늦게 또라이라는 말에 화를 뿜으며 욕실로 들어갔다. 옷을 벗어 던지고 그녀가 받아 놓은 물속으로 몸을 던졌다.

"앗, 차가워!"

당연히 따뜻한 물을 받아 놓았을 줄 알았는데 그게 아니었다. 찬물을 받아 놓았던 것이다. 한여름에도 따뜻한 물로 샤워를 하는 승준은 동태가 되는 것 같은 몸을 뜨거운 샤워기 물로 달랬다.

"일부러 이런 거지? 네가 날 엿 먹이려고 작정했다 이거지? 두고 보자. 미친 개또라이가 뭔지 제대로 보여 줄 테니."

이를 악물고 있는 승준의 표정이 무섭게 일그러져 갔다.

집으로 돌아온 수연이 지친 몸을 침대로 날렸다. 정신적 스트레스가 너무 컸던 탓에 자고 싶은 마음뿐이었다. 하지만 편한 자세로 눈을 감은 지 3분도 되지 않아 벌떡 일어났다.

"아악! 어쩌지? 나 미쳤었나 봐! 그런 인간 한두 번 본 것도 아닌데 왜 그랬지? 어떡해?"

아무리 그래도 참았어야 했다. 그런데 참지 못하고 화를 터뜨려 버렸다. 그나마 면전에 대고 개또라이라고 하지 않았으니 얼마나 다행인가. 그러나 앞서 했던 말들은 그녀의 생계를 쥐고 있는 보스의 오빠 앞에서 해서는 안 될 말들이었다.

하고 싶은 말은 참고 그냥 뛰쳐나오기만 했어도 되는 상황이었다. 입만 열지 않았어도 그녀가 차 상무 앞에서 더 떳떳할 수 있었는데 결국 감정을 말로 토해 낸 게 문제였다.

“고문님한테 당장 자르라고 말하겠지? 그럼 바로 자르려나? 아니야, 차 고문님은 적어도 내 얘기를 들어주실 거야. 그간의 정이라는 게…….”

하지만 그 정이 남매의 정보다 더 깊을 수는 없는 일이다.

자신의 잘못이 아닌 차 상무의 잘못된 행동으로 인한 결과라고 하지만 그녀는 그동안 수도 없이 겪어 왔기 때문에 잘 안다.

아무리 ‘을’이 정당하더라도 ‘갑’의 횡포를 이긴다는 것은 낙타가 바늘구멍을 들어가는 것만큼 어려운 일이라는 걸 말이다. 더욱이 ‘갑’과 ‘을’, 단둘이 있던 그 상황에서 불리한 건 그녀고 진실이 되는 건 남자의 말이다. 그래서 잘려도 찍소리 못하고 그만두어야 한다.

문제는 그녀에게 이만한 자리는 없다는 것이다. 아니, 이만도 못한 자리조차 구하기 어려울 만큼 취업이 쉽지 않다. 안정적이지 못한 알바 인생을 다시 시작하는 것도 끔찍하다.

“다시 가서 잘못했다고 할까? 한 번만 용서해 달라고 빌어 볼까?”

하지만 상상만으로 자존심 상해 몸서리쳐질 정도다. 그깟 자존심이 먹고 사는 문제를 해결해 주는 것은 아니지만 그녀의 마음이 쉽게 움직이지 않았다.

“아, 몰라! 잘리면…… 그때 가서 빌어 보든가 하지, 뭐. 그리고 그 인간 술에 너무 많이 취해 있어서 기억을 못할 수도 있어.”

모든 걸 포기하고 다시 누워 눈을 감았다. 하지만 마음과 달리 잠은 오지 않았고, 수연은 휴일 내내 걱정과 근심으로 보내야만 했다.

❖

월요일 오전, 나이스그룹 본사의 중역들이 모두 모였다. 그룹 내 계열사 사업 라인 론칭을 위해 추진 중인 업체 인수에 관한 문제로 모인 자리다.

브리핑을 위해 회의실로 들어서는 승준의 모습은 어디 하나 흐트러짐 없이 완벽했다. 흠이나 틈이 보이지 않을 만큼 무표정하게 마이크를 잡은 그가 입을 열었다.

“지금부터 영앤영 드러그 스토어 인수에 관한 브리핑을 시작하겠습니다.”

승준은 나이스그룹이 새로운 드러그 스토어 브랜드를 론칭해야 하는 이유와 그 사업 라인을 위해 영앤영을 인수해야 하는 이유를 설명했다.

예상한 대로 많은 임원들이 그의 브리핑을 듣고 고개를 끄덕거렸다. 하지만 반대하는 측도 없지 않았다.

“영앤영 말고도 이미 3개 브랜드가 드러그 스토어 시장을 잠식했는데 지금 들어가기에는 너무 늦은 거 아닙니까? 차라리 획기적인 아이템의 편집샵 브랜드를 만드는 게 낫지 않겠습니까?”

공격적인 발언이었지만 승준은 여유 있는 미소를 보이며 대응했다.

“커피전문점 라인 론칭 때도 지금과 똑같은 의견 나왔었던 거 기억 안 나시나 봅니다? 차고 넘치는 커피숍, 별 다방이 휩쓸고 있는 커피숍 시장에 왜 망한 회사를 인수해서 뛰어드느냐고 하셨죠?”

입가에 미소는 있지만, 승준의 말투는 무척이나 날카로웠고 단호했다. 그러자 중역진들이 흔들렸다.

“커피가 아닌 다른 아이템을 고민해 보자고 한 것까지의 상황도 지금하고 똑같습니다. 일단 결론 가지고 말씀드리자면 아시다시피 커피숍 체인사업의 스타플레이스 라인은 대성공입니다. 아이템이 문제일 수는 있지만, 결국엔 차별화된 마케팅과 소비 흐름을 제대로 파악하는 게 중요합니다. 그러니 드러그 스토어도 성공

할 겁니다."

승준의 말에 그 누구도 토를 달지 못했다.

그가 그룹 총괄 상무 자리에 앉으면서 그룹 내 3개의 계열사를 매각하고 3개의 사업 라인을 새로 론칭했다. 반대가 심했지만, 승준은 모두의 우려에 사표를 걸고 사업을 추진시켰다. 결과는 승준이 계획하고 예상한 대로 이루어졌으며 그로인해 그룹 내 그의 입지가 굳어졌고 차기 후계자로 인정받았다.

그러니 지금도 그의 뛰어난 사업 감각과 추진력에 함부로 반대할 수 없다. 그때 반대했다가 지금도 얼굴 못 드는 임원들이 많이 있다.

회의 결과는 영앤영을 인수하는 분위기로 흘렀고 브리핑을 마친 승준은 곧바로 회의실을 나왔다.

브리핑 내내 꼿꼿한 자세와 반듯한 표정이었던 그가 회의실을 나오자마자 이마를 짚으며 인상을 썼다. 두통이 너무 심했다.

어제부터 감기 기운이 느껴졌지만 무시하고 버텼다. 증상이 심해졌지만 중요한 브리핑을 앞두고 감기약을 먹지 않았다. 잘못 먹었다가 정신이 흐트러질 수 있어 정신력으로 버텨냈다. 그러나 지금은 참을 수 없는 정도가 되어 버렸다.

그는 평소 감기는커녕 잘 아프지 않는 체질이다. 그런데 개도 안 걸린다는 오뉴월 감기라니. 원인은 단 하나밖에 없다.

'다 그 여자 때문이야.'

그녀가 받아 놓았던 찬물에 들어갔기 때문이다. 아주 잠깐이었지만 지금도 몸서리나게 차가워 몸이 얼어붙는 느낌이었다. 생각할수록 괘씸해서 참을 수가 없다.

자신의 집무실로 내려온 승준은 비서실장의 보고부터 받았다.

"오후 2시에 유쇼핑 강 대표님하고 미팅, 오후 4시에 제약부에서 개발된 다이어트 음료 론칭 행사 참석이 오늘 공식 일정입니다."

"알겠습니다. 그리고 굿테이스티에서 여름 시즌 한정 메뉴에 대한 보고서 올라왔습니까?"

"아직 안 올라왔습니다."

"오늘 12시 전에 올리지 않으면 푸드 기획팀 해체시킬 거라고 전하세요. 그리고 로펌 장 변호사에게 전화해서 인수 일정 앞당겨질 것 같으니까 계약서 작성 빨리 끝내라고 전해 주시고요. 그리고……."

승준이 무슨 말을 하려다 입을 다물었다.

"아닙니다. 나가 보세요."

또 다른 지시사항이 있는 줄 알고 서 있는 비서실장을 내보낸 후 승준이 휴대폰을 들어 유림에게 전화를 걸었다.

[어, 오빠.]

"주말에 나한테 보낸 네 그 비서 말이야. 별말 없냐?"

[별말? 없는데. 왜?]

유림에게서 나온 대답은 의외였다.

그날 그가 그녀에게 짓궂게 행동한 것에 대해 유림에게 터뜨렸을 줄 알았다. 성추행으로 인한 정신적 피해보상을 운운하며 그를 곤란하게 할 줄 알았던 예상이 빗나갔다.

'본인이 한 잘못도 있어서 입을 다물고 있는 건가?'

그에게 개또라이라고 하고, 찬물을 욕조에 받아 지금의 두통과 몸살을 유발시켰으니, 그녀도 아주 정당하기만 한 처지가 못 되기는 마찬가지다.

'그렇다면 또 다른 속셈이 있는 건가?'

그 속은 알 수 없지만, 승준은 그녀의 괘씸한 행동을 그냥 넘길 수 없었다.

"그 비서 나한테 보내면 안 될까?"

[오빠 설마…… 우리 수연 씨한테까지 마수의 손길을 뻗치려는 거야? 절대 안 돼!]

직함만 고문인 네게 비서가 가당키나 하냐며 동생을 몰아붙이고 싶었지만, 지금은 채찍이 아닌 당근을 주어야 할 때이다.

승준이 화를 참으며 유림을 설득했다.

"내가 지금 감기 몸살이 걸렸는데 약 사러 나갈 시간도 없고, 그걸 해결해 줄 비서도 없어. 그래서 네 비서한테 부탁 좀 하려고. 이름이 뭐라고 했지?"

[정수연. 그리고 감기약 하나 사는 거 가지고 굳이…….]

"우리 계열사 하나 더 늘어날 계획이야. 그럼 내 업무가 지금의 비서들로는 감당이 안 돼. 일 처리 잘할 것 같아서 슬쩍 면접 한 번 보려고 한다."

[남의 비서를 대놓고 스카우트해 가겠다는 거야?]

"대를 위해 소를 희생해야 하지 않겠니?"

마음에도 없는 말을 하며 승준은 유림을 설득시켰다.

"그 비서 말이야…… 그렇게 유능하면 네 일도 보고, 내 업무도 하고 그렇게 할 수 있게 일정 조절해 보는 건 어때?"

[음…… 일단 수연 씨 의사 물어보고.]

"그럼 내 약부터 사서 보내."

[그런데 오뉴월에 웬 감기?]

"누가 날 엿 먹이려고 작정하고 받아 놓은 찬물에 빠졌어."

그래서 당한 만큼 돌려주려고!

잘릴 수도 있다는 불안감과 그 후에 생길 생계에 대한 부담감이 수연의 출근길을 힘들게 만들었다.

'될 대로 되라.'는 자포자기의 마음과 '어떻게든 빌어서 견뎌

보자.' 라는 간절함이 교차하는 가운데 유림의 집에 도착했다.

"안녕하세요, 고문님."

"어서 와, 수연 씨."

공손하게 인사하는 수연을 유림이 평소처럼 다정한 미소로 맞이해 주었다.

"얼른 아침 먹어."

비서의 아침 식사를 매일 챙겨 주는 보스인데 어떻게 이 자리를 내놓을 수 있단 말인가.

무슨 수를 써서라도 버텨 보겠다는 다짐이 생겼다.

"그날 고생했지? 우리 오빠 때문에."

고생은 했지만 그에 못지않게 저지른 실수도 있어, 뜨끔한 마음에 수연의 대답이 흐려졌다.

"뭐 고생일 것까지는……."

"내가 고이 모실 필요 없이 그냥 던져 놓으라고 했잖아. 그런데 어떻게 극진히 모셨길래 그 차갑고 딱딱한 차 상무가 수연 씨를 자기 개인 비서로 넘기라는 말이 나와?"

"네?"

이 무슨, 생각지도 못한 날벼락인가.

당장 자르라는 말을 한 게 아니라 개인 비서로 넘기라고 했다고!

'무슨 속셈인 거지? 잘못 들은 건가? 술 때문에 모든 걸 정확하게 기억하지 못하는 건가?'

수연의 머릿속이 뒤죽박죽 복잡해졌다.

"내가 딱 잘라 거절하려고 했는데, 내 일에 불편 없이 겸직할 수 있게 해 주면서 월급도 내가 주는 만큼 주겠다네, 수연 씨한테 나쁘지 않을 것 같아서 의사를 알아보겠다고 했어. 내 생각하지 말고 수연 씨 마음대로 선택해."

그렇다면 당연히 거절이다. 또다시 그녀를 화류계 여자로 보고 덮치지 않는다는 보장도 없을 뿐더러, 술 마시면 개가 되는 고얀 술버릇을 가진 보스는 사절이다.

그래도 다행인 것은 아무래도 그가 그날 일을 제대로 기억하지 못하고 있다는 것이다. 만일 모든 걸 기억하고 있다면 당장 자르라고 하지, 개인 비서로 두고 싶다는 제안을 하지 않았을 테니까.

그런 확신이 들자 수연은 당당하게 그 제안을 거절했다.

"저는 차 고문님 일만 하고 싶습니다."

"그래? 그럼 그렇게 해. 들어가서 식사하고 나와."

유림이 2층으로 올라갔고 수연은 주방으로 들어왔다.

오늘 아침 메뉴는 그녀가 좋아하는 차돌 된장찌개다. 최상급의 한우 차돌박이가 들어가서인지 그 냄새부터 군침 돌게 만들었다.

"안녕하세요, 여사님."

"어서 와, 정 비서."

"와! 오늘 된장찌개 죽여요, 여사님."

"많이 먹어."

주방 도우미인 한 여사가 인심 좋게 밥과 찌개를 가득 퍼서 그녀 앞으로 놓아 주었다.

"고맙습니다. 그리고 잘 먹겠습니다."

그 맛있는 찌개 맛에 반해 감탄을 터뜨리려는데 한 여사가 물었다.

"차 상무 봤어?"

"네. 고문님 심부름으로……."

행여 유림이 들을까 걱정이 되었는지 밖을 살핀 한 여사가 수연에게 조용히 속삭이며 물었다.

"생긴 건 잘생겼는데 성질은 더럽지?"

"어떻게 아세요?"

"회장님한테 덤비는 걸 여러 번 봤잖아. 여동생 집에서, 그것도 매제도 있는데 아버지한테 바락바락 대드는 거 보면 말 다한 거지."

역시나, 안에서 새는 바가지는 밖에서도 새는 법이다. 여동생의 주방 도우미에게까지 못된 성질이라고 알려진 인간이니, 굳이 그녀가 잘못을 모두 뒤집어쓸 필요가 없을 것 같다. 혹시라도 문제가 생기면 쌍방과실, 정당방위를 내세워도 그녀의 말이 정상참작이 되어 잘리는 불행은 없을지도 모를 일이다.

한결 마음이 편해진 수연이 한 여사와 함께 커피 한 잔을 마시고 유림의 방으로 올라갔다. 오늘 하루 유림의 일정을 살피며 서로의 동선과 그녀의 할 일을 체크하기 위해서다.

노크하고 들어가자 유림이 물었다.

"오늘 뭐 특별하게 움직일 일 있어?"

"오전 11시에 피부과 진료, 오후 3시에 성북동 사모님하고 한의원에 가셔야 하고, 저녁 7시에는 최 본부장님하고 디엘 장학재단에서 주최하는 행사 참석하셔야 해요. 공식적인 일정은 이 세 가지예요."

"아무리 약을 먹어도 둘째가 안 들어서는데 왜 이렇게 약에 미련을 못 버리시는 거야? 아, 가기 싫어!"

시모와 함께 임신에 좋은 약을 지으러 가야 하는 유림의 표정이 심하게 어두워졌다.

둘째 아이가 생기지 않는 이유를 며느리에게 돌리는 유림의 시댁이 어떤지 알기에 수연은 가기 싫다는 그 말이 어떤 심정에서 나온 것인지 잘 알았다. 그러나 딱히 위로해 줄 말은 없었다.

“점심은 은영이하고 먹을 거니까 륀느에 예약해 줘. 그리고 나 점심 먹는 동안 차 상무한테 약 좀 사다 주고 와. 감기 걸렸는데 약 사러 갈 시간도, 약 사다 줄 비서도 없대. 누가 엿 먹이려고 받아 놓은 찬물에 빠져서 감기가 걸렸다나? 그러게 평소 사람들한테 잘 해야지.”

그가 빠졌다는 찬물이 그녀가 받아 놓았던 그 찬물은 아니길 바랐지만, 슬프게도 그 물이 맞을 것이라는 확신이 들었다.

‘정신 차리라고 받아 놨지? 누가 감기 들라고 받아 놨나?’

수연은 그를 다시 보고 싶지 않았다. 그가 그녀의 만행을 기억하지 못한다고 해도 괜히 얼굴 마주치는 것이 찜찜하다. 그러나 문제는 약을 사러 갈 수 없다고 거절할 수 없다는 것이다.

약을 사서 가야 하는 건 차 상무의 부탁이기도 하지만 유림이 그녀에게 내린 지시이기도 하다. 수연은 유림의 지극히 개인적인 용무를 수행하는 비서로 채용되었기 때문에 그 일을 거부하거나 마다할 수가 없다.

다시는 만나고 싶지 않은 그 인간, 차승준을 찾아가야 한다는 것이 문제였다.

“알겠습니다.”

웃으며 대답했지만, 수연은 울고 싶었다.

❖

다가올 여름, 시즌 한정 메뉴를 제출한 나이스푸드 기획팀장의 보고서를 살피던 승준이 팀장에게 물었다.

"콩고기 스테이크, 스테이크 샐러드, 닭가슴살 스테이크에 무지방 소스라……? 다이어트 메뉴로 승부를 걸자는 겁니까?"

"그렇습니다. 다이어트 제품의 매출이 제일 높은 기간이니만큼 푸드 사업도 이때만큼은 다이어트 위주의 메뉴가 인기일 겁니다."

"다음 주로 품평회 잡고 일단 진행해 보죠."

"품평회 스케줄 잡고 진행하겠습니다."

팀장이 승준에게 묵례를 하고 나가려 할 때, 그를 불렀다.

"팀장님."

"네?"

"앞으로 기획서나 보고서 기한 내에 올라오지 않으면 그 책임을 철저하게 지셔야 할 겁니다."

"죄송합니다. 앞으로 꼭 기한 내에 올리겠습니다."

푸드 사업부의 기획팀장이 나가자 이번에는 로펌의 장 변호사에게서 전화가 걸려 왔다.

[이 금액으로 확정하시는 겁니까? 저쪽에서 없었던 걸로 하자

는 말이 나올 가능성이 많을 텐데요?]

"더 이상의 협상과 재고는 없습니다. 그 금액대로 갑니다."

장 변호사의 한숨 소리가 들려왔지만, 승준은 단호하게 한 번 더 강조하고 통화를 끝냈다.

점심시간이 다 되어 가지만 아직 살펴야 할 서류가 많다. 보스가 점심도 먹지 못하고 일을 하는 동안 비서들도 애꿎게 굶고 있을 것 같아 승준은 비서실로 나왔다.

"나는 따로 약속이 있으니까, 다 같이 가서 식사하고 오세요."

"교대로 다녀오면 됩니다."

"아닙니다. 내가 안에서 비서실 CCTV 확인하면서 지키고 있을 테니까, 편하게 식사들 하고 와요. 누구 말대로 먹자고 하는 일인데."

"그럼, 먼저 다녀오겠습니다."

비서실장 포함 3명의 비서들이 나간 후 승준은 집무실로 다시 들어왔다. 비서실의 CCTV 화면을 컴퓨터 모니터에 올려 놓은 후 검토해야 할 서류들을 펼쳤다.

한창 서류에 집중하고 있을 때, 휴대폰이 울렸다. 아버지인 차완섭 회장에게 걸려 온 전화였다. 인상을 쓰고 한숨을 내쉬며 승준이 통화를 눌렀다.

"차승준입니다."

[점심 같이 하자. 할 얘기도 있는데.]

"밥 먹을 시간도 없습니다."

[회사 일 너 혼자 하냐?]

"거의 그렇죠. 모르셨습니까?"

[30분도 안 돼?]

그렇다고 대답하려는데 모니터로 보이는 비서실 CCTV에 누군가 조심스럽게 머리를 들이미는 장면이 보였다.

"안 됩니다. 갑자기 손님이 오셔서 전화 끊습니다, 회장님."

통화를 끝내고 승준은 모니터를 보며 비서실로 나가려고 하는데 여자의 단발머리와 큰 키가 낯설지 않았다.

"저 여자……."

문제의 그녀가 온 것이다.

최근에 완공한 나이스그룹 본사. 이름처럼 잘 지어진 현대적인 건물의 규모에 수연은 입이 딱 벌어졌다.

나이스는 그녀가 취업 전쟁의 일선에 있을 때부터 야박했다. 인턴 자리는커녕 아르바이트 자리조차 얻지 못했다. 하다못해 나이스 계열사인 커피 전문점이나, 패밀리 레스토랑의 아르바이트 면접에서조차도 떨어졌었다.

지금은 나이스그룹 고명딸의 개인 비서로 일하고 있지만, 그녀는 차유림 소속이지 나이스 소속이 아니다. 그녀의 월급이 차유림 개인에게서 나오고 있으니 말이다.

나이스와는 뭔가 궁합이 안 맞는 회사라 생각하며 로비에 있는 안내 데스크로 다가갔다.

"차유림 고문님 비서 정수연이라고 합니다. 고문님 지시로 차승준 상무님 만나 뵈러 왔습니다."

"좌측, 직원 전용 출입구로 출입증 찍고 들어가시면 되고요, 상무님 집무실은 25층입니다."

보안직원이 임시출입증을 건네주었다.

수연은 안내 데스크의 직원이 알려 준 대로 직원 전용 출입구를 통과해 25층에 도착했다. 그런데 비서실에는 아무도 보이지 않았다.

"다들 점심 먹으러 갔나? 그런데 이렇게 비서실을 비워 놔도 되는 건가?"

아무도 없는 비서실에 혼자 있자니 비어 있는 남의 집에 허락도 없이 침입한 것 같은 느낌에 뻘쭘하기만 했다.

'메모를 남기고 약을 여기에 놓고 갈까? 아니면 올 때까지 기다려 봐?'

고민하며 비서실 주위를 둘러보던 수연의 눈에 'Managing Director' s Room' 이라고 붙어 있는 문이 보였다.

'그 또라이 상무 방이 저기인 것 같은데……. 저 안에 놓고 갈까?'

수연이 승준의 집무실로 조심스럽게 다가갔다.

'비서들도 없는 거 보면, 이 남자도 없는 거겠지?'

그렇다고 나이스그룹의 총괄 상무 집무실을 함부로 열 수도 없는 일.

수연은 안에서 어떤 기척이라도 들리는지 문에 귀를 대 봤다. 만일에 안에서 어떤 기척이 난다면 노크를 할 생각이었다. 그런데 갑자기 문이 열리면서 귀를 대고 있던 그녀가 휘청거렸고 그 바람에 문을 연 상대의 품으로 몸이 기울어졌다.

"엄마야!"

수연은 문을 연 상대가 차승준이고 그에게 안긴 꼴이 되어 버렸다는 걸 알고는 후다닥 그 품에서 빠져 나왔다.

"유림이가 나에 대해 염탐하고 오라고 시켰나?"

"아닌데요. 감기약 드리고 오라고 해서 왔는데 비서실에 아무도 없어서……."

"비서실에 아무도 없어서, 내 방으로 직행했다?"

"직행했다기보다는…… 상무님은 안에 계신가, 확인해 보려는 마음에……."

"비서 교육 다시 받아야겠군. 기본도 안 되어 있으면서 나이스 차유림 고문의 비서라고 하고 다니다니. 그건 차 고문이 아닌 우리 나이스 얼굴에 똥칠을 하는 건데."

역시 나이스하고는 궁합이 안 맞아.

여러 가지 이유로 결국 유림의 비서자리조차 유지하기 어려울 수도 있다는 예감이 들었다.

그런 그녀의 마음을 알 리 없는 승준은 집무실 문을 닫았다. 그리고는 집무실 한가운데 놓인 소파를 가리켰다.

"일단 앉아서 얘기하지."

수연은 단둘이 있는 집무실 공간에 커다란 소파를 보자 주말 새벽, 그의 집에서 벌어졌던 일이 떠올랐다. 이 남자가 또다시 수상한 수작을 부리는 건 아닌지 겁이 났다.

"차 고문님께서 감기약만 전해 드리면 된다고 하셨어요. 여기 있습니다."

수연이 가방 안에서 감기약을 꺼내 승준에게 건넸다. 하지만 그는 받지 않고 상석 소파에 앉았다.

"앉으라고 했는데, 못 알아들은 건가?"

"제가 굳이 앉아야 할 이유가……."

"있지. 내가 주말에 누구 때문에 심장마비사로 죽을 뻔한데다, 감기 몸살이 심하게 걸렸거든. 찬물인 줄 모르고 아무 생각 없이 욕조에 들어갔다가 심장에 무리가 와서."

심장마비사? 갑자기 수연의 등골이 오싹해졌다. 자칫 잘못했으면 그럴 수도 있었겠구나, 차라리 감기 몸살이라 다행이라는 생각이 들었다. 목욕 전에 준비운동하고 들어가는 사람은 없다. 더욱이 음주 후 찬물 목욕이라 심장에 무리가 갔을 가능성이 컸을 수 있다.

'그런데 저 사람…… 주말 일을 기억하는 건가?'

목소리와 표정이 그런 것처럼 느껴졌다.

그녀를 보는 시선이 따가웠고, 말투는 날카로웠다.

수연은 죄지은 사람처럼 눈을 내리깔고 소파에 얌전히 앉았다.

그가 심하게 질책할 거라 예상하며 수연은 어떤 말에도 상처받지 않고 잘 버텨내야겠다고 굳게 다짐했다.

"유림이 회사의 유령 고문인 건 알고 있나? 회사에 유림이 자리는 없어. 겉멋 반, 능력 있는 친구를 향한 질투 반으로 그냥 명함만 고문으로 파서 다니는 거지."

"네, 알고 있습니다."

"그 비서 같지도 않은 심부름꾼으로 움직이면서 얼마 받아?"

나이스 상무라는 사람이 여동생의 비서를 너무 함부로 표현한다는 생각이 들었다. 게다가 매너 없이 타인의 급여를 대 놓고 물어보다니. 자기가 스카우트해서 월급 줄 것도 아니면서.

수연은 바로 대답할 수가 없었다. 그의 질문이 불쾌한 이유도 있었지만 그의 말대로 심부름꾼밖에는 안 되는 업무에 비해 대기업 사원의 연봉만큼이나 받고 있다는 사실을 그에게 말하기 꺼려졌다. 물론 그녀가 아닌 유림이 먼저 정해 준 월급이었고 유림은 그렇게 지급하는 것에 아까워하거나 과하다고 생각하지 않는다.

하지만 승준의 입장에서 보면 유림이 지출하는 수연의 월급이 낭비라고밖에 볼 수 없는 상황과 액수다. 그걸 말하면 잘릴 꼬투리 하나 더 잡히는 것 같아 수연은 침묵을 유지했다.

"시간도 많이 남지?"

혹시라도 유림을 통해 월급을 알게 될 때를 대비해서 일을 많이 하는 것처럼 보여야 한다는 생각에 시간은 전혀 남지 않는다는 말을 하려고 할 때였다.

"시간은 남고 돈은 별로 못 벌고, 투잡을 하는 게 낫지 않나?"

돈도 별로 못 버니 투잡을 하란다. 좋아해야 하는지, 슬퍼해야 하는지, 수연은 갈피를 잡지 못했다. 물론 그렇게 말하는 차승준의 의도도 알 수 없었다.

"제가 그렇게 시간이 많이 남는 게 아니라……."

"나도 유림이가 주는 만큼 주지. 그러니 유림이 개인 일 봐 주는 것처럼 내 일을 봐 줘. 비서라고 하기에는 좀 그렇고, 매니저라고 해 두지."

이건 또 무슨 소리인가? 비서실에 책상만 3개 있는 걸 봐서 3명의 비서를 거느리고 있는 것 같은데 그것도 모자라서 매니저라니?

항간에 떠도는 그의 복잡한 사생활에 대하여 들은 것들이 많다. 게다가 주말에 그의 집에서 당한 일도 있으니 그 제안은 절대로 받아들일 수가 없었다. 다다익선이라고, 그녀에게 수입이 많이 생기는 건 좋지만, 이건 눈앞의 이익에 빠져 인생을 골로 보낼 수도 있는 문제였다.

"죄송합니다. 그 부분에 대해서는 고문님께 들었고 제 생각을 전달했습니다. 다시 한 번 말씀드리자면 상무님 일은 제가 봐 드릴 수가 없습니다. 시간도 없고……."

"내가 주말에 짓궂게 군 것 때문에 신경 쓰이고 겁나서 그러나?"

그녀가 하는 마음의 소리를 들은 듯, 그가 거절의 정확한 이유를 꼬집어 냈다.

"그것도 있습니다."

"그래서 그쪽을 데리고 있으려는 건데?"

"네? 그게 무슨……?"

"내 그런 장난에 안 넘어온 건, 나한테 사적인 감정이나 욕심이 없다는 뜻이고, 그렇게 클린해야 개인적인 일을 믿고 맡길 수 있으니 딱 적격인 거지. 그래서 제안하는 거야."

이론상으로는 맞는 말이다. 비서와 감정이나 마음이 얽히면 서로에게 치명타가 되어 업무에 지장을 받게 된다. 어디 그뿐이랴. 보스와 비서의 관계는 남들 입방에 오르기 가장 좋은 타깃이다. 그러니 차 상무에게 있어 사심 1도 없는 그녀가 제격일 수 있다.

하지만 수연의 마음은 놓이지 않았다. 그를 온전하게 믿을 수 없어 그녀는 다시 거절했다.

"무슨 말씀인 줄은 알겠는데요, 저는 그냥 고문님의 일만 맡아 하는 게……."

"그럼 좀 곤란한데? 정수연 씨는 두 가지 중에 하나만 선택할 수 있어. 나와 유림이 일을 하거나, 나는 물론이고 유림이 일까지 그만두거나."

"이건 너무 억지라고 생각하는데요?"

"억지든 아니든 내일까지 답을 줘."

승준이 더 할 말도 없고 그녀에게 듣고 싶은 말도 없다는 듯 자리에서 일어섰다.

그가 일어서니 수연도 할 수 없이 자리에서 일어서기는 했다. 하지만 곧바로 발걸음을 떼지는 못했다. 어떻게 해야 하나 한참 고민을 하며 겨우 몸을 돌리는데 그가 그녀를 불러 세웠다.

"아 참, 정수연 씨!"

그녀를 부르는 목소리가 동생의 비서가 아닌 자신의 비서를 부르는 것처럼 자연스러웠다. 그래서인지 수연도 그에 대한 대답이 자연스럽게 나갔다.

"네."

"걱정하는 부분에 대해서는 확실하게 짚고 넘어가 주지. 유림이와의 스케줄은 겹치지 않게 나하고 동생하고 조절해 줄게. 그리고 모든 조건은 유림이와 똑같이 해 주고. 마지막! 내가 그쪽에게 성적으로 짓궂게 굴지 않겠다는 다짐과 혹시라도 그랬을 경우에 내가 받을 처분은 정수연 씨 맘대로 하고, 그 증거를 녹취나 계약서로 남겨 줄 테니 걱정 말고."

제 할 말을 끝낸 승준이 수연을 향해 나가 보라는 손짓을 했다.

수연이 걱정 가득한 표정을 보이며 그의 집무실을 나갔다.

그녀가 나가자 승준에게서 회심의 미소가 새어 나왔다.

"받아들여, 정수연. 그러게 개또라이까지만 했어야지. 아니면 욕조에 찬물 받은 걸로 끝냈거나. 두 가지로 엿 먹인 건 좀 심했지."

그리고는 곧바로 유림에게 전화를 걸었다.

"차유림, 정수연 꽤 괜찮던데. 네가 설득 좀 잘 해 봐."

말을 하는 승준의 시선이 비서실 CCTV 화면이 나오는 컴퓨터 모니터에 가 있었다.

[괜찮다는 건 동의하는데 별로 내켜하지 않아 하던데…….]

"내가 얼마나 회사 일에 치이는 줄 알지? 지금 감기 몸살인데도 점심도 못 먹고 서류더미에 파묻혀 있어. 내가 쓰러지면 나이스도 쓰러진다."

수연이 약이 오른 듯 발을 동동 구르며 괴로워하다가 터덜터덜 걸어 나가는 모습이 보였다. 승준의 짓궂은 미소가 더욱 짙어졌다.

[왜 그런 끔찍한 말을 하고 그래? 그룹에 오빠가 없으면 안 되는 건…… 알지.]

"요새 내 신변이 좀 시끄럽다는 것도 알 거 아니야? 믿을 만한 내 사람이 필요해. 회사를 생각해서, 그리고 아버지하고 부딪치는 거 싫으면 수락 좀 하지?"

[제대로 대우해 줄 거지? 함부로 보고 작업 걸거나…….]

"차승준을 어떻게 보고! 걱정 마. 나 일하는 스타일 몰라서 그런 말을 해?"

[알았어. 한 번 더 말은 해 볼게. 만일에 일을 하겠다고 해도 힘들게 부려먹거나 하면 안 돼! 그랬다가 사표 낸다고 하면 오빠가 다 책임져!]

"책임질게."

통화를 끝내고 휴대폰을 내려놓는 승준의 입가에서 미소가 사라졌다.

"잘해 봅시다, 정수연 씨."

❖

과연 두 가지 중에 한 가지밖에 선택을 할 수 없는 것인가?

'남매의 비서로 일하느냐, 아니면 실업자가 되느냐.'

수연에게 한숨이 흘러나왔다.

'수입을 두 배로 늘리느냐, 아니면 또다시 알바 자리를 기웃거리느냐.'

이 고민에서 수연은 답을 찾았다. 그리고 자신의 명의로 된 상가 하나는 가지고 말겠다는 목표가 떠올랐다. 더 고민할 필요가 없었다.

'더도 말고, 덜도 말고 3년만 고생하자. 성적으로 괴롭히지도 않을 거고, 그 부분에 대해서는 확실히 해 주겠다잖아. 하자! 더럽고 치사하지만…… 어차피 남의 돈 받는 일에 더럽고 치사한 건 어디에나 있는 건데.'

또 한 편으로는 유림이 그녀를 감싸 주길 바랐다. 절대 그에게 보낼 수 없다고 버텨 준다면 모두가 평화롭게 일이 정리되는 것이지만 그런 행운 따위는 그녀에게 오지 않았다.

"수연 씨, 우리 오빠가 믿을 만한 자기 사람이 필요하대. 그러면서 수연 씨를 나처럼 개인 비서 일을 맡기고 싶은가 봐. 어려운 건 별로 없을 거 같고, 월급도 나만큼 준다고 하니까, 나쁠 것 같지 않은데……."

그 자리를 권하는 것처럼 말하는 유림의 말에 수연은 준비한 대답을 꺼냈다.

"고문님께서 일정만 조정해 주시면…… 해 볼게요."

"일정 조정할 게 뭐 있어? 무조건 내 위주로 움직이는 거지. 그리고 혹시라도 차승준 상무가 힘들게 하거나, 곤란하게 만들면 나한테 바로 얘기해. 참으면서 일하지 말고."

"네."

유림의 말이 수연의 걱정과 근심을 한시름 덜게 만들었다.

"성북동으로 가자."

수연은 유림의 다음 스케줄인 성북동으로 향했다.

"어머니 차로 움직여야 할 것 같으니까, 5시쯤 데리러 와."

"네."

성북동 시댁 앞에서 유림을 내려 준 수연은 유림의 집으로 다시 왔다.

오늘 밤 디엘그룹의 장학재단에서 주최하는 행사에 입고 갈 유림의 의상과 액세서리를 챙겼다. 시댁이 디엘그룹이고, 남편은 회장의 막내아들이자 디엘전자 전략실 본부장이다. 빠지면 안 되는 자리인데다 로열패밀리로서 품위를 보여야 하는 자리이니 그에 맞는 치장을 위해 미용실까지 예약해 놓은 상태다.

그렇게 유림의 모든 걸 꿰차고 알아서 움직이는 것이 수연의 일이다.

5시에 성북동 앞에서 대기하고 있다가 유림을 태워 미용실로 움직였다. 그리고 헤어와 메이크업을 끝낸 후 의상에서부터 액세서리까지 완벽하게 착장한 유림을 최 본부장에게 데려다주는 걸로 오늘 일과는 끝이 났다.

차승준의 일이 있어서인지 별것도 없던 일정인데 집으로 돌아가는 발걸음은 무거웠고 마음은 심란했다.

해가 지고 달이 떠서일까. 어지러운 마음이 쉽게 정리되지 않았다.

수연은 유일하게 마음을 터놓고 지내는 친구, 지수에게 전화를 걸었다.

"지수야, 나. 너 오늘 퇴근 몇 시야?"

[지금 막 시동 걸었어.]

"한잔하자."

[한잔하자는 말 오랜만에 듣는다? 돈 아까워서 술도 끊겠다는 애가 갑자기 웬 술? 뭐, 속상한 일 있어?]

"응."

[그렇다면 한잔해야지. 어디에서 볼까?]

"어디긴? 거기지."

그렇게 약속을 정한 두 사람은 자주 다니던 일본식 선술집에서 만났다.

지수의 눈에 잔뜩 찌푸린 얼굴로 한숨만 내쉬는 수연이 심상치 않아 보였다. 비서 일을 시작하면서 조금씩 삶에 여유를 찾아가던 수연이 저런 표정을 짓는 이유는 단 한 가지뿐이 없다는 생각이 들었다.

지수가 조심스럽게 물었다.

"혹시…… 잘렸니?"

"아니. 걸렸어."

"응? 걸려? 뭘 걸려?"

"잘생긴 또라이한테 잘못 걸렸다고!"

"잘생긴 또라이는 육성재인데?"

되지도 않는 농담을 건네는 지수에게 수연이 버럭 소리를 질렀다.

"넌 지금 남의 일이라고 농담이 나오지?"

"또라이 앞에 '잘생긴'을 붙이니까 그렇지. 어쨌든, 그게 누군데?"

지수의 질문에 대답 대신 술 한 잔을 마신 수연이 잔을 거칠게 내려놓았다. 그리고는 주말 새벽에 있었던 사건과 그 사건으로 오늘 승준의 개인 비서 일을 하게 된 것까지 수연은 흥분하며 단숨에 털어 놓았다.

"그거 완전 상또라이네! 제정신이야? 그런 인간이 나이스그룹 후계자라고? 그 그룹 망하겠다, 망하겠어."

지수 역시 수연과 마찬가지로 술잔을 거칠게 내려놓고 흥분했다. 하지만 이내 흥분을 가라앉히고 그녀의 성적인 안위를 걱정했다.

"그 인간 술만 마시면 그렇게 개 되는 거 아니니? 그러다 너 험한 꼴 당하면 어쩌려고? 아무리 뭘 써 주고 녹취로 남겨 준다고 해도 믿을 수가 없는데, 개인 비서……? 뉘앙스부터가 이상한 그걸 왜 하겠다고 했어?"

지수가 심각하게 걱정을 하니, 수연의 마음이 또다시 심란해졌다. 그렇다고 이제 와서 못하겠다고 거절할 수도 없다. 그렇게 되면 진짜로 유림의 일까지 그만둬야 하는 상황이 벌어질 가능성이 크다.

한숨을 내쉰 수연이 신세한탄을 하듯 수락할 수밖에 없었던 그녀의 마음을 솔직하게 이야기했다.

"한 가지만 생각하기로 했어. 내 목표."

수연의 목표는 나이 마흔 살이 되기 전, 그녀 명의로 된 상가 하나를 마련하는 것이다. 그런 후 임대료 걱정 없이 플라워 카페를 운영하는 것이 그녀의 30대 꿈이자 목표다. 40대의 꿈과 목표는 아직 구체적으로 세우지 않았지만 30대의 인생 목표는 꼭 이루고자 하는 의지가 강했다.

"그 시간을 앞당길 수 있으니까, 참고 해 보자는 마음이었어. 그리고 또 한 번 그런 식으로 나왔다가는 내가 안 참지! 재벌이고 뭐고 그때는 다 들어 엎는 거지, 뭐."

"그렇지! 산전수전 다 겪은 정수연이 못 이길 게 어디 있어? 파이팅!"

두 여자가 잔을 부딪쳤다.

수연은 승준으로 인한 복잡한 마음을 접었다. 집안이 망하고 고아가 되면서 언제나 죽기 아니면 까무러치기 식으로 버텨 왔다. 그렇게 악착같이 살아온 내공이 있는데, 곱게 자란 재벌집 도련님이야 우습게 다뤄 줄 수 있다.

시간이 흐르면서 목으로 넘어가는 술의 양이 많아졌다. 그렇게 마신 술기운 탓인지 모든 상황이 만만하게 다가왔다. 차승준이라는 남자도 그녀에게 아무것도 아닌 상대로 느껴졌다.

어떤 일이 일어나도 다 이겨낼 수 있을 거라는 자신감이 붙었다.

비서가 사다 준 샌드위치로 오후 4시에 겨우 점심을 때우며 일을 한 덕분에 승준은 오랜만에 정시 퇴근을 준비했다. 슈트 재킷을 챙겨 입는데 비서실 인터폰도 없이 집무실 문이 벌컥 열렸다. 굳이 누구인지 확인하지 않아도 그럴 만한 인물은 한 명밖에 없다.

낮에 함께했어야 할 점심식사를 거절해서인지 차 회장이 단단히 벼르고 온 모양이었다. 첫마디부터 단호했다.

"점심 못했으니 저녁 먹자."

"바쁩니다."

"그 배우 계집애 만나느라고 그래?"

붉으락푸르락 성을 내는 얼굴로 승준을 노려보는 차 회장에게 그는 조소를 보이며 대꾸했다.

"아버지도 왕년에는 배우 계집들 좀 만나고 다녔잖습니까? 이해하실 만한 분이 왜 이러십니까?"

"뭐야? 이 자식이, 이거!"

"한 달 만에 하는 정시 퇴근입니다. 방해하지 마십시오. 그리고 제 집무실은 회사 기밀 서류들이 넘쳐 나는 곳입니다. 함부로 들어오지도 마십시오."

"나이스가 네 거야? 내가 나이스그룹 회장이야. 그런데 함부로 들어오지를 마? 이 자식 어디서…….”

“그럼 절 자르시던가요?”

부르르 떠는 차 회장을 승준이 무덤덤하게 바라보았다.

“안 나가십니까?”

아버지로서도, 회장으로서도 언젠가부터 승준을 이길 수 없게 되었다. 그러나 그런 사실을 인정할 수 없는 차 회장은 소리만 버럭버럭 지르고 그의 집무실을 나갔다.

곧이어 승준도 퇴근을 해서 차에 올랐다.

“자, 오늘은 어디 가서 놀아야 노인네 열 좀 받을까?”

묘하게 웃던 승준이 시동을 걸었다. 그리고 혼자서 자주 가는 룸살롱 ‘더파인’ 으로 향했다.

심란한 마음으로 지수와 함께 시작한 술자리는 마음이 가벼워진 상태로 마무리되었다.

친구와 술을 마시며 마음을 터놓는 것만큼 좋은 위로가 없다는 생각을 하며 술집을 나왔다. 함께 버스를 타기 위해 정류장을 향해 가는데 지수가 갑자기 생각난 듯 수연에게 물었다.

“그런데, 그 나이스 상무 말이야. 얼마 전에 신혜리하고 스캔들 나지 않았었니?”

“그랬지. 그것 때문에 고문님 며칠 계속 친정에 들락거렸지.”

"정말 신혜리하고 사귀는 거야? 아니라고 했다는데, 그게 또 아닌 게 아닌 경우가 많잖니?"

"몰라. 우리 고문님이 친정 얘기는 잘 안 해서."

"그렇구나. 너희 고문님은 진짜 사람 좋은 것 같아."

"나도 그렇게 생각해."

"나 버스 왔다. 갈게!"

지수가 먼저 떠나고 한참 후에 수연도 버스에 올라탔다. 취기가 오른데다 승준의 일로 피곤했던 탓에 자리에 앉자마자 졸음이 쏟아졌다.

'잠들면 안 되는데…….'

하지만 고개는 상모 돌리듯 이리저리 꺾이고, 비몽사몽 속에 눈을 뜨지 못하고 있을 때, 휴대폰이 진동으로 울렸다.

수연은 제정신이 아닌 상태여서 발신인을 미처 확인하지 못하고 받았다.

"여보세요?"

[정수연 씨?]

취중에 졸다 깬 와중에도 자신을 향해 이름을 묻는 낯선 남자가 누구인지 짐작할 수 있었다. 하지만 그녀는 모른 체하며 물었다.

"누구시죠?"

[정말 몰라서 묻는 건가?]

이 남자 제법 날카롭다. 알면서도 그랬다는 걸 아는 것 같았다. 그러나 수연은 시치미를 뗀 체 또 한 번 그에게 물었다.

"그래서 누구신데요?"

[내가 술을 좀 마셔서 집에 갈 수가 없는데 크리스털 호텔 옆에 있는 더파인이라는 곳으로 데리러 오지.]

결국 본인이 누구인지 밝히지 않은 차 상무는 자신의 용건만 말했다.

정식으로 일을 하겠다는 의사를 밝히지도 않았는데 곧바로 호출이라니. 게다가 아무리 사적인 일로 고용한 비서라지만 이런 식으로 시간 구분하지 못하고 종 부리듯 하고.

정신이 바짝 든 수연이 매몰차게 그를 나무랐다.

"듣고 보니, 차승준 상무님이신 것 같은데, 저는 아직 정식으로 일을 시작하지 않았습니다. 그리고 퇴근 시간 이후에 지시하실 일이 있으면 먼저 제 사정과 의사를 물으셔야죠? 저더러 비서 교육을 다시 받아야겠다고 하셨나요? 차 상무님께서는 보스의 의무를 교육받으실 필요가 있으시네요. 그리고 저도 지금 과음을 해서 그곳에 갈 수 없습니다."

똑 부러지게 말한 자신이 기특해 만족의 미소를 흘리는데 휴대폰 너머 쿡쿡거리는 그의 웃음소리가 들려왔다.

수연의 얼굴에서 미소는 사라지고 불쾌함으로 인상이 찌푸려졌다.

[그래? 그럼 내일 내 집무실로 8시에 정시 출근해서 정식으로 일을 시작하는 걸로 하지. 보스의 의무라는 것도 한 번 교육시켜 보고.]

전화가 일방적으로 끊겼다.

정말 만만치 않은 남자라는 생각이 들었다.

'뭐야? 남매 성격이 왜 이렇게 다른 거야? 누구 하나 밖에서 낳아 왔나?'

꿀보직이라 할 수 있었던 그녀의 일이 최고의 흙보직이 될 것 같은 예감에 한숨만 나왔다.

전화를 끊은 승준에게서 쿡쿡거리던 웃음이 사라졌다.

"보스의 의무? 비서 같지도 않은 일을 하면서 보스의 의무는 무슨."

무표정하게 술잔을 비우자 옆에 있던 여자가 잔을 채워 주며 뽀로통해진 목소리로 물었다.

"나, 나갈까요?"

"왜?"

"얼굴 한 번 안 봐 주고 계속 전화 통화하고 술만 마시잖아요. 언니가 귀한 분이라고 잘 모시라고 해서 마음 단단히 먹고 들어왔는데. 이럴 거면 왜 부르셨어요?"

"마음 단단히 먹고 들어왔다? 그렇다면 그 언니라는 사람한테 말하고 와. 내가 같이 나가자고 했다고."

"어디 갈 건데요?"

"그걸 꼭 말로 해야 아나?"

"언니한테 말하고 올게요."

새치름했던 그녀의 표정이 금세 환해지더니 밖으로 나갔다.

그녀가 나간 틈을 차서 승준은 진우에게 전화를 걸었다.

"도착했어?"

[했어.]

"5분 후에 다시 전화할게."

[그래.]

승준이 종료 버튼을 누르고 룸을 빠져 나왔다. 그리고 지배인에게 지시했다.

"아까 걔, 옆으로 오라고 해."

"알겠습니다."

지배인을 비롯해서 직원들의 깍듯한 인사를 받고 나온 승준은 룸살롱 바로 옆에 있는 크리스털 호텔로 들어와 체크인을 했다.

키를 받고 엘리베이터를 향해 가는데, 룸살롱에서 옆에 있던 여자가 급하게 그를 향해 걸어오는 모습이 보였다. 하지만 승준은 그녀를 기다리지 않고 엘리베이터 앞에 섰다.

"좀 기다려 주면 좋잖아요. 오빠 너무 차가운 것 같아."

그녀가 승준의 팔짱을 끼며 눈웃음을 보였지만 그는 아무 반응 하지 않으며 문이 열리는 엘리베이터에 올라탔다. 단둘이 탄 채 올라가려는데 중년의 남자가 급하게 올라탔다. 그리고 승준을 향해 예의 바르게 인사를 했다.

"회장님 호출입니다. 그냥 가시죠, 상무님."

"뭐 또 그새 호출입니까? 볼일 보고 1시간 후에 가겠다고 전해 주세요."

"왜 부르시는지 아시잖습니까? 지금 이러시는 거……."

"그러니까요. 아니까 1시간 후에 간다고요."

"상무님."

"룸까지 따라 들어오실 겁니까?"

승준이 인상을 쓰며 묻자 결국 남자는 중간층에서 내렸다.

상황을 조심스럽게 보던 여자가 승준을 따라 룸으로 들어온 후에 물었다.

"아까 그분 누구예요? 회장님은 누구고? 오빠가 혹시 상무님?"

하지만 승준은 여자의 질문을 무시하고 욕실을 가리켰다.

"씻고 나와."

"오빠 먼저……."

그녀의 말이 끝나기도 전에 승준의 휴대폰 벨이 울렸다.

"네, 아버……."

[야, 이 새끼야! 부르면 와야지, 내 말 무시하고 계집애 데리고 뭐 하는 짓이야?]

"뭐 할지는 아버지가 더 잘 아시면서 왜 그렇게 묻습니까?"

[일성그룹 최 부회장 딸하고 얘기 오가는 중인데, 배우 계집애하고 스캔들로도 모자라서 술집 여자를 데리고 호텔을 가? 결혼할 때까지는 자제를 해야 할 거 아니야, 새끼야!]

"아버지 닮아서 자제가 안 되는 걸 어떻게 합니까? 내일 아침에 회장실로 올라가겠습니다. 그리고 이런 식으로 계속 송 비서까지 앞세워서 방해하시면 사표 냅니다?"

[야, 이…….]

"끊습니다, 아버지. 제가 오늘은 좀 급해서요."

통화를 끝낸 승준의 인상이 구겨졌다.

"아직도 안 들어갔어?"

화가 난 것 같은 표정 때문이었는지 여자는 조용히 옷을 훌훌 벗고 욕실로 들어갔다.

그녀가 욕실로 들어가자 승준이 진우에게 전화를 걸었다.

"1612호."

[오케이.]

통화 후, 여자가 샤워를 끝내고 나오기도 전에 진우가 룸에 도착했다.

"1408호."

진우가 승준에게 룸의 키를 내밀었다. 그걸 받아 든 승준이 주머니에 넣었고 진우가 슈트 재킷을 벗고 넥타이를 풀었다.

그때 가운만 걸친 여자가 욕실에서 나왔다. 그리고는 두 남자를 보며 인상을 썼다.

"설마 쓰리썸……? 나 그거 별론데."

"네가 오늘 모셔야 할 귀한 분은 이분이야. 내 체면 생각해서 잘 좀 모셔 줘."

승준이 여자의 어깨를 두드려 주고 룸을 나왔다. 그리고 진우가 알려 준 1408호 룸으로 들어왔다.

승준은 그대로 침대에 쓰러졌다. 깊은 한숨이 절로 나왔다.

"결혼할 때까지 자제하라고? 절대 당신 좋을 대로 되는 일은 없을 겁니다."

비틀어진 웃음을 흘리며 침대에서 일어나 슈트를 벗었다. 욕실로 들어가려 할 때 휴대폰 벨이 울렸다. 이번에는 신혜리였다.

"여보세요?"

[상무니이임!]

콧소리로도 모자라 끝이 길게 늘어지는 걸 보니 잔뜩 취한 모양이다.

"왜?"

[어디 계세요? 나 술 한 잔만 사 주시면 안 돼요?]

"어, 안 돼."

[아잉, 왜요? 나 너어어무 속상한데. 우리 스캔들 때문에…… 막 보는 사람들마다…… 축하한다고 하고…… 그런데 아무 사이 아니라고…… 그렇게 또 기사가 나니까…….]

"아무 사이 아니잖아, 우리. 뭐가 있었나? 너하고 나 사이에. 밥 먹고, 술 마신 거 외에."

[…….]

"이미 많이 취한 것 같은데, 그만하고 들어가."

[그럼 우리 사이는 뭐예요?]

방금 전까지 술에 취한 것처럼 앵앵거리던 그녀의 목소리가 냉정해졌다. 그 못지않게 차가운 목소리로 승준이 대답했다.

"밥 먹고, 술 마시는 사이."

[그런 단순한 사이 싫어요.]

"싫으면 그만하면 돼. 너 아니고도 밥 먹고, 술 마실 여자들은 많으니까."

뭐라고 말하는 신혜리의 목소리가 들려왔지만 승준은 전화를 끊고, 전원까지 꺼 버렸다.

"적당히 해야지."

짜증스러운 얼굴로 승준이 욕실로 들어갔다.

'하, 사는 게 재미가 없다.'

2장

8시까지 차 상무의 집무실로 출근해야 한다는 걸 잊은 채, 수연은 평소에 일어나던 7시 30분에 일어났다. 유림에게 출근하던 시간은 9시 30분이었기 때문에 이 시간에 일어나도 충분했지만 차 상무가 말한 8시까지 출근하려면 어림도 없다.

수연은 먼저 유림에게 전화를 걸었다.

"고문님. 어제 차 상무님께서 오늘 8시까지 상무님 집무실로 정식 출근을 하라고 하시던데, 제가 오늘 그쪽으로 바로 출근해도 될까요?"

[오늘 내 스케줄이 어떻게 되는데?]

"오늘은 11시에 대학동창 브런치 모임하고 4시에 요가수업이

다입니다."

[그럼 오빠한테 출근했다가 10시쯤 와.]

"네."

유림과 통화를 끝낸 수연은 부리나케 준비를 했다. 양치질과 세수만 끝마친 채 출발했다. 출근시간에 몰린 차량들로 인해 심한 정체를 뚫고 나이스 본사에 도착한 시간은 8시 45분이었다.

첫 출근부터 지각이라니. 이보다 더 책잡힐 일이 뭐가 있을까. 더욱이 어젯밤 그가 마지막 말을 할 때는 '너 어디 두고 보자!' 식의 말투였다. 폭탄을 들고 불구덩이 속으로 들어가는 심정으로 8시 50분에 비서실로 들어섰다. 어제와 달리 비서실에는 3명이 앉아 업무를 보고 있었다.

그녀가 들어서자마자 남자 비서 한 명이 그녀에게 물었다.

"정수연 씨?"

"네."

"상무님 지금 회장실에 올라가셨습니다. 여기서 잠시만 기다려 주십시오."

수연은 비서실 안에 있는 소파에 앉아 승준을 기다렸다. 그리고 그녀가 늦은 50분만큼의 시간이 흐르자 그가 나타났다.

"안으로."

간단명료하게 말한 승준을 따라 수연은 그의 집무실로 들어왔다.

지각한 것에 심한 말을 할 줄 알았던 그의 입에서 의외의 말이 나왔다.

"내가 실수했어. 미안하다고 사과부터 하지."

그가 어젯밤 그녀에게 실수한 건 맞다. 그래서 사과부터 하는 것도 틀린 건 아니다. 하지만 갑자기 이렇게 나오는 승준이 이해가 되지 않았다. 단 두 번의 만남이지만 그는 안하무인에 제멋대로인 사람이라는 걸 알았다. 지극히 사적인 일을 위해 고용한 그녀에게 실수나 잘못을 인정하지 않을 남자다. 그런데 지각까지 한 그녀에게 왜 이렇게 반듯하게 나오는 것인지.

'지각한 걸 보르는 걸까?'

차라리 모진 소리를 듣는 게 속 편할 것 같다. 그렇다고 저리 반듯하게 나오는 그에게 어제 일을 생각해 뾰족하게 날을 세울 수도 없었다.

수연은 좀 불안했지만 그녀도 그를 향해 부드럽게 반응할 수밖에 없었다.

"괜찮습니다. 서로 잘 몰랐으니까요."

"그렇지. 서로 잘 몰랐다는 게 문제지. 그래서 이거."

승준이 회의 테이블 자리에 앉아 그녀에게 맞은편 자리를 권하고 A4용지 몇 장을 내밀었다.

"정수연 씨가 정확히 무슨 일을 해야 하는지 모르는 것 같아서 업무에 대한 규정과 보스의 의무라고 할 수 있는 급여지급 내용에 관한 일종의 근로고용 계약서지. 이의 없으면 사인하면 돼.”

유림과 일을 시작할 때도 이런 계약서를 작성했다. 그 계약서는 단 한 장으로 되어 있었다. 기본적인 내용들로만 작성된 단순한 고용 계약서였다. 중요한 내용이 있다면 유림의 사생활에 대해 밖으로 절대 발설하지 않겠다는 것이었다.

수연은 그 부분에 대해서 철저하게 잘 지키고 있다. 계약서 때문이 아닌 보스의 사생활을 지키는 것이 수연이 이 일을 하는 데 있어 기본이라고 생각하기 때문이었다. 그리고 이제는 유림과 계약서가 필요 없는 사이가 되었다. 인격적으로 잘 맞았기 때문에 계약서에 명시된 기간이 흘렀음에도 그런 서류는 더 이상 필요치 않았다. 그러나 수연은 승준의 일을 함에 있어서는 꼭 필요한 서류라는 생각이 들었다. 그걸 알아서 준비해 줘서 다행이었다. 하지만 내용을 확인한 수연은 계약서에 곧바로 사인을 할 수 없었다.

약속한 대로 그가 그녀를 향해 성적인 농담이나 행동을 할 경우에 대하여서는 그녀가 원하는 대가를 치르겠다는 내용이 있었다. 급여나 수당도 유림과 같은 조건으로 맞추겠다는 내용 역시 그녀에게 말한 대로였다.

문제는 그녀의 업무 중에 그가 취중일 때 그를 집까지 보좌한다는 내용이었다. 술버릇을 몰라도 쉽게 받아들일 수 없는 부분인데, 그녀는 이미 그의 술버릇을 적나라하게 봤다. 그러니 이 부분을 받아들일 수가 없다.

"이건 빼 주셔야겠습니다."

수연이 그 부분을 손가락을 콕 집어 그에게 보여 주었다.

"이걸 빼면 안 되지. 이게 주 업무인데."

"이게 주 업무라고요? 이건 비서가 아니라 거의…… 대리기사인데요?"

"모르나 본데, 요새 산업스파이들이 교묘하게 움직여. 비서에게 정보를 사는 경우도 있고, 대리기사로 위장해서 취중인 걸 이용해 사업 기밀을 털어 가기도 하지. 실제로 그런 사건을 겪은 회사도 많아."

말도 안 되는 것 같은 업무가 이렇게 심오하고 중요한 것이었다니. 그럼에도 수연은 선뜻 받아들이기 쉽지 않았다.

"내가 언제, 어디서, 누구하고 마셨는지 밖으로 돌면 안 되는 자리들이 많거든. 개인적인 은밀한 만남부터 사업의 기밀이 오가는 중요한 만남까지. 아무나 운전하는 차를 타고 갈 수는 없잖아."

"하지만……."

"매니저처럼 움직여 줘야 해. 내 사생활은 물론 비밀스러운 사업 활동까지 철저하게 보호해 줘야 한다는 말이지. 그 일을 맡기기에 정수연 씨가 적임자고."

"저의 뭘 믿고 그런 일을 맡기시는지…… 그리고 제가 상무님의 비밀스러운 사생활을 알게 될 수도 있는데……."

"유림이가 전적으로 신뢰하니까 나도 믿는 거지. 그리고 매니저라는 게 원래 사생활까지 다 알고 그러지 않나?"

당신이 연예인은 아니잖아! 연예인과 사귀는 사람이지.

그러나 유림이 그녀를 믿어 준다는 말에 수연의 마음이 흔들렸다. 그녀를 믿어 주는 유림의 체면을 생각해서라도 차 상무의 부탁을 들어주는 게 맞는다는 생각이 들었다. 하지만.

'이 남자 술 마시면 개 되는데…….'

그녀가 바로 사인을 하지 않고 머뭇거리자 그가 한마디 했다.

"선택은 두 가지 중에 하나라고 얘기했을 텐데?"

"그럼 여기 계약 조건에 하나 더 추가해 주세요."

"말해 봐."

"계약서에는 집까지 보좌한다고 적혀 있는데, 집 안이 아닌 주차장까지라는 거."

"그러지. 또 더 추가하거나 수정하고 싶은 부분 있나?"

수연이 마지막으로 계약서를 꼼꼼하게 살펴봤다. 그것 말고 딱히 수정이나 삭제, 추가할 내용은 없었다.

"없습니다."

"난 있어. 앞으로 지각할 경우 감봉하는 걸로."

'치사한 인간. 시말서를 받으면 되는 걸 가지고 돈으로 흥정을 하다니. 재벌 3세씩이나 돼서.'

하지만 지각한 부분에 대해서 수연은 할 말이 없었다. 수연이 아무 말 하지 못하자 그가 계약서에 서로가 말한 부분을 추가한 후 먼저 사인을 했다.

"매니저라고 했지만 간단하게 비서라고 불러 줄게."

그리고는 수연에게 사인한 계약서를 내밀었다.

"자, 정 비서도 이제 사인하지."

수연은 계약서에 사인을 했다.

근로고용 계약서이니만큼 꽤나 많은 수입이 들어오는 계약서인데 마치 노예 계약서에 사인을 한 기분이다. 하지만 잘 해낼 수 있다는 마음을 가지고 스스로를 다독였다.

'다음에는 상가 계약서에 사인하자! 아자!'

수연이 집무실을 나간 후 승준이 야릇한 미소를 지었다.

"순진하기는?"

그의 말을 다 믿는 그녀가 신기했다. 사업 스파이들이 대리기사로 위장해 나타난다는 그 말을 듣고는 심각하게 표정이 변하는 그녀를 보았다.

사실 그렇게 중요한 자리는 비서실장과 함께 경호를 맡을 보안 직원을 데리고 나가며 술도 마시지 않을뿐더러 대리기사도 부르지 않는다.

그런데 그녀는 곧이곧대로 믿는 것처럼 보였다. 그리고 생각보다 쉽게 그의 말에 넘어와 사인을 했다. 다시 생각해도 그저 입만 살아 있을 뿐 다루기 쉽고 가벼운 느낌이다.

순간 승준은 그녀를 이용할 수 있는 좋은 생각이 떠올랐다. 단순히 그녀를 힘들게 굴린 후 유림에게 보낼 생각이었다. 그런데 그를 위해 그녀가 할 수 있는 일이 생각났다.

"월급 주는데 월급만큼 일을 해야 하지 않겠어? 정수연 씨."

순진한 그녀가 뜻한 대로 잘 움직여 줄 것 같아 기대가 크다.

"당신 역할이 중요해, 정수연. 내가 퇴근 후에 언제, 어디서, 누구와 함께 있었는지, 부디 유림이한테 시시콜콜 다 보고해 주길 바라. 그게 당신이 해야 할 일이야."

❖

수연은 승준의 집무실을 나와 시간 맞춰 유림의 집에 도착했다.

"오늘은 좀 늦었네? 아침은 먹었어?"

한 여사가 수연의 아침 식사를 걱정해 주며 맞아 주었다.

아침을 먹지 않았지만, 식사할 시간이 없다. 유림의 준비가 끝나는 대로 나가야 하는 상황이다.

"시간이 없어요. 고문님 모셔다 드리고 와서 먹을게요."

수연은 유림이 외출 준비를 하고 있을 드레스 룸으로 올라왔다.

"끝나셨어요?"

"거의."

유림이 줄을 지어 진열되어 있는 핸드백 중에서 붉은색의 클러치 백을 집어 들었다. 그리고 마지막으로 자신의 모습을 거울에 비춰 본 유림이 수연을 향해 만족스러운 미소를 보였다.

그건 자신의 모습이 만족스러워서가 아니라 디테일하게 챙겨 준 수연의 센스가 만족스럽다는 의미였다. 지금 입고 있는 의상과 액세서리, 그리고 클러치 백까지, 오늘 모임을 위해 어제 수연이 미리 챙겨 놓았었다. 수연의 이런 센스가 유림에게 신뢰를 줄 뿐 아니라 인간적인 정까지 쌓게 하고 있다.

"오빠가 일찍 출근시켜 놓고 뭐래?"

차에 오른 유림이 수연에게 물었다.

"앞으로 할 일하고 급여에 관해 얘기해 주셨어요."

"전화로 해도 될 걸, 그거 가지고 그렇게 일찍 불러낸 거야?"

"근로고용 계약서도 썼어요. 그것 때문에 부르신 것 같아요."

"그런 부분에 관해서는 또 우리 오빠가 철저하지, 나하고 다르게. 사생활이나 그렇게 철저하게 단속하고 관리하면 좋을 텐데……."

말끝에 나오는 유림의 한숨소리에 수연도 함께 한숨을 내뱉고 싶었다.

여동생마저 걱정하는 그의 사생활을 이제는 그녀가 다 꿰차게 생겼으니 그걸 보고 감당할 수 있을까 걱정이었다. 그러다 문득 떠오르는 것이 있었다.

'신혜리하고 어떤 사이인지 진실은 알 수 있겠네.'

남들이 모르는 재벌과 여배우와의 스캔들, 그 진실을 그녀는 알 수 있다고 생각하니 갑자기 승준의 매니저 일에 흥미가 생겼다.

'빨리 신혜리하고 은밀하게 만나는 거 보고 싶다.'

하지만 그날 밤 곧바로 승준이 그녀를 불러낼 거라고는 생각도 하지 못했다.

퇴근하고 집으로 돌아온 수연은 오늘 하루 있었던 유림의 일과를 꼼꼼하게 정리했다.

다음 같은 모임에서 의상이나 액세서리가 겹치게 하지 않기 위해 오늘 유림이 입었던 의상부터 액세서리, 구두, 핸드백까지 체크했다. 또한 모임 후, 집으로 돌아가는 길에 친구들과 나누었던 대화 역시 기록해 두어 다음 모임 전에 미리 언질을 해 주어야 한다.

그녀의 다이어리에 기록하며 내일 유림의 스케줄을 확인했다.

이토록 철저할 수 있는 이유는 프로의식이라기보다는 어릴 때부터 이모 집에 얹혀 눈칫밥을 먹고, 다년간 취업을 못해 알바를 전전하며 터득한 생존비법이 날로 업그레이드된 결과이다.

모든 정리가 끝났을 즈음 그녀의 휴대폰 벨이 울렸다. 발신인은 '잘또 보스' 였다.

"뭐지? 첫날부터 모시러 오라는 거야?"

하지만 딱히 불만을 터뜨릴 수 없었다. 이미 고용주와 고용인으로 업무에 대한 이해 절차를 걸쳐 사인까지 마친 상태다. 무임금으로 일하는 것도 아니고 오히려 하는 일에 비해 고임금을 받고 있으니 부르면 조용히 나가야 하는 입장이다. 전화가 오면 군말 없이 받아야 하는 처지고.

"정 비서입니다, 상무님."

[역시 실망 시키지 않는군, 정 비서. 11시쯤 세인트폴 백화점 옆에 있는 클릭이라는 바가 있어. 거기로 와 줘.]

"알겠습니다."

[차는 가지고 오지 마. 내 차로 움직여야 하니까.]

"네."

통화를 끝낸 수연이 투덜거렸다.

"비서는 개뿔! 완전 대리기사잖아! 차라리 정 기사라고 부르는 게 어울리겠다."

그러면서도 집에서 세인트폴 백화점까지의 소요시간과 교통수단을 검색하고 있었다.

승준은 퇴근 후 진우를 만나 저녁식사를 함께했다.

"어제 걔도 너 게이냐고 묻더라."

진우의 말에 승준이 대수롭지 않게 반응했다.

"불능이라 그러지 그랬어?"

"지독한 SM이라고 했어."

"가슴을 쓸어내렸겠구만. 제대로 잘못 걸릴 뻔했다는 생각에."

"너하고 엮일까 봐 무서운지 걔는 나한테 안 매달리더라. 다른 애들은 또 만날 수 없냐고 징징거리는데. 그래서 이제부터 너를 가학적성애자로 만들려고."

"뭐든 어때? 네 맘대로 해."

"나 이번 내일 선본다. 청수당 셋째 딸하고."

진우의 말에 승준이 테이블에 놓인 사케 병을 흔들며 아쉬운 듯 쳐다봤다.

"이건 이제 못 마시는 건가? 아쉽네! 유일하게 마시는 일본 청주였는데. 이제는 청수당에서 나온 청주만 마셔야 하다니."

셋째 딸이니 선 안 보고도 데려와도 되지 않겠느냐는 농담을 던지려는데 승준의 휴대폰이 울렸다. 신혜리였다.

승준의 휴대폰에서 힐끔 발신인을 확인한 진우가 물었다.

“신혜리는 왜 아끼는 거야? 마음 있는 거냐?”

늘 여자를 데리고 호텔 룸으로 들어가도 승준은 그녀들의 손끝 한 번 만지지 않고 나온다. 대신 한껏 기대를 하고 그를 따라 들어온 그녀들을 진우가 대신해서 상대해 왔다.

승준과 진우만이 아는 그들만의 비밀이다. 그래서 승준은 천하의 난봉꾼으로 소문이 났고, 진우는 선비라고 알려져 있다.

그런데 승준이 신혜리는 룸으로 데리고 간 적이 없다. 진짜 연애를 하는 연인을 아끼는 것처럼 승준은 그녀에게 신사적이다.

하지만 승준에게 들려온 대답은 다른 여자들을 대하는 목적과 다르지 않았다.

“마음이 있어서가 아니라 아버지한테 내밀려고 아끼는 거지. 적어도 얘는 다른 애들하고 같지 않게 대했으니까. 그걸 알면 진심으로 받아들여서 그 속이 더 바짝바짝 타들어 가겠지.”

“그러다 신혜리한테 발목 잡혀.”

“내가 그렇게 쉬운 놈은 아니지. 조절 잘 하고 있어. 그리고 또 하나의 카드도 숨겨 놨고.”

승준은 걸려 오는 신혜리의 전화를 받지 않고 수연에게 먼저 전화했다.

[정 비서입니다, 상무님.]

"역시 실망시키지 않는군, 정 비서. 11시쯤 세인트폴 백화점 옆에 있는 클릭이라는 바가 있어. 거기로 와 줘."

[알겠습니다.]

"차는 가지고 오지 마. 내 차로 움직여야 하니까."

[네.]

통화를 끝낸 승준이 이번에는 신혜리에게 전화를 걸었다.

그런 그를 보며 진우가 물었다.

"정 비서는 누구야?"

"있어. 내가 하고 다니는 짓을 유림에게 보고해 줄 정보통. 이젠 내가 애쓰지 않아도 아주 쉽게 아버지 귀에 모든 게 들어갈 거야."

"정 비서가 또 하나의 카드인 거야?"

승준이 진우에게 개구진 미소로 고개를 끄덕여 보이며 혜리와 통화했다.

"왜 전화했어?"

[제가 어제 술 마시고 상무님께 실수한 것 같아서요. 전화한 기억이 없는데 통화 기록이 있더라고요.]

승준은 혜리의 앙큼함에 웃음을 터뜨릴 뻔했다. 하지만 그는 일부러 다정한 목소리를 냈다.

“실수라면 실수인 거고, 아니면 아닌 거고.”

[저 지금 촬영 끝나서 잠깐 만나고 싶은데……. 시간 괜찮으세요, 상무님?]

“그럼 30분 후에 클릭으로 올래?”

[네. 갈게요.]

“이따 보자.”

자, 그럼 정수연 찬스를 이용해 볼까?

진우와 헤어져 클릭으로 들어서자 직원이 그를 룸으로 안내했다. 그 안에는 혜리가 먼저 와 있었다.

벌떡 일어나 화사한 미소로 그를 맞이하는 혜리를 향해 승준은 가벼운 미소조차 보이지 않은 채 자리에 앉았다. 그가 앉자마자 혜리가 그의 술잔을 채워 앞으로 놓아 주었다.

“나 때문에 화나신 것 같아요.”

그의 눈치를 보며 묻고 있지만 그녀의 목소리는 간드러졌다.

“너, 나하고 연애하고 싶니?”

단도직입적으로 묻는 승준의 질문에 혜리가 움찔했다. 그녀는 바로 대답을 하지 않은 채 머뭇거렸다.

‘머리 굴려 봐야 네 속셈은 뻔한데, 무슨 고민을 그렇게 하실까?’

그녀에게서 어떤 대답이 나오든 관심 없는 승준이 술잔을 비웠다. 그러자 그녀가 파인애플 한 조각을 포크로 집어 그의 입에 가져다 댔다.

그의 취향과 음주 습관을 제대로 파악하고 있는 영민함에 헛웃음을 흘리며 승준은 일부러 다른 과일을 집어 먹었다.

"상무님 마음대로 하세요."

"내 질문에 대한 대답이 아닌데?"

"대답 맞아요. 상무님이 원하면 연애를 하는 거고, 원치 않으면 그냥 이대로 만나는 것도 좋다는 뜻이에요."

"정리하자면 정리할 거고?"

배우라 그런지, 아니면 진심으로 그를 사랑해서인지 모르겠지만 승준의 말이 끝나자마자 그녀의 눈가가 붉어졌다. 상처를 받은 것 같은 표정으로 고개를 떨어뜨렸다.

그 모습을 승준이 말없이 지켜보기만 했다.

'설마 울려고?'

그런데 정말 그녀의 눈에서 눈물이 뚝 떨어졌다. 한 치의 어긋남 없는 혜리의 모습에 인상이 찌푸려질 때, 수연에게 전화가 걸려 왔다.

[상무님 도착했습니다.]

"카운터에 차 키 맡겨 놨어. 내 차 알지? 5분 후에 나갈 테니까,

문 앞에 차 세워 놓고 기다려."

[네.]

휴대폰을 주머니에 넣으며 승준이 자리에서 일어났다.

'Let's show time!'

승준이 혜리의 어깨를 감싸며 다정하게 말을 건넸다.

"일어나. 같이 가자."

촉촉이 젖은 눈으로 혜리가 승준을 보았다.

"상……무님."

"따라와."

혜리가 눈물을 닦으며 일어서자 그가 그녀의 손을 잡고 밖으로 데리고 나왔다. 어디를 가는 것인지 묻지도 않은 채 혜리는 조용히 그를 따라 차에 올랐다.

"집으로."

두 여자가 동시에 놀랐다.

승준이 신혜리를 데리고 차에 오른 걸 본 수연도 놀라고, 그가 자신을 데리고 집으로 가는 것 같은 상황에 혜리도 놀랐다.

승준이 혜리의 손을 잡고 걱정스러운 듯 말했다.

"신혜리, 너 우리 아버지 감당할 수 있겠어? 사람 보내서 협박할 수도 있어. 만만치 않은 양반인데, 괜찮겠냐고?"

"난 다 감당할 수 있어요. 상무님만 있으면 뭐든 다요."

승준이 그녀의 머리를 쓰다듬었다.

"힘들어도 헤쳐 나갈 수 있으면 네 뜻대로 해."

"상무님."

혜리가 승준의 품으로 파고들었고 그가 그녀의 등을 다독였다.

그 모습을 룸미러로 힐끔힐끔 보던 수연이 속으로 중얼거렸다.

'어머, 어머! 뭐야? 둘이 진짜였어? 웬일이야? 지수 말대로 아닌 게 아닐 수 있다고 하더니. 그런데 신혜리 진짜 예쁘다.'

여자인 수연이 봐도 시선이 떨어지지 않을 만큼 신혜리는 아름다웠다. 그림으로 그려도 그 미모를 다 표현할 수 없을 만큼 눈부신 외모였다.

수연은 실물로 본 여배우의 모습이 신기했다. 그래서 그녀의 시선이 자꾸 룸 미러로 향했다.

승준에게 착 달라붙은 신혜리와 그녀의 머리를 쓰다듬는 둘의 분위가 무척이나 에로틱했다. 곧바로 키스를 할 것 같은 그 묘한 분위기를 보려는 건 아니었다. 신기할 정도로 예쁜 신혜리를 보는 것이었는데 그 순간, 승준과 눈이 딱 마주쳤다.

"정 비서, 운전에 집중하지? 자꾸 그렇게 엿보니까 할 걸 못하겠잖아."

그걸 엿보려는 게 아니었다고!

마치 남의 애정행각을 훔쳐보는 못된 행동을 나무라는 것 같은 승준의 말투에 수연은 심술이 났다. 괜히 욱하는 심정에 한마디를 하고 말았다.

"알았습니다. 운전에 집중할 테니 하려던 거 하세요, 상무님."

입을 삐죽거린 수연은 앞만 보며 운전에 집중했다. 그리고 서로가 어색한 분위기를 지워 버리기 위해 라디오를 켰다. 둘의 에로틱한 분위기에 BGM이라도 깔아 줘야 할 것 같았다. 게다가 행여 키스할 때 쪽쪽거리는 소리가 들릴 수도 있으니까.

다행히 라디오에서는 듣기 좋은 피아노 선율이 흘러나왔다.

'키스하기에 딱 좋은 음악이네.'

의도한 대로 뒤에 있는 연인들을 위해 좋은 분위기를 만들어 주었다는 뿌듯함에 미소 지어지는데, 피아노 선율에 맞춰 나오는 노래는 기가 막힌 것이었다.

「아니~ 아니 노지는 못하리라. 추강월색~ 달 밝은 밤에 어두침침 빈 방 안에~」

구성진 창부타령에 놀란 수연이 얼른 라디오를 껐다.

도대체 어느 채널에 맞춰 놓았기에 이런 창이 나온단 말인가.

승준의 취향이 참 독특하다는 생각을 하는데, 뒷좌석에서 그의 웃음소리가 터져 나왔다. 좀 전처럼 분위기 깼다는 핀잔이 나올 줄 알았는데 그가 파안대소를 하며 쉽게 웃음을 그치지 않았다.

힐끔 룸 미러로 보니 고개를 숙이고는 어깨까지 들썩이며 웃고 있다. 대신 그 옆에 있는 신혜리가 그녀를 무섭게 노려보고 있었다.

'누가 알고 그랬나?'

하지만 수연은 본의 아니게 저지른 실수에 대해 사과를 했다.

"죄송합니다. 라디오를 켰을 뿐인데……. 죄송합니다."

이렇게 사과하면 그냥 넘어갈 줄 알았다. 그런데 신혜리는 자신의 불쾌감을 드러냈다.

"제가 운전할 걸 그랬나 봐요? 여러 가지로 편하지 않네요."

사실 편하지 않기로 따지면 수연이 더하다. 둘만이 은밀해야 하는 데이트에 끼어든 것 같은 불편한 마음으로 인해 괴로울 정도다. 게다가 그들을 훔쳐본 것 같은 오해를 사서 승준에게 핀잔까지 들었다. 어찌 이보다 더 불편할 수 있을까.

'빨리 이 자리를 벗어나야지.'

수연이 액셀을 밟으며 차의 속도를 높였다.

그때, 웃음을 딱 그친 승준이 혜리에게 물었다.

"난 편하고 재미있는데, 왜?"

방금 전 파안대소를 한 사람이라고 믿을 수 없을 만큼 무뚝뚝한 말투였다.

"아니, 난 그냥…… 상무님하고 단둘이만 있고 싶으니까……. 그리고 비밀리에 움직여도 여기저기 보는 눈들도 많아서……."

"곧 있으면 단둘이 될 텐데, 보채기는. 그렇게 급한가?"

"아이, 상무님."

"그리고 정 비서는 내가 가장 신뢰하는 최측근이야. 비밀리에 움직였는데 뭔가 새어 나갔다면 그건 네 쪽이야. 그러니 정 비서 앞에서는 뭘 해도 괜찮아. 신경 쓰지 마."

뭐지? 어쭙잖게 신뢰를 말하는 의도는?

그렇게 말하는 승준의 의도는 알 수 없었지만 수연은 그가 말한 남들이 알아서는 안 되는 비밀스러운 만남이 이런 것이라는 걸 알 수 있었다.

'난 사업상의 비밀스러운 만남인 줄 알았는데. 신혜리였어. 뭐 어쨌거나 내가 입이 무겁기는 하지. 그건 또 어떻게 알아가지고.'

수연은 나이스 차 상무와 신혜리의 관계를 함구하기로 작정했다. 둘의 관계를 궁금해하는 그녀의 절친, 지수에게도 입을 열지 않기로 했다.

속도를 내서 달려서인지 수연이 생각했던 것보다 빠르게 승준의 빌라 주차장에 도착했다. 수연이 유림에게 그랬듯 빠르게 내려 승준이 앉은 쪽 차 문을 열어 주었다. 그러자 그가 내리더니 신혜리 쪽 문을 열어 주며 손을 내밀었다.

"그럼, 저는 들어가 보겠습니다."

"수고했어. 그리고 차는 정 비서가 가져갔다가 내일 7시까지 가져와. 내일 운전할 수 없을 만큼 피곤할 수도 있으니까."

'밤새 뭐 하느라……?'

수연의 머릿속으로 음란한 생각이 스쳤다. 하지만 승준을 향해서 공손하게 대답했다.

"알겠습니다."

수연이 묵례를 한 후 차를 타고 사라졌다.

"빨리 올라가요, 상무님. 기대된다, 상무님 집."

그때, 주차장 한쪽에 있던 차가 상향등을 깜빡였다. 그러자 승준이 혜리를 데리고 그 차 옆으로 다가갔다. 혜리가 그런 승준을 의아하게 바라보는데 그가 뒷좌석의 차 문을 열어 주었다.

"……?"

"타고 가."

"네? 상무님, 지금……."

커다란 눈이 더욱 커진 신혜리가 믿을 수 없다는 얼굴로 승준을 바라봤다. 하지만 승준은 그런 혜리의 표정과 말에는 아랑곳하지 않고 운전석에 앉아 있는 진우를 향해 말했다.

"박 기사님, 이분 누군지 아시죠? 집까지 잘 좀 부탁드리겠습니다."

안에 있는 진우가 대답했다.

"그럼요. 아이고, 이렇게 귀한 분을…… 영광입니다, 신혜리 씨."

진우가 차에서 내려 허리까지 숙이며 혜리에게 인사를 건넸다. 하지만 혜리의 표정은 차갑게 굳은 채 승준만 바라보았다.

"지금…… 나를 그냥 보내려는 거예요?"

"맞아. 이 차 타고 집에 가."

"갑자기 왜 이러는 거예요? 내가 뭐 실수했어요? 상무님 집까지 와서 그냥 이렇게 돌려보내는 게 어디 있어요?"

혜리가 승준에게 다가가 팔짱을 꼈다.

"올라가요, 상무님. 차 한 잔이라도 마시고……."

"저 차 타고 지금 가지 않으면 택시 타고 가야 해. 어떡할 거야? 탈 거야, 말 거야?"

순식간에 화가 잔뜩 난 얼굴로 변한 신혜리가 승준을 쳐다보고는 차에 올랐다. 화가 났다는 걸 알려 주려는 듯 그를 향해 시선은 커녕 인사도 하지 않은 채 씩씩거리기만 했다.

"부탁드립니다."

"걱정 마십시오, 상무님. 안전하게 잘 모셔다 드리겠습니다."

진우가 차를 몰고 사라져 갔다.

그 자리에 서 있던 승준이 피식 웃으며 자신의 집으로 올라갔다.

'내일 아버지 혈압 좀 오르시겠군.'

짓궂은 미소를 지우지 못하고 집으로 들어온 승준이 샤워를 마치고 나왔을 때, 진우에게 전화가 걸려왔다.

"잘 데려다 줬어?"

[걔 무섭더라.]

"뭐가?"

[뭔 여자애가 욕을 그렇게 잘해? TV에서 보는 것하고 다르게 입에 걸레를 물고 있더만. 나보고 차 상무하고 어떤 관계냐고 물어봐서 채무관계가 좀 있어서 어쩔 수 없이 잔심부름해 주는 기사라고 하고, 너에 대한 불만을 좀 털어놨더니 곧바로 민우영한테 전화해서 술 마시자고 불러내더라. 오늘 집에 들어갈 생각하지 말라고 하고.]

"그래서?"

[샹제리제 호텔 앞에서 내려 줬어.]

그럴 줄 알았다는 듯 승준이 고개를 끄덕거리며 킥킥거렸다.

"블랙박스 음성 잘 보관해 놔라."

[당연하지.]

"고맙다. 내일 한잔하자."

[나 내일 선봐.]

"아, 그랬지! 기대되네. 잘 보고, 어땠는지 연락해라."

[그러마.]

진우와 통화를 끝낸 후 승준이 느긋해진 마음으로 서재 책상 앞에 앉았다.

'자, 신혜리는 예상대로 움직였고, 이제 정수연이 입만 열면 되는 건가?'

그런 생각을 하면서 책상 위에 노트북 전원을 켰다. 그리고 며칠 후에 있을 영앤영 인수합병에 관한 마지막 협상에 대비한 자료 검토를 시작했다. 그러다 수연이 생각났다.

'기사가 있으니 좋긴 좋네.'

밤새워 일하는 경우는 흔하다. 다른 임원들처럼 운전기사를 따로 두고 출근할 때에 눈을 붙이는 것도 괜찮지만, 그보다 음악을 들으며 혼자 운전하고 가는 것이 편했다.

그런데 내일 아침, 수연이 운전하는 차 안에서 눈 붙이고 쉴 수 있다고 생각하니 그렇게 나쁘지 않다.

그러다 문득 오는 길에 그를 빵 터지게 만들었던, 차 안에서 갑자기 나왔던 창부타령과 그걸 듣고 놀라는 정수연의 표정이 떠올랐다. 놀란 토끼처럼 눈은 커지고, 붕어처럼 입을 벌린 채 울지도 웃지도 못하는, 그 얼굴이 왜 이렇게 웃기던지.

그는 라디오를 듣지 않는다. 아마도 아주 가끔 자신의 차를 이용하는 진우가 그 주파수에 맞춰 놓은 듯하다. 여자를 떼어내기 위해, 진우가 일부러 국악이 나오는 주파수에 맞춰 놓았을 수도 있다.

하지만 그 이유는 중요하지 않았다. 오랜만에, 아니 거의 처음으로 진짜 재미있고 웃겨서 웃어 봤다. 거짓으로 웃거나 비웃음이 다였던 그의 일상에 진심의 웃음이 나왔다.

'정수연, 재미있어.'

❖

7시까지 오라는 승준의 말에 알람을 6시에 맞춰 놨다. 하지만 이른 시간에 일어나는 것이 몸에 배지 않아 알람을 끄고 이불 속에서 뒤척이다가 일어난 시간은 6시 25분.

화장을 생략하고 양치질과 세수만 하고 나와 부리나케 액셀을 밟아 승준의 빌라 주차장에 도착한 시간이 6시 55분.

수연이 안도의 한숨을 내쉬고 승준에게 전화를 걸었다.

"상무님 주차장에 도착했습니다."

[내려갈게.]

그리고 정확하게 7시에 승준이 주차장으로 내려왔다.

수연은 운전석에서 내려 그를 향해 허리 굽혀 인사한 후 뒷좌석의 문을 열어 주었다. 그는 그녀의 인사를 받는 듯, 마는 듯하고 차에 올랐다.

'인사 좀 받아 주면 어때? 남매가 달라도 너무 달라. 아무래도

누구 하나는 밖에서 낳아 온 게 확실해.'

속으로만 구시렁거리며 운전석에 올라탄 수연이 기어를 넣고 출발하려 할 때였다.

"정 비서."

"네?"

"얼굴에 그렇게 자신 있나?"

"……?"

"나이스그룹 상무와 고문을 수행하는 비서가 민낯으로 출근을 해? 보스의 이미지를 대표할 수 있는 비서가 자신을 관리하는 건 기본인데, 신혜리 같은 페이스도 아니면서 무슨 자신감으로 민낯으로 다니는 건지 모르겠군."

화산만이 불을 뿜는 건 아니었다. 수연의 얼굴에서도 불이 뿜어져 나오는 것처럼 화끈거리고 뜨거웠다. 화가 나는 것도 있었지만 부끄러움과 수치스러움이 동시에 느껴졌다.

어디 가서 '못났다.' 는 소리는 들어본 적이 없다. 오히려 '배우를 해 봐라.' 라는 말을 들을 만큼 '예쁜 일반인' 에 속한다고 할 수 있다.

좀 받쳐 주는 자신의 미모를 차 상무가 '무슨 자신감' 이라는 표현을 쓰며 그녀의 외모를 무시했다고 화가 나는 건 아니었다. 비교 불가의 연예인 신혜리와 비교를 했다는 게 문제였다. 신혜리는 여자 연예인들 중에서 손꼽힐 정도의 미모인데.

더구나 매니저인지, 비서인지, 그 경계를 애매하게 해 놓고는 정식 수행비서와 같은 품위를 바라다니.

하지만 수연의 화는 곧바로 가라앉았다. 그의 말에 토를 달거나 불만을 표할 수가 없었다. 신혜리와 외모를 비교한 것 빼고는 그의 말이 맞기 때문이다.

차 상무를 만날 때만 늦잠을 자느라 찍어 바르고 할 시간이 없었다는 핑계도 대고 싶지 않았다. 늦잠마저도 그녀의 잘못이기 때문에.

“죄송합니다. 다음부터는 비서로서 그리고 매니저로서 품격을 갖추겠습니다.”

“기대하지.”

뭘 기대할 건데?

하지만 수연은 승준에게 꼬투리 잡힐 행동은 말아야겠다는 다짐을 했다. 비꼬면서 지적질 하는 방법이 상당히 불쾌하다. 저런 식으로 지적질을 여러 번 더 받는다면 한 번은 들이받지 않을까 싶다.

미리미리 조심해야 할 필요가 느껴졌다.

“오늘 유림이 일은 몇 시에 끝나지?”

그녀에게 묻는 승준의 목소리가 무척이나 건조하고 딱딱했다.

어젯밤 신혜리를 옆에 두고 있던 바람둥이 재벌 3세가 아닌, 나이스그룹 후계자다운 날카로운 카리스마가 목소리에서 느껴졌다.

그래서 대답하는 수연도 사무적인 목소리로 똑 부러지게 대답했다.

"별다른 스케줄이 생기지 않는다면 5시에 끝납니다."

"중간에 비어 있는 시간은?"

"점심시간 외에는 없습니다."

"그럼 점심시간에 문자로 신혜리 주소 보내 줄 테니까, 그곳으로 꽃 배달 좀 직접 해 줘. 꽃은 최대한 아름답고 화사한 걸로 사고, 비용은 나한테 직접 영수증 올리면 처리해 주지."

순간적으로 수연은 걱정이 되었다. 이러다가 신혜리 수발까지 드는 건 아닌지.

사적인 용무 처리를 하는 비서로 남매에게 채용되었지만 두 사람의 용무 내용이 너무 달라 정신적인 피로감이 심하다.

앞으로 적응되면 괜찮겠지만 승준이 시작부터 너무나도 은밀한 지시를 내리니 맘이 편치 않다. 그러다 무의식중에 한숨이 흘러나왔다.

"보스 앞에서 한숨 내쉬는 비서 봤나?"

"죄송합니다."

"내가 내린 지시에 대해 불만 있어?"

"없습니다."

'아직은' 이라는 말을 내뱉지 않았다. 아침부터 차 상무와 시빗거리를 만들고 싶지 않았다. 시비가 붙더라도 그녀만 상처 받고 그녀만 조아려야 하는 상황이 된다는 것을 알기에 이쯤에서 다른 말이 나오지 않게 할 필요가 있었다.

"조심하겠습니다."

승준에게 다른 말은 나오지 않았다. 수연이 룸미러로 힐끔 그를 살펴보니 눈을 감고 있었다. 뒷목을 꾹꾹 주무르고는 목을 좌우로 숙이는 모습이 아침임에도 피곤에서 벗어나지 못한 모양새였다.

'어제 뭘 했기에……? 아!'

어젯밤 신혜리와 함께 집으로 간 것이 떠올랐다. 그리고 그녀가 승준을 데리러 와야 했던 이유도 떠올랐다.

승준의 민낯 타령에 신혜리를 잠시 잊고 있었다.

'밤새 아주 그냥……. 적당히 좀 하지.'

바람둥이로 소문난 차승준이 신혜리는 진짜 사랑하기는 하는 것일까? 아니면 스폰으로 나선 것일까? 그것도 아니면 그냥 단순한 엔조이 상대인 걸까?

뜬금없는 자신의 생각과 사생활이 깨끗하지 못한 승준으로 인해 수연의 인상이 괜히 찡그러졌다.

'저들의 세계를 내가 이해할 필요는 없지.'

쓸데없는 생각을 털어 버리고 난 후 수연은 나이스 본사에 도착했다.

"상무님. 도착했습니다."

승준이 눈을 떴다.

"점심시간 때 지시한 거 잊지 마."

"네."

차에서 내려서도 승준은 계속 목을 돌리고 허리를 비틀며 몸을 푸는 것 같은 동작을 했다. 입구에 나와 있는 비서실장에게 차 키를 넘긴 수연은 이번에는 유림의 집으로 출근했다.

바야흐로 하루에 출근 두 번, 퇴근 두 번 하는, 고단한 일상이 시작된 것이다.

❖

영앤영 인수 사업부 본부장이 새로 시작하는 드러그 스토어에 대한 브랜드 네이밍의 결과를 승준에게 가지고 왔다.

"플레이영? 젊게 놀자는 뜻입니까?"

"그렇죠. 헬스와 뷰티 제품을 찾는 이유는 좀 더 건강해지고 아름다워지기 위함입니다. 주 고객층이 원하는 게 어리고 건강하고 아름다워지는 것이니까요."

"회장님은 맘에 안 들어 하시겠군요."

"……?"

"브랜드 사용료를 받을 수 없으니까."

"아!"

지주회사가 계열사를 상대로 받는 비용이 브랜드 사용료다. 지주회사인 본사 입장에서는 그 수익이 꽤나 좋아 무시할 수 없는 부분이다. 그러니 ㈜나이스의 대주주인 차완섭 회장은 모든 계열사들의 명칭 앞에 '나이스'를 붙이길 원할 수밖에 없다.

하지만 승준은 그런 나이스 본사의 수익보다는 모든 계열사들이 '나이스'라는 지주 회사를 업고 더 크게 성장하는 게 우선이다. 그래야 지주회사도 덩달아 성장하고 거대해지는 법이니까.

"로고만 다시 수정해 오십시오. 영하게 놀기에는 로고 컬러가 너무 칙칙합니다."

"컬러 수정해서 다시 올리겠습니다."

사업부 본부장이 집무실을 나가자 승준이 시간을 확인했다.

오전, 11시가 조금 넘었다.

수연이 유림의 집으로 출근을 했을 것이고, 어젯밤 신혜리를 데리고 집까지 갔다는 말을 털어놓고도 남을 시간이다. 수연이 다른 사람에게는 몰라도 그녀의 직속상관이자 승준의 여동생이며 나이스그룹에 고문이라는 직함을 가지고 있는 유림에게는 그 비밀을 털어놔도 괜찮을 것이라 안심하고 수다를 떨었을 거라 예상했다.

승준은 점심시간이 지나고 나면 차 회장의 호출이 있을 거라 여기며 짓궂은 미소를 지었다. 오늘 오후가 무척이나 기대되었다.

❖

오전, 유림의 공식 일정은 남편의 회사인 디엘그룹에서 주관하는 봉사활동 참여다.

수연은 유림을 디엘 본사에 내려 주었다. 유림은 봉사 후 점심시간이 끝날 때까지 주체 측의 일정대로 움직여야 함으로 그때까지 수연에게는 자유 시간이었다.

평소라면 만화 카페에서 라면과 만화를 즐기거나, 집에서 낮잠으로 체력을 챙겼겠지만 오늘은 차승준 상무의 꽃 배달 지시를 따라야 한다.

휴식과 자유를 누릴 수 없는 수연은 유림이 행사 때마다 이용하는 플라워 숍에 미리 주문해 놓은 꽃다발을 찾았다. 꽃이라고 다 똑같이 예쁘지 않다는 걸 보여주는, 우아하고 고고한 느낌이 나는 비싼 꽃다발을 들고 문자로 받은 신혜리의 주상복합 아파트로 향했다.

'이런 건 반짝이는 거 하나 준비해서 곁다리로 직접 줘야 감동

인 거지. 바람둥이면서 기본에 충실하지 못하다니. 너무 성의가 없네.'

그러다 문득, 신혜리에 대한 마음이 그저 단순한 엔조이 상대가 아닐까, 하는 생각이 들었다. 진심으로 사랑하는 사이라면 여비서를 통해 꽃다발을 보내지 않는다. 누가 봐도 이건 성의도 없고, 마음도 없어 보이는 행동이다.

'알 게 뭐냐. 난 하라는 대로 하면 되는 건데.'

꽃다발만 전달해 주면 되는 자신의 임무만 잘 수행하면 되는 것이라 여기고 신혜리의 집 앞에서 초인종을 눌렀다.

경비실을 통해 방문을 알렸기에 신혜리가 직접 문을 열어 주었다.

흰 면 티 하나만 걸쳐 입은 민낯임에도 불구하고 신혜리에게서는 빛이 나는 것 같았다. 훌륭한 몸매에 잡티 하나 보이지 않는 피부가 사람이 맞나 싶을 만큼 너무 완벽했다.

"차승준 상무님께서 보내시는 꽃입니다."

꽃다발과 수연을 번갈아 쳐다보는 혜리의 표정과 눈빛이 그 완벽한 미모를 가릴 만큼 어두워졌다. 딱 봐도 승준이 직접 오지 않은 것에 실망하고 우울해하는 느낌이었다.

꽃은 받지 않고 한숨을 내쉬는 신혜리와 계속 마주 보고 서 있을 수가 없었다.

"받으시죠?"

신혜리가 수연이 그녀에게 더 가깝게 내미는 꽃다발을 받았다. 그러고는 어두운 표정을 화사하게 바꾸더니 수연에게 상냥하게 말을 건넸다.

"잠깐 들어와서 차 한잔해요."

"괜찮습니다."

"이런 건 꽃집에서도 해도 되는 건데, 나 때문에 일부러 직접 온 거잖아요. 미안하고 고마워서 그래요. 들어와요."

수연은 어젯밤 음악 한 번 잘못 틀어 분위기를 깬 그녀를 노려보던, 차갑고 못돼 보이던 신혜리를 기억하고 있다. 그런데 지금은 어제의 신혜리가 아닌 느낌이다.

황홀한 외모로 친절을 베풀며 친근한 미소를 보이는 모습이 원래부터 이토록 상냥한 여신이었던 것 같다.

"어서요."

수연이 머뭇거리자 혜리가 그녀의 팔짱까지 끼며 집 안으로 데리고 들어왔다.

어쩔 수 없이 신혜리에게 이끌려 들어왔지만 최고의 여배우가 사는 집에 들어왔다는 게 신기하고 흥분되었다.

"언니 같아 보이는데, 언니라고 불러도 되죠?"

하지만 친절과 상냥함이 갑자기 너무 과해지니 수연의 마음이 부담스러웠다.

“앉아요.”

주방으로 수연을 데리고 와서 식탁에 그녀를 앉히고는 전기 포트에 물을 담아 전원을 눌렀다.

“상무님하고 일한 지는 얼마나 됐어요? 상무님이 되게 많이 신뢰하고 있는 거 보면, 한두 해 일한 게 아닌 것 같던데.”

신혜리의 질문이나 승준이 뱉어 놓은 말에 맞는 대답은 한 십 년 정도 됐다고 해야겠지만 진실은 이틀밖에 안 됐다는 것이다. 그렇다고 곧이곧대로 대답할 수는 없었다.

“처음에 고문님 일을 하게 되면서 알게 되었습니다.”

“고문님이요?”

“상무님 여동생 되시는 고문님이 계십니다.”

“아, 진짜요? 여동생 일까지 해 주시는 분이니, 상무님이 신뢰할 수밖에 없겠네요.”

혜리는 직접 믹스 커피를 타서 수연 앞에 놓아 주며 맞은편에 앉았다.

여배우 집에 커피 머신 하나 없나? 믹스 커피라니? 그것도 성의 없이 물만 잔뜩 넣어서.

머그컵 가득한 물의 양으로 인해 커피인지, 커피 맛 나는 물인지, 정체성이 모호한 그 음료를 마시고 싶지 않았다. 그러나 톱스

타 신혜리의 성의를 봐서 수연은 겨우 한 모금만 마셨다.

"상무님, 요새 많이 바쁘시죠?"

"아, 네……. 좀……."

"퇴근할 때도 언니가 모셔다 드려요?"

"……그런 편이죠."

"상무님 퇴근 후에 곧바로 집에 가는 편이에요?"

몇 마디 대화가 오간 건 아니지만 수연은 신혜리가 왜 자신의 집으로 자신을 불러들여 차까지 대접하는지 그 의도를 알게 되었다.

차승준 상무에 대한 일상적인 정보를 얻기 위함이었다. 한마디로 그녀가 모르는 그의 사생활을 파 보려는 저의가 엿보였다.

'이런 커피 같지도 않은 맛없는 음료 하나 던져 주고 남의 사생활을 캐 보시겠다? 그것도 최측근 비서한테? 돈 받고 일하는데, 내가 보스의 사생활을 흘릴 수는 없지. 직업윤리라는 게 있는데. 그리고 내가 그렇게 의리 없는 여자가 아니거든.'

신혜리의 빤한 의도를 알아챈 수연은 커피 같지도 않은 음료를 빠르게 마시고 자리에서 일어섰다.

"묻는 말에 다 답을 줄 수는 없고요, 하나만 알려 줄게요."

수연의 말에 신혜리의 눈이 반짝였다.

"이 커피는 절대 상무님께 드리지 마세요."

"네?"

수연이 살포시 웃어 주고 신혜리의 집을 나섰다. 등 뒤로 그녀를 '언니!' 라고 부르는 신혜리의 목소리가 들려왔지만 수연은 뒤돌아보지 않았다.

'얼굴은 예쁜데 왜 저렇게 음흉해? 내가 어제 잘못 본 게 아니라니까. 차 상무는 재가 저런 애라는 거 알까? 하긴, 그 남자도 만만치 않게 못된 구석이 있는데 알든 말든 내가 무슨 상관이야?'

❖

점심시간이 지난 후에야 자신을 호출할 줄 알았던 차 회장이 예상보다 일찍 그를 불러올렸다.

회장실로 들어오자 인상을 잔뜩 구긴 차 회장이 승준 옆으로 탁상 달력을 집어 던졌다.

"이 새끼, 너!"

"나이스그룹 회장님의 체통을 좀 지키시죠? 아무리 보는 눈이 없어도 상무한테 새끼가 뭡니까? 상스럽게."

"그러는 너는 보는 눈 많아서 그 따위로 행동하고 다닌 거냐?"

혈압으로 쓰러지는 게 아닌가 싶을 만큼 차 회장이 목에 핏대를 세우며 흥분했다. 그 모습을 보며 승준은 제 역할을 잘 해낸 것 같은 수연을 기특하게 생각했다.

그는 어제 집으로 신혜리를 불러들인 사실에 차 회장이 흥분한 것이라 확신했다. 그런데 그게 아니었나 보다. 차 회장이 신혜리와 관계없는 엉뚱한 질문을 던졌다.

"보양그룹 창립기념 행사장에서 무슨 짓 했어?"

보양그룹 창립기념 행사장? 2주 전에 있었던 그 행사장에서 무슨 짓을 했더라?

대외적이고 공식적인 장소나 행사에서는 절대 스스로를 깎아내리는 어리석은 행동은 하지 않는다. 오히려 더 점잖고 품위 있게 행동하고 말하는데, 도대체 뭘 가지고 이토록 흥분하는 걸까?

그러다 문득 떠오르는 것이 있었다.

"아! 송희연 씨 때문에 이러시는 겁니까?"

송희연은 현재 차 회장의 첩이라 할 수 있다. 승준보다 여섯 살밖에 많지 않고, 완섭보다 스물넷이나 어린 트로트 가수.

행사장에 노래를 불러 주러 온 그녀가 승준에게 반갑게 알은체를 하기에 하고 싶은 말을 해 주었을 뿐이다.

"아버지뻘 되는 남자의 첩이 돼서 사는 거, 부모님 보기 쪽팔리지 않습니까? 이런 행사에 불려 나올 정도면 돈 좀 만지시겠는데, 왜 차 회장 옆에 빌붙어 사는지 모르겠네. 나 같으면 그 얼굴로 어린 남자 데리고 살 텐데.”

승준의 말에 부들부들 떨던 송희연의 표정이 떠올랐다. 그러자 화가 나 있는 차 회장과 달리 웃음이 나오려 했다.

“한 번만 더 내 사람한테 그따위로 입 놀려 봐. 그때는 형준이 불러들이고 네가 미국으로 나갈 줄 알아! 너 없어도 회사 잘 돌아가고 인재들 많아! 사표 협박도 이젠 안 봐 줘!”

‘내 사람’ 이라는 차 회장의 말에 승준의 입가가 비틀어졌다.

“그러시든지요. 말씀 끝났으면 나가 보겠습니다.”

승준이 회장실을 나오자 안에서 차 회장의 고함이 들렸다.

“내가 너 못 내보낼 것 같아?”

하지만 승준은 아랑곳하지 않고 곧바로 집무실로 내려왔다. 그리고 비서가 사다 놓은 도시락으로 점심을 해결했다.

다시금 흥분해서 그를 호출할 것이라 생각하고, 대기하는 마음으로 오후 업무를 보려는데 그의 휴대폰이 울렸다. 신혜리였다.

신혜리는 그가 보낸 꽃다발로 인해 집 앞에서 그냥 돌려보냈던 어젯밤 그의 행동을 용서하며 넘어가 주는 척할 것이다. 그러면서 아양을 떨거나 앙큼한 조건을 내세울지도 모른다고 예상했다.

사실 그 꽃다발은 그녀의 마음을 풀어 주기 위해 보낸 게 아니다. 수연에게 보여 주기 위해 보낸 꽃다발이었다. 집으로 불러들여 즐기기만 하는 사이가 아닌, 신혜리에게 꽃다발을 보낼 만큼 각별하고 로맨틱한 관계라는 걸 알려 주기 위함이었다.

그러기에 지금 걸려온 신혜리의 전화는 별로 반갑지 않았다. 그래도 꽃은 받았는지 확인해야 했기에 그녀의 전화를 받았다.

"여보세요."

[다음부터 이런 거…… 그 여비서 통해서 보낼 거면 보내지 마요.]

아직 화가 안 풀리는 것 같은 목소리로 신혜리가 제법 앙칼지게 말했다.

"왜? 우리 정 비서가 실수라도 했나?"

휴대폰 너머 신혜리의 깊은 한숨소리가 들렸다.

[도대체 그 여자 뭘 보고 상무님이 신뢰한다는 건지 모르겠지만! 그 여자 정말 이상해요!]

빨리 통화를 끝내려던 승준의 마음이 바뀌었다. 수연과의 사이에 무슨 일이 벌어진 것 같아 신혜리와의 통화가 흥미로워졌다.

"뭐가 이상하다는 건데?"

[상무님이 최측근이라고 해서, 좀 친해 보려고 차 한 잔 마시고 가라고 했거든요. 커피까지 내가 직접 타 줘 가면서 정말 잘 지내 보려고 했는데……. 자기는 상무님 여동생 일까지 맡아했던 사람이라면서 우쭐거리는 거예요. 사람 아래로 깔보듯 보면서. 아주

본인이 상무님 여동생인 것처럼, 아니 그보다 더하게 행동하고 말했다고요! 누가 보면 동생인 줄 알 정도였단 말이에요.]

정수연이? 정말로?

사람, 하루 이틀 봐서는 제대로 알 수는 없다. 하지만 나이스를 경영하면서 사람들과의 싸움이라 할 만큼 수많은 사람들을 상대해 왔다. 적어도 그가 느낀 정수연은 차유림인 척하며 상대를 깔보는 행동과는 거리가 먼 여자다. 뒷담화를 좀 즐기는 편이기는 해도.

그런데 정수연이 유림인 것처럼 굴었다고?

그렇다면 답은 하나가 아닐까? 신혜리를 그에게 얼씬거리지 못하게 눌러 버리라는 유림의 지시를 받았다는 것.

'오호, 일이 아주 잘돼 가는데!'

❖

신혜리의 집을 나온 수연은 샌드위치로 간단하게 점심을 때웠다. 그리고 시간에 맞춰 유림을 데리러 디엘 본사에 도착했다.

본사 정문 입구에 차를 대고 기다리는데 유림이 잔뜩 부은 얼굴로 차에 올랐다.

"쇼핑 가야겠어."

"네."

유림의 볼멘소리에 수연은 곧바로 백화점으로 차를 몰았다.

한숨을 내쉬며 창밖을 보는 유림의 미간에 잡힌 주름이 깊었다. 디엘그룹의 거의 모든 임원들이 시댁 어른들이니 그들과 함께한 봉사활동에서 마음 상한 일이 생긴 모양이다. 디엘과 관련된 행사 후에 유림은 늘 저렇게 안 좋은 표정이었고, 그 스트레스를 쇼핑으로 풀었다.

그리고 또 하나 쇼핑 말고 필요한 것이 있으니 그건 수연의 위로였다.

"무슨 안 좋은 일 있었어요, 고문님?"

수연이 달래듯 따뜻한 목소리로 물었다. 그러자 그녀의 질문을 기다렸다는 듯 유림이 있었던 일을 털어놓기 시작했다.

"고래 싸움에 새우 등 터진다고, 두 형님들 세력다툼에 왜 내가 눈치 보고 힘들어야 하는지 모르겠어. 아직도 아버님이 멀쩡하게 살아 계시는데 벌써부터 라인을 만들면서 서로를 경계하고 그러는지. 보면 아주버님들보다 형님들이 더 해."

예전부터 유림에게 들어서 알고 있는 사연이다.

유림의 남편인 영찬은 삼형제 중에서 막내로 경영권에 큰 욕심이 없다. 디엘전자의 전략실 본부장으로 만족하고 가정에 충실하며 재벌 3세답지 않게 소소한 일상에 더 큰 의미를 두는 사람이다.

하지만 그 위로 두 형들은 후계자 자리를 두고 보이지 않는 알력이 심했다.

“또 친한 척하면서 서로를 디스했어요?”

“당연하지! 교묘하게 서로를 깎아내리는데, 그 사이에서 있는 내가 뭘 할 수 있었겠어? 숨도 제대로 못 쉬고 눈치만 보다 왔네. 짜증나!”

유림의 개인 비서 일을 하면서 가장 크게 느낀 건 재벌들이라고 다른 게 없다는 것이다. 오히려 가진 게 없는 자신이 그들보다 더 행복하다고 느낄 때가 많았다. 자신들의 욕심을 채우기 위해 쉽게 취하고, 쉽게 버리고, 인간미라고는 눈곱만큼도 없는 그들의 실상에 늘 혀를 내둘렀다. 그들이 사는 모습을 보며 차고 넘치는 것은 모자란 것보다 못하다는 것을 몸소 알게 되었다.

그나마 유림 부부는 그들과 다르게 정이 갈 만큼 인간적이고 평범해서 다행이었다. 그렇기에 비서로서 완전하지 않고 빈 구멍이 많은 그녀를 채용해서 데리고 다니는 건지도 모르겠다. 그래서 늘 유림에게 고마운 이유이기도 했고, 더 잘해야겠다는 생각이 들게 했다.

“털어 버리세요. 그래도 얼마나 다행이에요? 본부장님까지 그 세력다툼에 껴 있지 않다는 게.”

"맞아! 그랬으면 난 이혼했을 거야. 지금의 위치에 만족하고, 욕심부리지 않고, 최선을 다해 맡은 일을 잘 해내는 우리 남편이 그래서 좋아."

수연이 남편 편을 들어줘서인지, 아니면 남편 생각으로 마음이 풀린 건지, 유림의 표정이 많이 밝아졌다.

그런 유림을 보며 수연은 영찬에 대한 칭찬과 화목한 가정을 꾸리는 유림의 공을 인정해 주었다. 그러자 유림에게서 만족스러운 미소가 배어 나왔다.

백화점에 도착한 후 'VVIP Private Room'으로 유림과 함께 들어온 수연은 유림의 쇼핑을 도왔다. 도움이라고 해 봐야 수연에게 결정 장애가 발동될 때, 결정할 수 있게 조언해 주는 정도다.

유림은 시댁에서 받은 스트레스를 한정판인데다 최신상품인 명품 핸드백 하나와 원피스 한 벌로 풀었다. 그리고 백화점에서 전하는 감사의 선물로 명품 화장품 세트 상자를 받았다.

그 명품 화장품 상자는 늘 그랬듯 수연의 몫이 되었다.

"고맙습니다."

"고맙긴? 사서 주는 것도 아닌데. 말 나온 김에 정 비서 뭐 하나 사 줄까? 필요한 거 있어?"

"없습니다."

"백화점 온 김에 내가 뭐 하나 사 줄게. 있으면 말해."

수연이 극구 사양하는 바람에 유림이 마음을 접었다.

"사 준다니까……."

상황을 볼 때, 아쉬운 사람은 수연인데 오히려 그녀에게 선물할 기회를 잃은 유림에서 아쉬워하는 목소리가 새어 나왔다.

백화점을 나와 집에 도착했을 때, 유림은 반나절을 시댁 식구들에게 시달려서인지 유난히 피곤해하며 수연을 일찍 퇴근시켰다.

수연은 유림에게 내일 있을 친구들과의 모임을 언질해 주고, 퇴근해서 집으로 돌아왔다.

샌드위치로 때웠던 점심 식사가 부족해 라면을 끓여 먹으며 유림에게서 받은 화장품 상자를 풀어 보았다.

토너, 로션, 에센스와 같은 기초 세트일 거라 예상했지만 상자 안에는 메이크업 세트가 들어 있었다. 파운데이션, 립스틱, 아이새도와 미니어처 향수까지, 그 컬러와 향의 구성이 참으로 로맨틱했다.

"그냥 기초 세트로 주지. 화장할 일도 거의 없는데……."

그러다 문득 오늘 아침 출근길에 승준이 민낯인 그녀에게 독설을 퍼부었던 상황이 떠올랐다.

"얼굴에 자신감이 있냐고? 그래, 있다! 나도 꾸미면 신혜리 못지않게 예쁘거든!"

라면을 후루룩 다 먹은 후 수연은 세안을 했다. 그리고 식탁이자, 책상이자, 화장대인 테이블에 앉았다.

"어디, 그럼 시전해 볼까?"

토너와 에센스와 로션으로 기초화장을 한 후 수연은 본격적인 메이크업에 들어갔다. 메이크업 솜씨가 뛰어난 건 아니지만 기본 바탕이라 할 수 있는 이목구비가 또렷하고 세련되어 어려움은 없었다. 피부부터 잡티 없이 깨끗한 편이라 소량의 파운데이션만으로 피부에서 빛을 발했다. 눈썹은 굳이 그리지 않아도 될 만큼 모양이 가지런하게 잘 잡혀 있다.

섀도는 컬러가 모두 진한 것들이라 생략하고 가지고 다니던 파우치 속에 있는 마스카라로 눈매만 또렷하게 해 주었다. 그리고 오늘 유림에게서 받아 온 명품 립스틱을 꺼냈다. 여린 코랄빛이 어리면서도 여성스러운 분위기를 만들어 냈다.

"와우! 이 정도면 신혜리가 울고 갈 정도 아닌가?"

평소 그녀가 하는 메이크업이라고는 쿠션으로 피부를 가볍게 표현하고 입술은 립밤으로 윤기를 주는 게 다였다. 그래도 딱히 흉잡힐 만큼의 민낯 느낌은 없었었다. 그런데 입술에 립스틱을 바르고 마스카라로 속눈썹에 힘을 줬기로서니 이렇게 달라질 수 있는 건가 싶었다.

수연은 거울 속에 보이는 자신의 얼굴을 보며 흐뭇해했다. 하지만 이내 그녀의 입에서는 한숨이 흘러나왔다.

"그럼 뭐 해? 갈 곳도 없고…… 만날 임도 없는…… 독수공방 신세."

다시 지워야 한다는 사실이 안타까워 사진을 찍어 보관하기 위해 휴대폰을 드는데 벨이 울렸다.

반갑지 않은 발신인 '잘또 보스' 였다.

"또 뭘 시키려고?"

수연은 한숨을 내뱉으며 숨을 고른 후 그의 전화를 받았다.

"정수연입니다."

[정 비서, 어디야?]

승준의 목소리가 심상치 않았다.

"……집, 입니다."

[유림이 일 끝났으면 전화를 해서 보고를 하고 지시할 사항이 없는지 확인하고 집으로 가야 하는 거 아닌가? 그게 기본일 텐데.]

"죄송합니다."

아직 승준의 일을 한다는 것에 적응이 덜 되어 잊고 있었다. 그걸 지적하는 그의 말이 틀린 게 아닌데도 너무 따끔한 목소리에 수연의 인상이 찌푸려졌다.

[당장 회사로 와서 로비에 보안 직원한테 키 받아 정문에 차 대기시켜.]

"네."

통화를 끝낸 수연은 휴대폰이 승준인 것처럼 무섭게 쏘아보며 화를 냈다.

"나이스 상무씩이나 돼서 운전기사도 없어? 그리고 퇴근 후 사적인 용무가 왜 이렇게 많은 건데?"

겨우 이틀 일했을 뿐인데 2년은 일한 느낌이다. 유림과 모든 것이 달라 유난히 그가 더 어렵고 일이 힘든지 모르겠다. 그럼에도 놓치면 손해인 자리라는 걸 알기에 수연은 일어나서 옷부터 갈아입었다.

"그래, 직장생활 다 똑같지. 참자. 참아! 참는 나에게 상가 한 채가 떨어질지니!"

수연은 자신의 목표를 위한 다짐을 한 번 더 하며 나이스로 향했다.

송미희 일로 승준을 호출했던 차 회장은 그 후로는 부르지 않았다.

정수연이 유림에게 아무 말 하지 않았거나, 유림이 아직 차 회장에게 고하지 않은 이유일 수 있다.

승준은 수연이 유림에게 말하지 않은 건 아니라고 생각했다. 낮에 신혜리가 전화해서 발끈한 걸 보면 뭐가 있는 듯했다. 하지만 유림과 통화를 할 때, 유림에게서 별다른 걸 느끼지 못했다. 동생의 성격을 볼 때, 수연에게 신혜리에 관한 정보를 듣고 그냥 넘길 리 없다. 그런데 유림은 피곤하다면서 그의 전화를 귀찮아했다. 수연이 별다른 말을 하지 않았다는 증거다.

"그렇지. 처음부터 정보를 흘려서 보스의 신뢰를 저버리는 건 머리가 모자라거나 기본이 안 된 거지. 그런데…… 왜……?"

수연이 신혜리에게 한 이상행동은 이해가 가지 않았다.

"더 두고 보면 알겠지."

그러기 위해서 승준은 그녀를 호출했다. 그리고 그녀를 기다리는 동안 진우와 통화를 했다.

"선볼 준비는 잘 끝냈어?"

[준비랄 게 뭐 있어. 그냥 얼굴 보면 되는 걸. 브리오니로 한 벌 빼입기는 했다.]

"잘해 봐라. 선샤인 갈 건데, 그럴 리 없겠지만 실패하면 전화해. 위로해 줄 테니까."

[알았다.]

그로부터 30분 후 로비의 보안직원으로부터 정문에 차를 대기시켰다는 인터폰이 들어왔다.

수연이 왔다는 뜻이다.

승준은 하던 일을 마무리하고 정문으로 내려왔다. 그녀가 도착한 지 30분이 지난 시간이었다. 뒷좌석 문을 열어 주고 서 있는 수연의 표정을 승준이 슬쩍 살폈다.

당장 회사로 와서 대기시키라고 해 놓고는 30분을 기다리게 했다는 사실에 불만을 보이지 않았다. 다만, 화사하게 메이크업을 하고 온 것이 의외였다.

'분명 퇴근해서 집에 있다고 했는데…….'

그러다 그녀의 민낯을 지적했던 아침의 상황이 떠올랐다.

'비서로서 품위를 갖추겠다고 하더니…….'

보스가 지적한 사실에 곧바로 시정하는 저런 태도는 칭찬받아 마땅하다.

그런데 왜 정수연의 저런 행동이 반항으로 보이는 거지?

마치 '나 메이크업하면 좀 봐 줄 만한 인물이야.' 하고 그를 향해 불손한 마음을 표현한 것 같다. 그런 반항으로 인해 그녀의 얼굴이 못마땅해 보여야 정상인데 우습게도 '봐 줄 만한 얼굴' 로 보였다. 아니 더 솔직히는 '많이 봐 주고도 남을 얼굴' 이었다. 변장 수준의 진한 화장을 한 것도 아닌데 왜 이리 인상이 달라 보이는지 모르겠다.

그녀의 민낯이 철딱서니와 같은 이미지라면 지금은 아주 순수하고 청순한 미인의 느낌이다.

그가 생각에 빠져 있을 때, 수연의 목소리가 들렸다.

"상무님. 행선지를 말씀해 주셔야죠."

그녀의 목소리보다 정수연을 향한 자신의 생각에 화들짝 놀란 승준에게 대답 대신 헛웃음이 나오려 했다.

'너무 일을 많이 했나?'

그 이유를 과중한 업무로 돌리며 짧고 무뚝뚝하게 대답했다.

"선샤인 호텔."

"네."

간결하게 대답한 수연은 곧바로 차를 출발시켰다.

'호텔? 오늘은 신혜리를 호텔에서 만나려고?'

두 사람의 애정행각에 온갖 해괴한 추측과 상상을 하며 룸 미러로 힐끔 승준을 쳐다보다 시선이 딱 마주쳤다. 그녀의 상상을 그가 눈치챈 것도 아닌데 수연은 괜히 찔리는 마음에 움찔하며 빠르게 시선 돌렸다.

"정 비서, 혹시 나한테 관심 있나?"

사실 이 질문은 수연에게 자꾸 시선을 주게 되는 자신이 맘에 들지 않아 던진 질문이었다. 더 정확하게는 그녀에게 시선을 주는 이유가 내 탓이 아닌, 네 탓으로 돌리기 위함이었다. 마치 그녀가 그에게 관심과 마음이 있어 일부러 작정하고 꾸미고 나왔다는 확신을 위해.

"네?"

승준의 마음을 알 리 없는 수연은 뜬금없는 그의 질문에 눈이 동그래졌다.

차 상무가 말하는 관심이 설마 그 관심을 말하는 건 아니겠지?

그렇지 않고서는 룸 미러로 눈 한 번 마주쳤기로서니 관심 있냐고 묻는 것은 너무 황당한 질문이다. 농담으로 듣기도 기분 나쁜 질문이고.

질문이 애매하기는 했지만 수연은 보스에게 가져야 할 비서의 의무적인 관심을 말하는 것이라 여겼다. 그런데.

"난 당신 보스야. 출근 때는 하지도 않던 메이크업을 오밤중에 하고 나오는 건 저의가 있는 걸로 보여. 그러니 퇴근 때 그렇게 오버해서 나오지 않는 게 좋겠어."

'저의? 무슨 저의? 아닌 밤중에 홍두깨라더니……. 뭐라는 거야? 아이고, 더럽게 까탈스러운 보스시네. 화장도 시간 가려 가며 해야 하고.'

하고 싶은 말도 많고 따지고 물을 것도 있었지만 수연은 그렇게 하지 못했다. 모든 직장인들이 그렇듯 상사의 말에 일단 참는 것이 아랫사람의 빌어먹을 미덕이다.

그렇다고 그냥 그 말을 넘길 수도 없었다. 그에게는 관심 1도 없는 것은 물론이고 저의 같은 것도 없다. 저런 착각을 계속하게 할 수 없다는 생각에 입을 열었다.

"저는 제가 수행해야 할 상무님의 일정 외에는 어떤 관심도 없고요, 오밤중에 화장을 하고 나온 건 어떤 저의가 있는 게 아니라 상무님 일정 후 개인적인 제 약속 때문입니다."

그러니 당신이야말로 오버하지 마!

"그럼 다행이고."

승준의 말에 수연의 인상이 구겨지려 했지만 애써 표정을 관리하며 수연은 선샤인 호텔 출입문 앞에 주차했다.

"언제 나올지 몰라 일단 대기해. 그러니 개인적인 약속이 있다는 건 취소하는 게 나을 것 같군. 아! 그리고 혹시 급한 용무 생기면 2025호 올라오면 돼. 휴대폰은 안 받을 거니까."

"……네."

승준은 그녀가 차 문을 열어 주기도 전에 알아서 내렸다. 회전문을 열고 안으로 들어가는 그의 뒷모습을 보며 수연이 한마디를 날렸다.

"이게 무슨 비서냐?"

선샤인 호텔에 승준이 전용으로 이용하는 룸이 있다. 대외적으로 여자와 즐기기 위해 승준이 마련한 전용 밀실로 알려져 있다. 그러나 여자와 즐기기 위한 용도로는 진우가 사용하고, 승준은 야근을 위한 사무실 용도로 사용한다.

수연이 온갖 추측성 상상을 하게 만들어 놓은 후 룸으로 들어온 승준은 금고에 숨겨 놓은 노트북을 꺼냈다. 그리고 챙겨 온 USB를 꽂고 필요한 서류 파일을 꺼내 업무를 시작했다.

영앤영 인수를 위한 최종 계약서를 검토하고 홈쇼핑 매출 보고서를 확인했다. 새로 출시한 다이어트 음료에 대한 소비자들의 반응도 인터넷 각 커뮤니티를 통해 살폈다.

일을 끝내고 나서 시간을 확인하니 거의 세 시간이 훌쩍 지나 있었다.

"자식, 선보는 게 잘돼 가는 모양이군. 하긴, 아버지가 물어 온 자리인데, 박진우 성격에 그걸 망가뜨리지 못하지."

진우가 여태까지 전화를 하지 않은 걸 보면, 자의든 타의든, 선본 여자와 무난하게 시간을 보내고 있다는 증거다.

"소문에 만만치 않게 센 여자라던데……."

진우의 선 결과를 궁금해하며 승준은 미니바에서 양주를 꺼내 온더락 글라스에 가득 채워 두 잔을 연거푸 마셨다.

"정 비서, 차 대기시켜."

승준은 일부러 술 취한 듯 나른하게 늘어지는 목소리를 냈다.

[네.]

룸을 나와 엘리베이터에 오를 때까지만 해도 온전하던 그의 발걸음과 눈빛이 로비로 나오면서 흐트러졌다. 술에 취한 것 같은 본새로 수연이 차를 대기시켜 놓고 기다리는 정문으로 나왔다.

"집으로."

차에 오른 승준은 곧바로 눈을 감고 의자 깊숙이 몸을 묻었다.

잠을 자려고 했던 건 아니다. 그녀의 얼굴로 시선이 갈지 모른다는 생각과 일부러 취해서 피곤한 것 같은 모습을 보여 주려 했을 뿐인데, 어느새 잠이 들어 버렸나 보다.

그를 깨우는 수연의 목소리가 들렸다.

"상무님, 다 왔습니다."

"벌써?"

"네. 얼른 올라가서 쉬시지요."

"음. 알았어. 그만 퇴근해."

"그럼 들어가 보겠습니다."

"그래."

"그런데…… 안 내리십니까?"

승준은 수연에게 눈을 감은 채 가 보라는 손짓을 보였다.

"그럼, 저는 퇴근하겠습니다."

양주 두 잔에 취할 리 없는데 오늘따라 그의 몸이 취한 것처럼 늘어졌다. 아니, 몸보다는 잠을 깨고 싶지 않아 몸을 움직이기 싫었다. 차 안에서 꿀잠을 자 보기는 처음이었다.

그렇게 좀 더 눈을 붙이고 있다가 올라갈 생각으로 수연을 먼저 보냈다.

'이래서 기사들을 두는 건가?'

몸이 편하니 마음도 편하고 그래서 잠도 잘 온 모양이다. 지금이 단잠을 더 즐기고 싶었다.

차 안이지만 침대만큼이나 안락한 느낌으로 다시 까무룩 잠에 빠져들었다. 그리고 얼마의 시간이 흘렀는지 모른다. 갑자기 차문이 벌컥 열렸다.

"내가 이럴 줄 알았다니까. 저기요, 상무님. 여기서 주무시면 안 돼요! 일어나세요."

수연이 그를 살짝 흔들어 깨웠다.

'왜 다시 온 거지? 설마 걱정이 돼서? 아니면 책임감? 그것도 아니면 진짜 관심?'

잠에서 깼지만 승준은 눈을 뜨지 않았다.

"상무님!"

수연이 좀 더 격해진 목소리로 부르며 강한 손길로 그를 흔들었다. 걱정돼서 왔든, 비서의 책임감으로 왔든, 단잠을 깨운 그녀가 귀찮고 짜증이 났다. '이런 게 관심이고 저의라고!' 하며 화를 내려는데.

"완전 곯아떨어지셨네요. 도와주셔야겠어요, 아저씨."

혼자 온 줄 알았는데 누군가 같이 온 모양이다. 도움을 청하는 목소리에 저벅거리는 발걸음 소리가 들렸다.

"아이고, 진짜 많이 취하셨네요."

그를 잡아 빼듯 차 밖으로 잡아당겨 부축하는 남자는 빌라의 경비 직원이었다. 일반 아파트의 경비원들과 달리 경호 자격증을 가진 전문 인력이다. 그래서인지 그를 부축하고 옮기는 힘이나 요령이 남달랐다.

이제 와서 취하지 않았다며 몸을 가눌 수 없어 승준은 남자의 부축을 받은 채 집으로 올라올 수밖에 없었다. 이미 비밀번호를 알고 있던 수연이 문을 열고, 경비직원이 그를 거실의 소파에 눕히고 돌아갔다.

"여자를 만나러 갔으면 둘이 알콩달콩, 달달하게 보내야지, 술은 왜 마신 거야? 술을 마실 거면 적당히 마시던지. 제 주량 하나 다스리지 못하면서 무슨 나이스그룹을 다스린다고. 쯧쯧."

의도치 않게 모양새가 우습게 된 것도 짜증이 나는데, 자신이 자는 줄 알고 구시렁거리는 그녀의 잔소리가 어이없어 헛웃음이 튀어나오려 했다.

"아이고, 내가 정말 팔자에도 없는……. 이게 비서냐고? 수발상궁이지! 왕도 아니면서."

구시렁거리는 그녀의 속마음을 듣고 있자니 갈수록 가관이다.

'이건 거의 폭언 수준인데? 내가 뭘 어쨌다고 이러는 거지? 제가 안 가고 다시 돌아와 놓고는 누구를 악덕 보스로 몰아붙이는

거야, 지금?'

어디까지 그를 막장 보스로 만들지 두고 보자는 마음으로 눈을 감고 있었다. 그런데 주방 쪽에서 달그락거리는 소리만 들릴 뿐 더 이상 그녀의 목소리는 들리지 않았다.

'뭐 하는 거지?'

그리고 얼마 지나지 않아 그녀가 그의 곁으로 다가오는 소리가 들렸다.

"아이고, 쯧쯧."

눈을 뜨고 확인하지 않아도 자신을 향해 한심함으로 혀를 차고 있다는 게 느껴졌다.

"그리고 나는 그쪽한테 관심 1도 없거든요. 신혜리도 모자라서 여자 데리고 호텔 드나드는 난봉꾼한테 웬 관심? 꿈도 크셔! 재벌이면 모든 여자들이 뻑 가는 줄 아나 본데, 난 아니거든요! 이거나 드시고 속 좀 차리시죠."

테이블 위에 무언가를 올려놓은 후 그녀가 현관 밖으로 나가는 소리가 들렸다.

승준이 눈을 뜨고 일어나 앉았다.

"뒷담화가 취미신가? 앞에서는 아무 말 못하면서 빈틈만 보이면 악담이네."

욕실로 가기 위해 소파에서 일어서는데 테이블 위에 놓인 유리

컵이 눈에 들어왔다.

"냉수 먹고 속 차리라고? 이 여자가 진짜!"

유리컵 안에는 물이 들어 있었다. 좋은 뜻으로 두고 간 물이 아니었기에 마시고 싶지 않았다. 하지만 갈증이 난 승준이 컵을 들어 물을 마셨다. 그냥 생수인 줄 알았는데 꿀물이었다.

"어?"

당이 들어가서인가. 꿀이 주는 효과는 대단했다. 기분이 묘해지면서 수연을 향한 마음이 너그러워졌다. 말은 막 해도 꿀물을 챙겨 주었다는 건 세심한 배려가 없으면 불가능하다는 생각에서였다.

"꿀물이라 봐 준다, 내가."

말은 무심하게 던졌지만 그의 입가에 미소가 번져 갔다. 그러면서도 그는 자신에게서 미소가 흘러나온다는 것도 몰랐다.

퇴근을 하고 집으로 돌아가는 발걸음과 마음이 너무도 무거웠다. 심신이 지친 수연은 집으로 들어오자마자 침대에 털썩 쓰러졌다.

"아이고, 삭신이야!"

그녀가 승준을 집으로 옮긴 것도 아닌데 왜 이리 힘들고 진이 빠지는지 모르겠다.

"집까지 안전하고 편안하게 모셔 줬으면 얼른 올라가 자야지! 왜 그 좋은 집으로 안 올라가고 차에서 잠드냐고!"

생각할수록 화가 치밀었다.

언제 나올지 몰라 무작정 대기한 시간이 세 시간이다. 유림처럼 어느 정도 시간이 걸리겠다, 언질을 해 주면 나름 그 시간을 활용할 텐데, 승준은 그녀에게 기약이 없는 기다림을 겪게 만들었다. 차 안에 갇혀 있던 그동안 영혼이 빠져나가는 것 같은 느낌이었다.

그랬으면 적어도 제정신으로 나와야 하는 거 아닌가. 술을 좀 마셨다고 해도 그녀의 퇴근은 보장해 줘야 하는 거 아니냔 말이다.

"차에서 정신줄 놓는 모습 보여 주고 가라고 하면 마음대로 갈 수 있을 것 같아? 저는 보스고 난 일개 비서도 못 되는 매니저급인데. 그래, 비서든 매니저든 다 좋다 이거야! 어차피 개인 심부름꾼 용도로 채용됐으니까. 하지만! 이러면 정말 곤란하지! 이러다 진짜 수발상궁 되겠다고!"

짜증을 터뜨리며 계속 투덜대던 수연이 갑자기 말이 없어졌다. 그리고는 생각에 빠진 듯 눈을 감고 호흡을 고르더니 자리에서 벌떡 일어났다.

"그래, 어쨌든 돈이다. 밤에 대리기사 알바한다고 생각하자. 이게 다 통장으로 돈이 되어 꽂힐 테니, 힘내자!"

목표가 확실하니 하는 일이 고되고 짜증나지만, 견딜 수 있는 힘이 생겼다. 차 상무가 내일 오늘과 같은 만행을 저지른다고 해도 잘 참아 낼 수 있을 것 같다.

그럼에도 차 상무를 생각하니 이가 악물렸다.

'그래도 내일은 그러지 맙시다, 잘또 보스!'

3장

알람소리에 눈을 뜨고 기계적으로 씻은 후 수연은 메이크업에 신경을 썼다. 유림의 집으로 출근을 하는 길이지만 언제 자신을 호출할지 모를 차 상무에게 민낯을 책잡히지 않기 위해서였다.

그런데 그 메이크업에 유림이 과한 반응을 보였다.

"어머, 뭐야? 정 비서 남친 생겼어? 아니면 오늘 소개팅이라도 해?"

"네?"

"너무 예뻐서. 화장발로 예뻐질 만큼 기본이 없는 얼굴이 아닌데도 화장하니까 빛이 난다, 정 비서. 오늘 뭐 있지?"

비단 유림뿐 아니었다. 주방 도우미인 한 여사까지 나섰다.

"그러게요. 여자는 가꾸기 나름이라잖아요. 내가 정 비서 본 중에 오늘이 최고로 예쁘다. 뭐, 원래도 예뻤지만."

화장 좀 했다고 너무 과한 반응을 보인 두 사람으로 인해 수연은 고개를 못 들 정도였다. 겨우 아침 식사를 마친 수연이 유림의 외출 준비를 도왔다. 그리고 미리 차 앞에서 유림을 기다리는 동안 승준에게 전화를 했다.

"정수연입니다. 오늘 차 고문님 스케줄은 5시에 끝납니다. 그리고 중간에 비는 시간은 없습니다. 지시사항 있으십니까, 상무님?"

[아직 모르니까 유림이 스케줄 끝나는 5시에 전화해.]

"네. 그때 전화드리겠습니다."

[그리고 꿀물은 잘 마셨어. 속 차리기에 딱 좋더군. 고마워. 그렇지만 정 비서는 개인 비서지 내 수발비서는 아니잖아? 지시사항만 따르면 되는 거야. 다음엔 그런 거 챙기지 않아도 돼.]

고맙다는 그의 말은 들리지 않았다. '수발비서' 라는 말에 심장이 뚝 떨어지는 기분이었다. 그녀가 그를 두고 했던 악담 중에 '수발상궁' 이라는 말을 듣고 저렇게 에둘러 표현한 것이 아닌가 싶었다. 게다가 마시고 속 차리라는 말을 하고 꿀물을 가져다 놓았는데 그는 정확하게 속 차리기에 딱 좋다고 했다.

그에게 뭐라고 대답해야 하는지 잠시 머뭇거리는 사이 그가 전화를 끊었다.

'자는 척하고 다 들은 거야?'

하지만 그 심한 말을 들은 것치고 반응이 뜨뜻미지근하다. 그녀를 호되게 나무라야 정상일 것 같은데 이대로 쉽사리 넘어가는 게 이상했다.

'못 들었나? 그냥 우연의 일치인가?'

심란하고 신경이 쓰이는데 유림이 나왔다.

"출발하자."

"네."

유림의 약속장소로 출발하면서 수연은 승준에 대한 일은 잊고 운전에 집중하려 했다. 그런데 유림이 그녀에게 승준과 관련된 질문을 던졌다.

"어제 여기서 퇴근하고 오빠 업무 봐 줬어?"

"네."

"무슨 업무?"

"약속 장소까지 모셔다 드렸다가 끝난 후에 집으로 모시고 갔습니다."

"운전만 한 거네?"

"그런 셈이죠."

"그럴 거면 운전기사를 채용하지, 왜 정 비서를 데려가? 난 또 되게 극비의 개인 업무를 봐 달라고 부른 줄 알았는데, 겨우 운전만 시켰다고?"

흥분하는 유림을 보자, 괜한 말을 한 건 아닌지 걱정되었다. 이러다 유림이 승준에게 말을 잘못해서 그에게 핀잔을 듣는 건 아닌지 신경 쓰였다.

"평소 극비의 업무도 해드립니다."

"극비의 업무? 그게 뭔데?"

신혜리에게 꽃다발을 전했다는 사실을 알릴 수는 없었다. 물론 그녀를 집으로 데리고 갔다는 사실도.

"극비라서……."

"와! 배신감 느껴진다, 정 비서. 정말 말 안 해 줄 거야?"

"죄송해요."

"우리 오빠가 사람 볼 줄 안다니까. 그럴 줄 알고 정 비서를 보내라고 한 거겠지. 그런데 여자 보는 눈은 어찌 그 모양인지. 신혜리가 뭐니? 신혜리가. 다른 건 내가 묻지도 않고, 궁금해하지도 않을게. 대신, 신혜리 만나는 건 얘기해 줘라. 이왕이면 만나는 순간에. 확 덮쳐서 다시는 오빠 곁에 얼씬 못하게 만들어 버리게."

'그러면 아니 되어요! 제가 몹시 곤란해집니다, 고문님.'

사실 수연의 솔직한 마음은 어제 본 신혜리를 생각하면 유림이 말하는 대로 덮치게 만들고 싶었다. 그래서 앞으로 다시는 신혜리 볼 일이 없기를 바랐다. 하지만 유림이 원하는 것을 해 줄 수는 없었다. 아무리 남매의 개인사를 양쪽으로 꿰차고 있다고 해도 그런 비양심적인 이중 스파이 역할은 그녀의 성격상 맞지 않는다.

수연이 대답을 하지 않고 머뭇거리자 유림이 샐쭉하게 말했다.

"정 비서가 말해 주지 않아도 맘만 먹으면 신혜리 불러다 눈물 뺄 수 있거든! 말만이라도 그럴게요, 라고 해 주면 안 되니? 진짜 배신감 들어."

"죄송해요, 고문님. 그럴게요."

"뭐야, 그 대답은? 그러겠다는 거야? 아니면 그러지 못해서 죄송하다는 거야?"

정말로 맘이 상하거나 삐쳐서 묻는 게 아니라는 걸 아는 수연이 대답 대신 다른 말로 주제를 돌렸다.

"고문님, 서윤정 씨 시모님 전시회 다음 주에 있어요. 함께 가자고 먼저 말씀하세요. 그리고 강다혜 씨 아들 첼로 콩쿠르는 내일이에요. 알은체 한 번 해 주세요."

"아, 그래? 생각지도 못하고 있었네. 그래, 봐줬다. 정 비서 그래도 내 사람이라 위급한 순간에는 나한테 보고할 거 다 아니까."

유림의 미소를 보고 나서야 수연은 안도했지만 승준으로 인한 불안함은 떨칠 수가 없었다.

❖

나이스 관련자들은 차승준의 무리한 인수 조건과 가격 제시로 인해 계약서에 영앤영 측의 사인을 받지 못할 것이라 입을 모았다. 그래서 영앤영 인수는 원점으로 돌아가거나, 없었던 일로 될 거라 예상했다. 하지만 승준은 최종 계약서에 사인을 받았다.

사람들의 예상대로 원점으로 돌아갈 뻔했다. 쉽게 끝나지 않는 상황을 조용히 지켜만 보던 승준은 쉽게 사인을 하지 않는 영앤영 측에 계약서에 사인을 하지 않으면 누가 손해인가에 대해 조목조목 따졌다. 냉철한 그의 분석을 들은 상대방 측이 동요했고 승준은 오히려 계약 파기까지 주도했다.

그렇게 전세가 역전되어 나이스 측은 결국 원하는 가격에 영앤영을 인수했다.

길고 지루한 자리를 끝내고 회사로 돌아온 승준은 곧바로 회장실로 호출당했다.

오늘 있었던 영앤영 인수에 대한 그의 실적에 대한 공치사를 해주려는 것인지, 아니면 호텔로 향했던 어젯밤 그의 사생활에 참견과 잔소리로 화를 터뜨리려는 것인지 알 수 없었다. 전자의 경우라면 호출을 거부하고 이른 퇴근을 하고 싶었고, 후자라면 당장 올라가 차 회장의 혈압을 올리고 싶었다.

"마음에도 없는 칭찬을 해 준다고 듣고 있을 내가 아니지."

승준은 잔뜩 구긴 얼굴로 회장실로 올라갔지만 막상 차 회장 앞에 섰을 때는 여유로운 미소를 보였다.

"수고했어."

"수고는요? 아버지가 이제 못하시니까 제가 하는 거죠."

"뭐야? 너는 도대체 나를 아버지로 여기기나 하는 거냐? 입만 열면 비방이고 악담이야. 야, 이 자식아! 내가 네 애비야!"

"틀린 말 아니지 않습니까? 아버지가 나서셨으면 이런 결과 나왔겠습니까?"

이를 악물고 부르르 떠는 차 회장을 보자 오늘 인수 현장에서 겪었던 스트레스가 확 날아가는 기분이다.

"내가 너한테 뭘 그렇게 잘못했냐? 네 엄마? 네 엄마가 나하고 너하고 유림이를 버린 거야! 가정을 지키지 못한 건 네 엄마라고!"

차 회장의 말에 승준의 얼굴이 무섭게 굳었다. 얼음장 같은 표정이었지만 눈빛은 뜨겁게 이글거렸다.

'버려진 거라고요? 진짜 버려지는 게 어떤 건지 제가 제대로 알려 드리죠.'

속마음을 삼키며 승준이 몸을 돌렸다.

"차승준!"

"할 말 딱히 없으신 것 같은데, 내려가 보겠습니다."

승준이 차갑게 말하고 나가려 할 때였다.

"형준이 들어올 거다."

멈춰 선 승준이 한숨을 내쉬었다.

"네 하는 꼴 보니 넌 안 될 것 같아서 일성그룹 최 부회장 딸, 형준이하고 이어 주려고 나오라고 했다."

"마음대로 하십시오. 언제는 제 허락받으셨습니까?"

"형준이 오면……."

차 회장의 말이 끝나기 전에 승준은 회장실을 나왔다. 잔뜩 굳은 표정만큼이나 발걸음도 험하고 거칠었다.

집무실로 돌아온 승준이 끓고 있는 마음을 가라앉히기 위해 심호흡을 하는데, 때마침 진우에게 전화가 걸려 왔다.

[어떻게 됐어?]

진우가 영앤영 인수에 관한 결과를 물었다.

"내가 덤벼서 안 되는 거 봤어?"

[그럴 줄 알았어.]

"네 결과는? 청수당 셋째 딸하고."

[우리 의견과 상관없이 결과는 나와 있는 거잖아. 뒤집어엎을 만한 스캔들만 없으면 결혼까지 직진이지. 이렇게 원치 않게 내 싱글의 자유로운 삶이 끝나 간다. 위로해 주라. 저녁에 한잔하자.]

"좋지. 마지막까지 후회 없게 위로해 주마."

❖

오후 6시. 부친인 차 회장과 함께 저녁식사 약속이 되어 있는 유림을 나이스 본사까지 수행한 후 수연의 업무가 끝났다.

나이스 본사에 와 있으니, 이 시간 승준도 집으로 퇴근하고 그녀도 일찍 퇴근할 수 있기를 바랐다.

수연이 승준에게 전화를 걸었다.

[여보세요?]

"정수연입니다. 차 고문님 일정 끝냈습니다. 지시하실 일 있습니까?"

[10시쯤 전화 줄게.]

"네, 알겠습니다."

뚝. 전화가 끊겼다.

"그냥 집에 가면 좀 좋아? 10시에 전화해서 또 대리운전시키려고?"

수연은 투덜거리면서 일단 자신의 집으로 퇴근을 했다. 집에 와서도 그녀의 투덜거림은 계속 이어졌다.

옷을 갈아입고, 저녁을 챙겨 먹고, 샤워를 끝내고 편하게 휴식하지 못하는 상황이 짜증스러웠다. 혹시나 또 엄한 소리를 들을까 싶어 메이크업은 깨끗하게 지웠다.

완전군장으로 출동을 기다리는 5분 대기조의 군인처럼 출근할 때의 차림 상태로 앉아 TV를 보고 있었다. 10시라고 했지만 언제 차 상무의 전화가 걸려 올지 몰라 TV를 보아도 집중이 되지 않았다.

"설마 또 취해서 집까지 끌고 올라가야 하는 일은 없겠지?"

오늘은 제발 그런 고충이 없기를 바라면서 기다린 지 3시간 후 승준에게 전화가 걸려 왔다. 정확히 10시였다.

"네, 상무님. 정수연입니다."

[주소 보낼게. 데리러 와.]

"네."

통화가 끝난 후 곧바로 주소가 문자로 들어왔다.

'끄응.' 소리를 내며 자리에서 일어난 후 수연은 승준이 알려 준 주소로 차를 몰았다. 그리고 도착한 그곳이 술집이라는 걸 알고 또 한 번 '끄응.' 신음을 흘렸고 승준이 신혜리가 아닌 다른 여자를 데리고 차에 오르는 모습을 보고 세 번째 '끄응.'을 속으로 삼켰다.

"선샤인 호텔."

"네."

"내려 주고 퇴근해."

"네."

겉으로 공손하게 대답했지만 수연의 속은 승준을 향해 악담을 퍼붓고 있는 중이다.

'뭐야? 지금 신혜리 말고 다른 여자하고 어제 갔던 호텔에 가는 거야? 아우, 더러워. 왜 저렇게 살지? 금수저 물고 멀쩡하게 태어났으면 생긴 대로 살 것이지, 왜 저렇게 지저분하게 사는 거야? 잘또가 아니라 멍또 아니야? 제가 가진 게 어떤 것인 줄도 모르는 멍청한 또라이!'

난잡한 사생활을 즐기는 승준에게 진저리가 날 지경이다.

겨우 표정 관리를 하며 호텔까지 운전을 했다.

"내일 아침 집에 들러서 갈아입을 슈트 챙겨서 여기로 와. 여기에서 출근할 거니까."

"……네."

겨우 대답을 끝내자 승준이 여자를 데리고 내렸다. 그리고 그가 사라지자 속에 있는 말들이 튀어나왔다.

"미쳤나 봐! 남자 비서도 아니고 여자 비서 앞에서 꼭 저래야 해? 아무리 인간이 뻔뻔스럽기로서니 대 놓고 어떻게 저럴 수 있지? 아, 진짜! 욕 나오네!"

유림과 너무 다른 승준을 보며 수연은 완전 잘못 걸렸다는 생각이 들었다. 아무리 사생활이라지만 추하고 난잡한 차승준을 보스로 모시기는 힘들 것 같다.

'적당히 해야지! 어떻게 하루도 안 쉬고 술 아니면 여자냐고!'

차승준을 보며 남자들의 실상이 다르지 않을 것 같아 수연은 제대로 해 보지도 못한 연애에 대한 환상마저 깨져 버렸다.

'TV에서 어느 여사님이 그랬어. 남자를 믿느니, 옆집 개를 믿으라고. 괜히 나온 말이 아니지.'

수연은 고개를 절레절레 흔들며 집으로 돌아왔다.

호텔로 들어온 승준은 그의 전용룸 2025호에 여자를 들여보내고 그는 진우가 잡아 놓은 룸으로 들어왔다. 그리고 사무실에서 다 보지 못한 서류들을 훑어보았다.

그러다 문득 수연에게 슈트를 가져 오라는 지시가 괜한 건 아니었는지 신경이 쓰였다.

"속옷하고 양말까지 챙겨 오면서 수발상궁이니 왕이니 하면서 뒷담화 엄청 할 텐데."

일부러 여자와 밤을 보냈다는 걸 보여주기 위해 내일 아침 호텔로 오라는 지시를 내렸다. 하지만 여자하고 호텔로 온 것만으로 그 효과는 충분했다. 굳이 슈트를 가지고 오라고 하지 않고 출근을 이곳에서 하겠다는 말만 했어도 된다.

승준은 수연에게 문자를 보냈다.

「내일 알아서 출근할 테니, 유림에게 바로 가도록.」

그러자 곧바로 답이 들어왔다.

휴대폰을 내려놓다가 문득 또 다른 생각이 들었다.

"이렇게까지 했는데, 계속 유림이한테 입 다물고 있을 건가? 이러면 좀 곤란한데……."

아무래도 정수연의 입이 너무 무거운 것 같다. 그가 그녀를 채용한 목적대로 이루어지지 않고 있다.

'더 세고 충격적인 걸 보여 줘야 하나?'

❖

유림에게 바로 가라는 문자를 받은 수연은 다음날 아침 승준이 아닌 유림의 집으로 출근했다. 거실로 들어서니 평소와 다르게 한 여사가 분주하게 움직였다. 그녀가 유림에게 올라가기 전 한 여사가 먼저 귀띔을 해 주었다.

"오늘 미국에서 차 고문님 오빠가 나온데. 그래서 차 고문님 친정으로 갈 거야. 나도 회장님 댁에 가서 거기 일을 도와야 해."

'차 상무 말고 오빠가 또 있었어?'

수연은 유림의 또 다른 오빠는 어떨까 궁금했다.

승준과 유림을 봐서는 인물이 빠질 것 같지 않지만 문제는 인격이다. 유림 쪽인지, 승준 쪽인지. 그러면서 유림의 또 다른 오빠는 승준과 다르기 바랐다. 그녀와 아무 상관 없으면서도 말이다.

'어쨌든 오늘은 야근 안 하겠네. 미국에서 들어온 동생 때문에 거하게 가족 모임 하는 것 같은데 그 자리에 빠지지는 않겠지.'

이른 퇴근과 밤의 자유시간이 보장된다는 생각에 마음이 가벼워졌다.

유림의 집을 나선 후 한 여사를 차 회장 집에 먼저 내려 준 수연은 오전 내내 유림의 쇼핑을 도왔다. 유림은 미국에서 온다는 오빠의 침구와 필요한 물품들을 구입했다. 그리고는 수연을 퇴근시켰다.

❖

나이스의 온라인 쇼핑몰인 '나이스 유 쇼핑'의 고객 간담회가 있었다. 승준의 아이디어로 불만 고객들을 초청해 그 원인을 파악하고 개선하기 위한 자리였다. 쇼핑 대표와 승준이 그 자리에서 고객과 소통하며 불만을 듣고 개선할 것을 약속하며 간담회를 마쳤다.

자리를 지키는 내내 불편한 소리만 들었지만, 마지막에 승준이 고개를 숙이며 철저한 개선을 약속하자 고객들이 유 쇼핑의 서비

스에 감동하며 뜨거운 반응을 일으켰다. 승준은 곧 그 결과가 매출 상승으로 이어질 것을 확신했다.

그렇게 집무실로 돌아와 머리를 식히는데 인터폰이 들어왔다.

—상무님, 차형준 지부장님 오셨습니다.

평온하게 눈을 감고 있던 승준의 얼굴이 차갑게 굳었다. 그가 대답하지 않자 비서가 한 번 더 형준이 와 있음을 알렸다.

—상무님? 차형준 지부장님 오셨는데요.

비웃음을 내뱉은 승준이 느릿하게 대꾸했다.

"들여보내요."

그러자 곧바로 노크 소리가 들리고 형준이 들어왔다.

깔끔하게 잘 차려입은 슈트와 단정한 헤어, 그리고 그를 향해 깍듯하게 허리 숙여 하는 형준의 인사가 승준은 맘에 들지 않았다.

"오랜만이네요, 형. 오전에 도착했습니다. 회의 있으셨다고요? 잘 끝나셨습니까?"

나이 차가 단 세 살밖에 나지 않음에도 형준은 그에게 늘 예의 바르고 정중했다. 승준이 그를 철저하게 무시하고 상대하지 않아서인지 형준은 회사든, 집이든 나이스 차기 후계자를 대하는 평사원 같은 태도로 그를 어려워했다.

차 회장이 시킨 것도 아닌데 정실과 첩의 태생이 다르다는 걸

두 사람이 몸소 보여 주고 있는 셈이다.

"언제 들어가?"

오늘 서울에 도착한 동생에게 건네는 첫 마디가 언제 들어가냐니. 그러나 승준이 그런 마음을 드러내도 형준은 여전히 흔들림 없이 깍듯했다.

"아직 모르겠습니다. 회장님께서 당분간 있으라고 하셔서요."

"알았다. 나가 봐."

"네. 저녁에 다시 뵙겠습니다."

충분히 불쾌할 만도 한데 형준은 그 감정을 드러내지 않고 끝까지 예의를 지키고 승준의 집무실을 나갔다.

그런 형준을 내보낸 승준이 다시 비웃음을 토해 냈다.

'똥폼 잡기는. 저 녀석을 불러들이면 뭐가 달라집니까? 없는 이만 못한 저 녀석을 가지고 날 경계하시겠다? 아들로서는 몰라도 나머지는 뭘 해도 성이 안 차서 혈압이 더 오르실 텐데……. 그것도 나쁘지 않겠군요, 차 회장님. 대신 꼴도 보기 싫은 얼굴을 저한테 들이미셨으니 회장님도 보기 싫은 꼴 한 번 보셔야죠.'

승준이 휴대폰을 들어 수연에게 전화를 걸었다. 그의 입가에 한껏 비틀어진 미소가 번졌다.

❖

집에 도착해서 주차를 막 끝낸 순간 휴대폰 벨이 울렸다. '잘또보스' 였지만 오늘은 가족 모임이 있다는 것을 알기에 부담 없이 전화를 받았다.

"네, 정수연입니다."

[유림이 업무 보고 있나?]

"아니요. 막 퇴근했습니다. 오늘 저녁에 가족 모임 있다고 하셔서."

[그럼 이따 7시쯤에 빌라 주차장에 있는 내 차에서 물건 하나만 찾아서 선샤인 호텔로 가져다줘.]

7시쯤이면 집에서 저녁 먹을 시간 아닌가? 미국에서 온 형제로 인해 가족 모임을 한다는데 왜 차 상무는 그 시간에 호텔로 물건을 가지고 오라는 건지.

[왜 대답이 없어?]

"아닙니다. 지시하신 대로 움직이겠습니다, 상무님."

[콘솔박스 안에 작은 상자 하나 있을 거야. 그거 가져다주면 돼. 선샤인 호텔 2505호로.]

"네. 알겠습니다."

7시가 되기까지는 시간적 여유가 있었다. 수연은 집으로 올라와 커피 한 잔을 마셨다. 그리고 시간 맞춰 승준의 빌라로 향했다.

'가져가야 할 물건이 뭔데 호텔로 가져오라는 거야? 호텔에서 뭘 하는데?'

주차장에 도착해 그가 말해 준 대로 콘솔박스를 열었다.

"어머! 이게 뭐야? 어머, 어머!"

그 안에는 블랙 벨벳으로 된 쥬얼리 상자만 들어 있었다. 누가 봐도 반지가 들어 있을 것 같은 작고 고급스러운 상자.

"혹시 프러포즈? 그럼 상대는?"

수연은 상자를 잘 챙겨서 선샤인 호텔로 향했다.

'룸으로 올라가면 볼 수 있을까? 설마 프러포즈 상대가 신혜리? 그러고 나서 회장님 집으로 데리고 갈 건가? 오늘 가족들이 다 모인다고 했으니까.'

혼자만의 즐겁고 재미있는 상상에 빠진 수연은 어느새 그가 말한 선샤인 호텔 2505호 앞에 와 있었다.

수연은 벨을 눌렀다. 안에 있는 주인공이 누구일지 무척 궁금했다. 승준의 프러포즈를 받는 그 사람의 얼굴을 꼭 보고 싶었다.

곧바로 승준이 문을 열고 나타났다.

마치 그녀의 생각을 다 알고 있었다는 듯 승준은 출입문을 활짝 열었다. 마음껏 안을 보라는 것처럼 느껴졌다. 그리고 본능적인 궁금증으로 인해 수연은 룸 안을 힐끔 훔쳐보았다.

그 짧은 순간 그녀의 눈에 화원이나 꽃밭으로 착각할 만큼의 많은 생화가 보였다. 얼마나 많은 양의 생화가 안에 있는 것인지 문 밖에 있음에도 그 향이 코를 찔렀다. 그리고 테이블에 놓인 와인 병까지 눈에 들어왔다.

"가지고 왔어?"

승준이 손을 내밀었고 수연이 그의 손에 쥬얼리 상자를 건네주었다.

"고마워."

생각지도 못한 승준의 말에 수연이 화들짝 놀랐다.

고맙다는 말을?

참 신기하다고 생각하며 인사를 승준에게 인사를 건넸다.

"그럼 가 보겠습니다. 상무님."

그때, 룸 안쪽, 보이지 않는 곳에서 여자의 목소리가 들려왔다.

"누구 왔어요?"

"가 봐."

승준이 여자의 질문에 대답하지 않은 채 수연이 그 자리를 벗어나길 기다리는 듯했다. 수연이 묵례를 하고 몸을 돌리자 곧바로 출입문 닫히는 소리가 등 뒤에서 들렸다.

'분명 신혜리 목소리였어. 그렇다면……?'

반지, 꽃. 와인. 로맨틱한 삼단 콤보로 떠오르는 단어가 있으니 그녀의 예상대로 프러포즈를 하려는 게 확실했다.

수연이 뒤돌아서 다시 룸 쪽을 바라보았다.

남들이 모르는 극비의 사실을 혼자 안다는 것이 너무 흥분됐다. 재벌 3세와 걸그룹 출신 여배우와의 로맨스를 직접 목격하니 심장이 다 뛸 정도로 흥미로웠다. 마치 현장에서 콘서트를 보는 그런 짜릿함이 느껴졌다.

'기자들이 이 맛에 특종을 잡으려고 애쓰나 보네. 어머, 재미있어. 하, 이건 돈 받고 팔아도 되는 특종감인데…….'

하지만 수연은 보스의 사생활을 지켜야 한다는 사명과 의리가 생겨났다. 아무리 그 보스가 또라이 같고, 그녀를 힘들게 하더라도 그것만은 꼭 지켜야 한다고 생각했다.

❖

꽃 천지인 룸에 들어서는 순간, 신혜리는 오늘 밤 무슨 일이 일어날지 예감했다. 꽃만 있는 게 아니라 와인까지 준비된 테이블을 보며 기다리고 기다리던 그날이 오늘이라는 확신이 들었다.

무뚝뚝하게 굴며 아닌 척해도 차승준이 언젠가는 그녀에게 넘어오리라 자신하고 있었다. 막상 그렇게 되자 가슴이 설레고 떨려서 승준의 눈을 똑바로 바라볼 수도 없었다.

하지만 아무것도 모르는 척하며 신혜리가 승준에게 물었다.

"오늘 무슨 날이에요? 꽃도 있고, 와인도 있고……. 상무님 생일은 아닌 것 같은데. 내 생일도 아니고."

"색다른 분위기에서 와인 한잔하고 싶어서. 잠깐 침대에서 쉬고 있어. 받을 물건이 있는데 그거 받은 후에 마시자."

"그래요."

신혜리가 케이프 스타일의 재킷을 벗었다. 그러자 슬립인지, 원피스인지 정체성을 알 수 없는, 선정적인 디자인의 의상을 입고 침대 헤드에 기대어 앉았다.

"상무님도 슈트 재킷 벗고 여기에 좀 앉아 있어요. 하루 종일 회사일로 힘들었을 텐데. 안마라도 해드릴게요."

혜리가 자신의 옆자리를 툭툭 쳤다.

"촬영 때문에 새벽에 나갔었다며? 피곤할 텐데, 나 신경 쓰지 말고 잠이라도 자. 좀 있다가 물건 오면 깨워 줄게."

"나 자고 나면 상무님 혼자 심심할 거 아니에요?"

"전혀. 봐야 할 서류가 있어서 그거 봐야 하니까, 괜히 미안한 마음 들지 않게 혜리가 잠들어 주면 좋을 것 같은데."

샐쭉해진 표정으로 감정을 드러낸 신혜리가 투덜거렸다.

"여기까지 와서 일이에요? 놀아 주지도 않고."

"미안."

"할 수 없죠, 뭐. 그럼 조금만 눈 붙이고 있을게요."

여전히 삐친 투로 신혜리가 침대에 누웠다. 하지만 잠시 잠들기 위한 자세가 아닌 요염한 자세로 누워 눈을 감았다.

눈을 감고 있는 그녀는 보지 못했지만, 그 순간 승준의 입가에는 비웃는 미소가 번졌다.

승준은 누워서 눈을 감은 신혜리에게서 멀리 떨어진 소파에 앉았다. 그리고 괜한 서류들만 들춰 보기 시작했다.

얼마 후 룸의 벨소리가 들렸다.

'드디어 왔군.'

승준이 천천히 일어나 출입문을 열었다. 일부러 그녀가 안을 볼 수 있도록 문을 활짝 열고 몸도 살짝 옆으로 비켜섰다. 그랬더니 그가 원하는 대로 수연이 룸 안을 재빠르게 살폈다. 놀라는 것 같은 그녀의 표정을 보며 승준은 성공이라 생각했다.

'지금 내가 뭘 하려고 하는지 눈치챘지? 그럼 부디 가서 유림에게 떠벌려 주길 바라.'

승준은 수연에게서 상자를 받아 주머니에 넣고 그녀를 보냈다.

잠을 자지도 않았으면서 잘 자고 일어난 척하는 신혜리가 안으로 들어오는 승준에게 다가갔다.

"누가 왔었어요? 물건 받을 거 받았어요?"

"받았어."

"뭐였는데요?"

"회사 관련된 거야. 네가 신경 쓸 게 아니야."

"그럼 우리 와인 한잔할까요? 그런데 이것 좀 벗고 있어요. 답답해 보여."

신혜리가 승준의 슈트 재킷을 벗기려 했다. 그때, 그의 휴대폰 벨이 울렸다.

"차승준입니다."

승준이 전화를 받으며 신혜리의 손길을 피했다. 그리고 아주 심각한 표정으로 그녀를 바라보며 상대의 이야기를 듣고만 있었다.

그런 그를 신혜리가 걱정스레 바라보았다.

"알겠습니다. 바로 가겠습니다."

승준이 통화를 끝내자 신혜리가 날카롭게 물었다.

"어디 가야 해요? 지금?"

"응. 회사에 문제가 생겼어."

"꼭 상무님이 가야 하는 거예요? 이렇게 해 놓고…… 가지 마요."

어린아이가 떼를 쓰며 매달리듯 승준의 허리를 껴안고는 그의 품에 얼굴을 묻었다.

"지금 안 가면 네가 우리 아버지한테 불려 가. 감당할 수 있겠어? 차완섭 회장님 한 번 꼭지 돌면 무서워. 너를 바닥까지 끌어내릴 거야. 그래도 괜찮겠냐고."

그저 말만 던졌을 뿐인데 신혜리가 하얗게 질린 얼굴로 그의 품에서 벗어났다.

"그럼…… 우리는……."

"기다려. 내가 차 회장님을 이길 준비를 하고 있으니까. 그때까지만 참고 기다려."

"참고 얌전히 기다릴 테니까…… 확실하게 약속해 줘요. 사랑한다고 말해 주고 나하고…… 결혼하겠다고 약속해 줘요."

"그런 중요한 말과 약속은 이렇게 하는 게 아니야. 그냥 조용히 기다려. 그것도 못하겠으면 지금 끝내고."

"상무님!"

승준이 시계를 보며 시간을 확인했다.

"어쩔 거야?"

"하나만 물을게요. 진심을 담아 대답해 줘요. 상무님…… 나 사랑해요?"

"지금 나한테는 너 하나야. 신혜리 너 하나라고."

사랑한다는 대답을 듣지 못했지만 너 하나라는 말에 만족했는지, 그녀의 얼굴이 조금 펴졌다.

"나도 상무님밖에 없어요."

신혜리가 까치발을 하고 그의 슈트 깃을 붙잡으며 키스를 시도했다. 막 입술이 맞붙고 그녀가 입술을 벌려 혀를 내밀었을 때, 승준의 휴대폰 벨이 울렸다.

승준이 재빠르게 신혜리를 떼어 냈다. 자칫 그 더러운 입술을 어디다 대냐고 화를 낼 뻔했다. 하지만 그는 자신의 표정을 단속하며 휴대폰을 받았다.

"네, 알겠습니다. 바로 갑니다."

간단하게 통화를 끝낸 승준이 출입문 쪽으로 급하게 발걸음을 옮겼다.

"난 가야겠어. 더 쉬었다가 가든지, 자고 가든지 그건 내 맘대로 해. 먼저 갈게."

승준은 신혜리의 대답을 듣지 않은 채 룸을 나섰다. 그리고 지하 주차장에서 그를 기다리고 있는 진우의 차에 올라탔다.

"성공?"

진우가 물었다.

"아직 모르지. 내일 보면 알겠지? 빠르면, 오늘 밤이나."

"신혜리만 좋다 말았겠네?"

"좋다 말긴? 내가 나왔으니 또 남자 불러 밤새워 놀겠지."

"그 룸으로 남자 끌어들이면 어쩌려고?"

"내 전용 룸을 바꾸면 되는 거지. 가자."

집으로 가는 승준의 입가에 만족스러운 미소가 계속 머물렀다.

이번에는 확실히 성공한 것 같다는 마음에 즐겁기만 했다.

❖

수연은 포털 사이트 검색어 1위에 신혜리가 있을 줄 알았다. 하지만 프러포즈를 했다고 결혼이 결정된 게 아니어서인지 신혜리와 차승준 열애 인정이나 결혼에 관한 기사는 없었다.

"비밀리에 진행하다가 완벽하게 준비가 끝난 후에 발표할 건가?"

연예인의 사생활을 알고 있다는 게, 그것도 연애사에 대해 알고 있다는 게 왜 이리 재미있는지 모르겠다.

일어나자마자 휴대폰으로 인터넷을 보던 수연이 출근 준비를 위해 침대에서 빠져나왔을 때, 휴대폰 벨이 울렸다. 유림에게서 걸려 온 전화였다.

"네, 고문님."

[수연 씨, 빨리 와 줘라.]

"무슨 일 있으세요?"

[아버지한테 가야 해.]

"네. 바로 갈게요."

빠르게 준비를 마친 수연이 유림의 집에 도착하자 잔뜩 굳은 표정의 유림이 차에 올랐다.

무슨 일이 있느냐고 물어보기도 어려울 만큼 유림의 분위기 심상치 않았다.

"수연 씨, 그동안 우리 오빠…… 아니다."

유림이 수연에게 무언가를 물으려다 말고 입을 다물었다.

무슨 이야기를 하려다 만 것일까?

궁금했지만 승준에 관한 것들을 물어 올까 싶어 수연은 조용히 운전에만 집중했다.

나이스 회장이 거주하는 평창동 저택에 도착하자 수연이 차 문을 열어 주기도 전에 유림이 먼저 내렸다.

"차에 있어, 일단. 아버지하고 단둘이 할 얘기가 있으니까."

"네."

유림이 저택 안으로 들어가는 모습을 보고 수연이 운전석으로 들어왔다.

무슨 비밀스러운 이야기를 하려고 그녀를 대문 밖, 차 안에서 대기하라고 하는 것일까?

"집안에 큰 문제 생겼……나? 혹시……?"

수연의 머릿속에 어젯밤 봤던 프러포즈 3단 콤보와 승준이 떠올랐다.

"잘또 보스가 폭탄을 터뜨린 거 아니야? 그랬다면 어제 이 사달이 났을 텐데. 어제 아니고 오늘 터뜨린 건가?"

그동안 차 회장과 유림의 통화를 몇 번 엿들었을 때의 내용을 생각해 보면 신혜리는 이 집안에 들어오면 절대 안 되는 자격 미달의 여자다. 그런 여자와 결혼을 선언했다면 자신이 밖에서 대기해야 하는 이유는 충분하다. 집안의 시끄러운 문제를 수연에게 보여 주면 안 되는 게 당연하기 때문이다.

"한동안 여기저기 많이 시끄럽겠네."

하지만 그보다 승준과 유림 중간에 끼인 입장인 자신의 처지가 걱정되었다.

"어떡하지? 이러다 진짜로 고래 싸움에 새우 등 터지는 거 아닌지 몰라. 걱정되네."

수연에게서 무거운 한숨이 새어 나왔다.

❖

출근 전, 회사가 아닌 평창동으로 오라는 호출을 받았을 때 승준의 입가에 회심의 미소가 떠올랐다. 차 회장이 식전부터 불같은 목소리로 전화를 한 이유는 그것밖에 없었다.

'드디어 입을 여셨군, 정 비서.'

슈트를 깔끔하게 차려입은 승준은 직접 운전해서 평창동으로 향했다. 운전하는 그에게서 콧노래가 흘러나왔다. 처음으로 평창동 집으로 가는 길이 즐거웠다.

차 회장 집에 도착해서 보니 대문 밖에 낯익은 차가 주차되어 있었다. 그리고 생각에 잠긴 것처럼 차 주변을 느릿하게 걷는 수연의 모습이 눈에 들어왔다.

아주 심각한 얼굴을 하고 있는 걸로 봐서, 제가 한 말로 인해 일이 커진 것을 걱정하는 모양새였다.

'걱정 마, 정 비서. 자르지 않을 거니까. 오히려 포상을 해 줄 테니 기대하라고.'

승준이 수연 옆으로 자신의 차를 세우고 차창을 내렸다.

그를 본 수연이 흠칫 놀라더니 곧바로 인사를 건넸다.

"상무님, 오셨어요?"

그의 눈치를 살피는 수연에게서 곤란한 표정이 보였다. 하지만 승준은 아무렇지 않게 말을 건넸다.

"왜 여기서 이러고 있어? 들어가지."

"아닙니다. 여기가 더 편합니다. 얼른 들어가 보세요."

"그래, 그럼. 그리고 오늘은 따로 스케줄 없으니까 유림이 일 보고 퇴근해."

"네."

차창을 올리고 승준은 저택 안으로 들어와 차를 세웠다. 차에서 내리려는데 처음으로 제 임무를 해낸 수연이 기특했다. 그러나 내내 흐뭇한 미소를 지으며 혼잣말을 하던 승준은 차에서 내리자마자 인상을 심하게 구겼다.

잔뜩 구긴 그 얼굴을 하고 거실로 들어서자 차 회장은 그보다 더하게 썩은 표정을 하고 그를 노려보았다.

"아침부터 뭡니까? 유림이까지 부르시고."

"신혜리 그 배우 계집애하고 결혼이라도 할 거냐?"

화난 표정에 비해 차 회장의 목소리는 침착한 편이었다. 감정을 폭발시키지 않으려고 애쓰는 게 보였다.

차 회장이 연애가 아닌 결혼이라는 말을 꺼내는 걸 보면 정수연이 아주 제대로 언질을 해 준 것 같아 흐뭇했다. 하지만 속내를 숨긴 채 승준은 건조하게 대답했다.

"그럴 겁니다."

"오빠!"

차 회장이 아닌 유림이 빽 하고 소리를 질렀다.

"말도 안 돼! 걔 얼마나 소문이 안 좋은지 알아?"

"난 뭐 소문이 좋아? 게다가 그냥 소문만이 아니라 실제로도 좋은 놈은 아니잖아, 내가."

승준의 말에 차 회장과 유림에게서 한숨이 흘러나왔다.

"왜 하필 그 계집애야? 그년이……."

무슨 말을 하려다 차 회장이 입을 다물고는 길고 깊은 한숨을 토해 냈다.

"이렇게 아버지가 알게 된 이상, 다 말씀드리죠. 조만간 혜리와의 결혼, 공식 발표할 겁니다. 더 이상 제 결혼에 참견할 생각 마시고 그렇게 아십시오. 저도 앞으로 아버지가 누구와 살든, 재혼을 하든 상관하지 않을 테니까요."

승준이 제 할 말만 하고 거실을 빠져나갔다. 너무나 단호한 그의 태도에 유림은 승준을 잡지 못하고 그대로 보낼 수밖에 없었다.

남보다 못한 부자 사이에서 늘 힘들고 괴로운 유림은 주로 승준 편이었다. 하지만 이번에는 차 회장 편이다.

승준에게 신혜리는 절대 어울릴 수 없는 상대다. 단순히 그녀가 소문 안 좋은 연예인이라는 이유만은 아니었다. 그리고 모든 수준이 나이스그룹의 후계자와 맞지 않다는 것만도 아이었다. 신혜리는 승준의 상처를 감싸 줄 수 있는 따뜻한 여자가 아니다. 오히려 승준에게 상처를 입힐 위험한 여자다.

유림은 차 회장과 똑같이 이 결혼은 무슨 수를 써서라도 막아야 한다는 생각이 들었다.

"어떡하실 거예요, 아빠?"

"걱정 마. 내가 그런 딴따라 계집 하나 처치 못할 거 같냐? 미친놈. 반항인 줄 알았더니 진짜인가 보네."

"그런데 어떻게 아셨어요? 오빠가 신혜리하고 결혼하기로 마음 먹은 거."

"다 아는 수가 있어. 저 자식은 저가 내 머리 꼭대기에 있는 줄 알아. 회사 때문에 그냥 모르는 척 넘어가는 줄도 모르고. 쯧쯧. 네 오빠한테 아무 소리 하지 마. 신혜리 문제는 아빠가 처리할 테니까. 대신, 형준이나 신경 좀 써 줘. 제 형 기에 눌려 매일 주눅 들어 있는 거 보기 불쌍하니까."

"네."

유림은 야비하게 비틀어지는 차 회장의 얼굴을 보지 못한 채 차 회장 집을 나섰다.

❖

신혜리가 프러포즈에 허락해서 기분이 좋은 건지, 승준이 차 회장 집 앞에서 수연에게 며칠 동안 일정이 없을 테니 휴가라 생각하고 푹 쉬라는 말을 전했다.

유림의 분위기를 살펴보면 그 결혼이 쉽지 않을 것 같은데 승준은 집안의 허락 따위는 아랑곳하지 않는 모양이다. 그러나 수연은 뭔가 꼬인 것 같은 남의 집 혼사에 관심 없었다. 며칠 동안은 두 번의 출근과 퇴근을 하지 않아도 된다는 것에 즐거울 뿐이었다.

언제 또 올지 모르는 이 귀한 휴식의 시간을 그냥 보낼 수 없다는 생각이 들 때, 마침 지수에게 전화가 걸려왔다.

"지수! 나 지금 휴가 기간인 줄 어떻게 알고 전화를 다 하셨어?"

[야, 너야말로 어떻게 된 거야? 넌 알았을 거 아니야? 왜 말 안 해 줬어?]

"어? 뭘?"

[신혜리하고 나이스 차 상무하고 곧 결혼한다고 기사 떴잖아!]

"진짜? 언제?"

[인터넷에 떴잖아.]

아침까지만 해도 없던 기사가 떴다니 급한 마음에 지수와 통화를 끝낸 수연이 인터넷 포털을 확인했다. 실검 1위부터 4위까지가 모두 신혜리와 차승준 상무다.

기사를 찾아 보니 공식 발표에 의한 결혼 기사는 아니었다. 최측근이 흘린 정보라는 게 대부분이었고 신혜리의 소속사는 확인 중이라는 발표 외에 공식적으로 인정된 부분은 없었다.

"헐, 난 아닌데……. 이 최측근이 나라고 오해하는 거 아닐까? 그날 반지 들고 룸에 갔으니까. 아니야. 신혜리 쪽에서 그런 걸 수 있어. 떨 거 없어. 난 결백하니까."

자신은 결백한데 왜 이리 심장이 뛰고 죄지은 기분이 드는지 모를 일이다.

"나 진짜 아닌데……."

두 사람이 직접 발표한 결혼 기사가 아니고 최측근에게서 흘러나온 기사라고 하니 여간 신경 쓰이는 게 아니었다.

❖

"기사는 계획에 없던 거 아니야?"

진우가 걱정스러운 눈빛으로 승준을 바라보며 물었다. 그러자 술 한 잔을 비워 낸 승준이 옅은 미소를 지으며 대답했다.

"계획에는 없었지만 나쁘지 않아."

"그런데 그 기사 누가 흘린 거야? 너 그날 신혜리한테 반지 안 줬을 거 아니야?"

"안 줬지. 그래서 그쪽은 아닌 거 같은데……."

범인은 정수연밖에 없다. 그녀가 직접 언론에 뿌리지는 않았더라도 가까운 지인에게 극비라며 속닥인 걸, 누군가 제보했을 수도 있다.

기사로 인해 차 회장의 혈압이 더 올라갔을 테니 그건 그리 나쁜 결과가 아니다. 다만 유림 외의 사람에게 그의 사생활이 발설되고, 자신이 알지도 못하는 사람들의 입방아에 오르내린다는 사실이 거슬릴 뿐이다.

"어떻게 수습할 거야? 이러다 결혼까지 가는 거 아니야?"

"거기까지 가기 전에 차 회장님이 수습은 다 하시겠지."

"아버님이?"

"그 양반을 몰라? 내가 굳이 나서지 않아도 그 양반이 신혜리 입에서 결혼 포기하겠다는 말 나오게 할 거야."

"도대체 그렇게 해서 너한테 좋은 게 뭐야? 이젠 그만할 때도 되지 않았냐? 아버지 뒷목 잡게 하는 거. 네가 아무리 그래도 끄떡도 안 하시잖아."

절대 그만할 수 없다. 뒷목이라도 잡게 하지 않으면 엄마의 삶이 너무 가엾어 참을 수가 없다. 이렇게 차 회장이 그로 인해 속상하고 열받고 괴로워하면서 지은 죄에 조금이라도 대가를 치렀으면 하는 마음이다. 그 죄에 비해 이런 대가가 너무 터무니없이 가볍기는 하지만.

그래서 더 차 회장을 더 괴롭힐 생각이다. 그리고 마지막에는 회장직에서 끌어내릴 생각이다. 아직은 차 회장이 끄떡없는 것처럼 보여도 승준은 알고 있다. 그의 가부장적인 권위와 독재 경영은 이제 빛을 잃었다. 그걸 모른 채 영원히 그 자리를 보존할 거라 착각하고 있을 뿐이다. 승준은 차 회장이 자리에서 내려오는 것에 앞장서서 제 힘을 키우고 있는 중이다.

"오랜만에 기분 좋은데 그 양반 얘기 말고 다른 얘기하자. 청수당 셋째 딸 어때?"

"셋째 딸이라 예쁘긴 하더라. 의술로 만들어진 외모인지는 모르지만."

"들리는 말에 세다는 소리 있어."

"세다고 해 봐야 우리 엄마만 하겠냐?"

진우의 말에 승준의 웃음을 터뜨렸다.

"그건 그렇지."

진우 회사 '굿데이 금융'은 부친의 사채업으로 시작했다. 인정사정 봐주지 않고 고금리를 받아 내며 키워 온 결과가 '굿데이 금융'이다. 제3금융권이지만 굿데이 캐피탈은 국내 최다 지점을 가지고 있다.

고금리를 받아 낼 뿐 아니라 사람도 해친다는 사채업을 하는 아버지를 부끄러워했던 진우는 자신 만큼은 바른 이미지를 만들고 싶었다. 문제는 바른 사람이 되는 게 아니라 이미지를 만들고 싶었다는 데 있다. 남들 모르는 유흥과 일탈을 즐기면서 자신의 바른 이미지는 드러내고 싶은 그 바람을 이루었다. 유흥의 낙을 비밀스럽게 즐기는 일, 승준이 있어 가능했다.

본래도 친했지만 그런 비밀로 인해 두 사람은 떼려야 뗄 수 없는 사이가 되었다. 여하튼 사채업을 하는 남편을 적극적으로 외조한 진우의 모친은 절로 거칠어졌다.

웬만한 남자들 못지않게, 그리고 중년의 나이에 맞지 않게 욕도 걸걸하게 잘한다. 진우는 자신의 아버지는 피도 눈물도 없는 냉혈한이고 엄마는 교양 없는 욕쟁이 아줌마라고 학을 뗀다. 하지만 승준은 그의 부모님들을 좋아한다. 적어도 그들은 가정을 지켰고 부모로서, 부부로서 의무를 저버리지는 않았다.

지금 이 순간 승준은 욕이나 잔소리를 마구 퍼붓더라도 '엄마'라는 존재가 있었으면 하는 바람이었다. 차 회장을 약 올리면 올릴수록 엄마가 그리웠다.

기분이 좋아서였는지, 아니면 '엄마'에 대한 그리움 때문이었는지 술이 좀 과했다. 아무리 마셔도 취하지 않는 승준의 정신이 알딸딸해졌다. 취한 기분이 처음이어서 그랬는지, 아니면 이미 수연에게 익숙해져서인지, 승준이 수연에게 전화를 걸었다.

"정 비서, 휴가라고 해 놓고 전화해서 미안. 나 좀 데리러 와야겠어."

[어디로 가면 되겠습니까?]

그녀도 그에게 익숙해진 것인지, 불손하게 전화를 받을 줄 알았는데 의외로 나긋한 목소리로 물었다.

'그럼 뭐 해? 취해서 정신 놓은 거 같으면 대 놓고 악담하는 여자인데.'

하지만 악담을 듣더라도 수연이 운전하는 차를 타고 가야 안심이 될 것 같다. 그리고 이제는 그 악담도 아무렇지 않다.

승준은 술 마시고 있는 장소를 알려 주었다. 그리고 30분 뒤 도착했다는 수연의 전화가 걸려 왔다.

수연이 대기시킨 차에 올라 좌석 깊숙이 몸을 파묻고 고개를 기대자 몸과 마음이 편해졌다.

"미안. 쉬라고 해 놓고 불러내서."

"아닙니다. 잠들지만 마세요."

"잠들면 그냥 차에 버리고 가. 그때처럼 다시 오지 말고."

"그렇게 못할 것 같아서 드리는 말씀이에요."

"절대 그러지 말라고 하는 말이야."

보스를 상대로 말싸움을 해 봐야 제 손해라는 걸 아는지 수연에게 더 이상의 대꾸는 없었다.

승준은 저번과 같은 실수를 하지 않기 위해 잠들지 않으려 했다. 하지만 몸과 마음이 편안하고 진짜 취기가 몰려오니 잠을 이겨 낼 수가 없었다.

'안 되는데…… 잠들면 저 여자가 악담을 퍼부을 텐데…….'

몽롱한 정신에 눈을 뜨려 했지만 쉽지 않았다. 지금의 상태가 잠에서 깨어나려고 하는 것인지, 잠이 들려고 하는 것인지 알 수 없었다. 꿈속인지 현실인지도 분간이 안 되는 상태에서 귀에 익은 목소리가 들려왔다.

"정말 나 아니거든요. 내가 입이 얼마나 무거운데. 최측근이라는 건 분명 신혜리의 최측근일 거예요."

'저 여자가 또 악담을 퍼붓나 보군.'

정신이 온전히 돌아온 건 아닌데 그녀의 말소리는 계속해서 들려왔다.

"거, 그리고 몸 좀 생각해서 작작 좀 마셔요. 그놈의 술은 하루라도 안 마시면 입에 가시가 돋나? 뭐, 매일 술이야. 건강 잃으면 나이스 후계자가 뭔 소용이고, 신혜리 같은 예쁜 마누라가 뭔 소용이야."

테이블에 뭔가를 거칠게 내려놓는 소리가 들렸다. 그 거친 소리에 잠이 확 깨는 것처럼 정신이 들었다. 하지만 승준은 눈을 뜨지 않았다.

이건 악담이 아닌데? 이건…… 걱정인데?

예전 진우와 술을 마시고 그의 집에 갔을 때, 그의 어머니에게서 들었던 잔소리와 비슷하다.

"이것들아! 작작 좀 마시고 다녀! 간 버리겠다! 그러다 간 버리면 그 잘난 인물하고 돈이 다 뭔 소용이냐! 젊었을 때 건강 지켜, 이 자식들아!"

진심으로 자신을 걱정해 주는 그 잔소리에 뭉클하고 울컥했던 기억이 떠올랐다. 그리고 지금 자신을 걱정해 주는 것 같은 수연의 말에 가슴이 찌릿했다.

'저 여자가 왜 저런 말을 하는 거야?'

뭔가 이상한 느낌이 그의 마음을 건드리는 것 같은데 그녀의 목소리는 더 이상 들려오지 않았다. 그녀가 밖으로 나가는 것 같지 않은데 어디로 사라진 것인지 주위가 고요했다.

살짝 실눈을 뜨고 테이블을 보니 유리잔이 보였다. 이번에도 꿀물을 타 놓은 모양이다. 그러다 그녀가 움직이는 소음이 들렸다. 승준은 그 작은 실눈마저 그녀에게 들킬까 싶어 눈을 감고 완벽하게 자는 척을 했다. 그런데 무언가 그의 몸을 따뜻하게 덮어 왔다.

"이렇게까지 한 나를 의심하고 몰아붙이면 그때는 정말 내가 사표 낼 거니까, 우리 서로 믿읍시다, 잘또 보스님."

그리고는 '에구구구.'를 연발했다.

'젊은 여자가 할머니처럼 앓는 소리는……?'

그녀의 앓는 소리가 좀 멀어지는 것 같더니 곧바로 현관문 소리가 들렸다.

'드디어 간 모양이군.'

승준이 눈을 뜨고 일어나 앉았다. 그녀가 몸을 덮어 준 것은 그가 매일 덮고 자는 시트였다.

기분이 묘했다. 왜 갑자기 자기를 걱정해 주는 것 같은 말을 하는 것인지. 그리고 이 행동은 뭔지.

"이 여자야, 차라리 욕을 해라. 그게 낫겠다."

그녀의 운전과 수행은 익숙했지만, 자신을 걱정해 주는 누군가의 마음은 아직 익숙하지 않았다. 시트를 들고 일어나 침실로 가다가 갑자기 그녀가 한 말 중에 이해할 수 없는 말이 떠올랐다.

"의심한다고 몰아붙이면 사표를 내겠다고? 내가 뭘 의심한다는 거지? 그리고 잘또 보스? 잘또는 또 뭐야?"

말의 앞뒤 정황을 봐서는 그 '잘또'가 그 자신을 칭하는 것 같다. 하지만 단어를 이해할 수 없으니 자신이라도 장담할 수도 없었다.

"잘또라……?"

그러면서 이제는 수연에게 운전은 맡기지 않기로 했다. 그녀가 운전하는 차에서만 긴장이 사라져 잠이 든다. 그건 뭔가 너무 불안하고 위험한 일이라는 생각이 들었다.

❖

막 침대 속으로 들어가 눈을 감았을 때 휴대폰 벨소리를 들었다. 그 시간에 전화할 사람은 단 한 사람이다.

"왜 전화를 한 거지? 휴가 준다고 해 놓고. 설마……."

그를 데리러 오라는 전화가 아니라 신혜리와의 기사로 인해 그녀에게 전화를 한 건 아닌지 심장이 두근거렸다.

받고 싶지 않았다. 휴가라고 했으니 받지 않아도 서로가 할 말이 없기에 무시해도 상관없었다. 하지만 기사로 인한 찜찜함 때문에 피할 수가 없었다.

차라리 데리러 오라는 전화이길 바랐다. 그러면 정말 좋겠다는 마음으로 그의 전화를 받았다. 다행히 기사에 대해서는 한마디도 없었고 그녀의 바람처럼 데리러 오라는 전화였다. 그것도 명령조의 지시가 아닌 미안하다고 아주 부드럽게 말을 건네는 것이 아닌가.

그렇다면 어디든 가 줄 수 있다.

그렇게 해서 좋은 마음으로 집까지 수행을 해 줬더니 결국 또 차 안에서 잠이 들었다. 다시 한 번 경비직원의 도움을 받아 집으로 옮겼다. 꿀물을 타 주고 혹시라도 감기 걸릴까 싶어 시트까지 덮어 주고 나오니 진이 다 빠진 기분이다.

그를 걱정하거나 비서로서 챙겨야 하는 마음보다는 결혼 기사로 인해 곤란한 상황에 빠졌을 때, 그에게 믿음을 주기 위함이었다.

그런데 집으로 가면서 생각하니 자신의 행동이 너무 어이없었다.

"내가 왜 그랬지? 나 아닌데. 결백한데 괜히 쫄아 가지고."

자신의 결혼 기사도 아닌데 왜 이렇게 기사 하나 때문에 마음을 졸여야 하는지.

'보스를 잘못 만난 내 죄지.'

❖

모든 계열사의 헤드들이 모이는 중요한 회의는 예상보다 한 시간이 넘은 후에 끝이 났다. 회의가 끝난 후 모두가 임원 식당으로 향했다. 승준은 급하게 처리해야 하는 업무를 핑계로 집무실로 돌아왔다.

회의 전부터 모두가 그를 향해 신혜리와의 결혼에 대해 묻고 싶은 표정들이었다. 조금이라도 빈틈을 보였다면 그 질문으로 곤욕을 치렀을지 모른다. 시작부터 타이트하게 몰아붙여 회의시간은 넘겼지만 끝난 후에는 피해 갈 수 없을 것 같아 식사 자리를 아예 피해 버렸다. 아마도 이 시간 그 곤욕은 차 회장이 치르고 있을 것이다.

"상무님, 점심 식사는 어떻게 하실 건가요?"

비서 한 명이 들어와 그에게 물었다.

"도시락 하나 사다 줘요."

"네."

묵례를 하고 나가려는 비서를 불러 궁금했던 걸 물었다.

"혹시 잘또가 무슨 말인지 알아요?"

"잘또요? 그건…… 잘생긴 또라이?…… 라고 알고 있습니다."

뭣이라? 잘생긴 또라이? 또라이?!

이를 사리물고 정수연을 어떻게 해야 화난 이 마음을 그대로 갚아 줄까 고민 중에 있을 때, 모르는 번호로 문자가 들어왔다.

「나라액터스 송모일 대표입니다. 혜리가 차완섭 회장님께 불려 갔어요. 통화 가능하면 전화 주십시오.」

예상하던 일이 벌어진 것이고 모든 게 계획한 대로 흘러가고 있었다. 승준은 그저 미소만 지었다. 그리고 그로부터 2시간 후 신혜리에게 전화가 걸려 왔다.

"어떻게 된 거야? 아버지한테 불려 갔었다며?"

휴대폰 너머 흐느끼는 소리가 들려왔다.

"무슨 일이 있었는지 말해 봐."

[난…… 당신 아버지가 하라는 대로 할 수밖에 없어요. 그래도 상무님 많이 사랑하니까…… 상무님 뜻대로 할게요. 아버지 뜻을

못 꺾어서 헤어지자고 하면…… 그렇게 하고…… 기다리라고 하면 조용히 기다릴게요. 일단 소속사 통해서 기사 내보냈어요. 우리 결혼…… 사실무근이라고.]

신혜리가 말을 하는 내내 훌쩍거리고는 말을 끝내기가 무섭게 서러운 울음을 터뜨렸다.

"우리 결혼 사실무근 맞잖아. 그런데 얼토당토않은 기사가 나갔으니 아버지가 꼭지 돌지. 우리끼리도 확정 지은 게 없는 결혼 얘기가 어디서 흘러 들어간 거야?"

신혜리의 울음소리가 들리지 않았다.

아무래도 자신을 달래 주며 다독일 줄 알았던 그에게서 의외의 이야기가 나와서 잠시 당황한 모양이다. 하지만 다시 그녀는 울먹이는 목소리로 대답했다.

[모르죠, 나는. 상무님 나 어떻게 해야 해요? 우리 이대로…….]

"아버지가 이대로 끝내라고 하면 끝내야지."

[상무님! 기다리라고 했잖아요! 회장님 이길 수 있게 힘을 키우고 있다고…… 그때까지…….]

"그랬지. 그랬는데, 네가 남자를 밝혀도 너무 밝히잖아. 어지간해야 봐주고 넘어가지. 안 그래?"

[상무님…….]

"다른 데 알아봐라. 난 색골은 별로니까."

발악에 가까운 목소리가 들렸지만 승준은 전화를 끊었다. 그리고 곧바로 회장실로 올라갔다.

"신혜리 불러서 뭐라고 협박하셨습니까?"

"죽인다고 했다. 왜?"

"잘하셨습니다. 안 그래도 신혜리한테 질려서 끝내고 새로운 애를 만나 보려고 했는데."

"뭐?"

"고맙습니다, 회장님. 이 말 하러 올라온 겁니다. 그럼 내려가서 일 보겠습니다."

승준이 여유 있게 웃어 보이고 회장실을 나왔다. 약 올라 죽을 것처럼 방방 뛸 차 회장의 모습을 상상하며 집무실로 내려왔다.

수연이 제 역할을 잘 해 주어서 신혜리 문제는 잘 해결되었다. 그러니 이제 수연은 제자리로 돌려보내도 상관없다. 그런데 이상하게 그렇게 하고 싶지 않다.

고용 계약 기간이 남아서만은 아니었다.

수연이 운전하는 차를 계속 타고 싶고, 노래 같은 악담도 듣지 않으면 서운할 것 같다. 우습게도 그녀와 출퇴근을 같이 하지 않으면 심심하다 못해 우울하고 외로울 것 같은 기분이었다. 자신의 그런 생각이 어이없기는 했지만 그녀를 향한 그 마음이 애매하지 않고 너무 강한 탓에 부정할 수는 없었다. 단지 그녀에게 길들여진 것 같은 자신이 이해되지 않을 뿐이었다.

'그 여자 꿀물에 뭘 탔었나?'

◈

차 회장이 주재로 한 경영진 회의가 갑자기 잡혔다. 생각 없이 올라간 그곳에서 형준과 맞닥뜨렸다.

"네가 왜 여기에 있어?"

"회장님께서 회의에 참석하라고 하셨습니다."

그 말에 승준의 표정이 차갑게 굳어졌다.

차 회장이 이 회의 자리를 왜 마련한 것인지 감이 왔다. 그리고 그의 예상대로 차 회장은 회의 자리에서 형준을 공석인 나이스 유쇼핑 부사장 자리에 앉히는 것을 제안했다.

"그럴 만한 실적이라도 하나 내놓으시고 말씀하십시오."

승준이 대놓고 반대를 했다.

"실적이야 유 쇼핑에서 내면 되는 거지. 그 자리에 앉을 수 있을 만큼 준비 많이 했어. 한 번쯤 기회를 줘 봐."

"차 지부장, 현재 유쇼핑에서 가장 매출 하위를 차지하고 있는 상품이 뭔지 알고 있나?"

허를 찌르는 승준의 질문에 형준은 대답하지 못했다.

사실 이런 상황을 예상한 형준은 여러 가지 예상 질문에 대한 대답을 준비해 왔다. 그가 준비한 것은 하위가 아닌 상위 매출을 차지하는 상품들이었고, 월매출액과 연매출액 등이었다. 최하위 품목을 물을 줄은 몰랐다.

"하위 상품이 뭔지도 모르면서 실적을 낸다고? 준비를 했다고? 잘 팔리는 상품은 누구나 팔아. 안 팔리는 상품을 잘 파는 게 진짜 실력자지. 그것도 모르면서 무슨 준비를 했다고. 반대합니다. 그 자리에 앉기에 한참 모자랍니다. 다른 이사님들이나 대표님들 생각은 어떠십니까?"

차 회장의 최측근을 제외한 모든 경영진들이 승준의 의견에 동의했다. 결국 형준의 부사장 발령은 무산이 되어 버렸다.

회의가 끝나고 차 회장이 승준을 호출했다.

"차승준. 원하는 게 뭐야?"

"무슨 말씀이십니까?"

"너 나한테 이러는 이유가 뭐냐고?"

한껏 비틀어진 표정으로 차 회장을 무섭게 노려보던 승준이 한참 후에 입을 열었다.

"엄마 앞에서 무릎 꿇고 용서를 비세요."

"뭐, 뭘 빌어? 말이 되는 소리를 해? 죽은 네 엄마 앞에서 무릎을 꿇으라는 게 무슨 말이야?"

"그렇게 하시면……. 진심으로 용서를 비시면 저도 아버지 용서하겠습니다."

차 회장의 얼굴이 일그러졌다.

"덜떨어진 놈. 용서? 누가 누굴? 때려치워라. 아직도 제 엄마 그늘에서 못 벗어난 놈이 무슨 나이스를 물려받아 갖겠다고. 큰일 하기는 그른 놈이야, 넌. 멀리 보면 형준이가 차라리 나아. 지금은 네가 좀 나은 것처럼 보여도. 나가 봐!"

"마음대로 생각하십시오. 그리고 두고 보십시오. 내가 나이스를 가질지, 못 가질지."

"바람피운 게 뭐 그렇게 잘못이라고 자식 버리고 제 목숨까지 버려. 다른 집 여자들은 자식 보고 참고 사는데 그것도 못하고 제 목숨 버린 여자 엄마 자격도 없어! 그러니 다시는 내 앞에서 그 말도 안 되는 개소리 집어치우고 정신 차려!"

"정신 못 차릴 것 같습니다. 그 아버지의 그 아들이란 사람들의 소리 듣는 것도 재미있을 것 같아 아버지처럼 추하게 놀 만큼 놀아 보려고요. 앞으로 얼굴 비칠 자리 계속 만들어 보십시오. 원하시는 대로 얼굴 비치죠. 그게 뭐 어렵다고. 하지만 뒷일은 장담 못 합니다."

승준은 일어나 곧바로 회장실을 나왔다. 고함을 지르는 차 회장의 목소리가 들렸지만 아랑곳하지 않았다.

그는 집무실이 아닌 주차장으로 내려갔다.

끝까지 뻔뻔스러운 차 회장의 이기심은 물론이고 자식에게 상처를 준 것도 자신이 아닌 서은주 여사라는 걸로 몰아가는 것에 참을 수가 없었다.

차 회장은 모르지만, 승준이 기억하는 장면이 많다. 어린 나이라 그가 모를 거라 생각했겠지만 차 회장이 수시로 여자를 데리고 오고 서 여사를 함부로 대하는 것이 승준에게 큰 상처로 남았다.

게다가 매일 엄마의 눈물을 봐야 했고, 약을 집어삼키는 모습도 목격했었다. 매일 그를 향해 미안하다고 말하며 안아 주던 서 여사는 그래도 좋은 엄마였다. 그러나 그 엄마가 철저히 무너진 건, 형준을 데리고 집으로 들어온 여자 때문이었다.

한 지붕 아래 한 남편과 두 아내가 사는, 콩가루 집안이 되었다. 그러던 어느 날 형준의 모친이 집을 나갔다. 그 후에 차 회장은 다른 여자를 집으로 들였다. 얼마 후 그 여자도 집을 나갔다. 반복되는 똑같은 생활 속에 서 여사가 사라졌고, 어느 호텔 욕실에서 핏물에 잠긴 채 발견되었다.

승준은 서 여사가 사라진 날부터 그녀를 그리워했다. 이미 고인이 되었지만 지금도 그립다.

'좀 더 버텨 보시지. 이제는 눈물이 아닌 웃음만 나오게 해 드릴 수 있는데…….'

차를 몰고 무조건 회사를 나와 운전하며 가던 길, 깊고 우울한 생각에 빠져 있는 그 순간, 쾅! 소리가 요란하게 울리며 그의 몸이 앞으로 쏠리고 에어백까지 터졌다.

뒤에서 승합차가 그의 차를 들이받는 추돌 사고가 발생한 것이다.

"젠장."

승준은 휴대폰으로 비서실장에게 전화를 걸었다. 다행히 회사에서 멀지 않은 거리기에 빠르게 달려온 비서실장에게 사고 처리를 맡겼다.

"괜찮으십니까? 병원부터 가시죠?"

"괜찮아요. 내가 알아서 갈게요."

승준은 그대로 자리를 벗어나 택시를 잡았다.

혼자 조용한 곳에서 쉬고 싶었지만, 딱히 갈 만한 곳이 없었다.

차라도 있으면 무작정 운전하며 아무 곳이나 쏘다닐 수 있겠지만 택시를 타고 갈 만한 곳은 없었다. 결국 승준은 자신의 집으로 왔다.

주차장에 있는 자신의 또 다른 차로 돌아다녀 볼까, 했지만 집 안으로 들어오자 그것도 귀찮아졌다. 그동안 혹사시킨 심신의 피로를 풀고 싶었다.

독한 술 한 잔을 마신 후 승준은 잠에 빠져들었다.

잠결에 어설프게 들리는 소리는 참새 소리였다. 짹짹거리는 요란함에 인상을 썼다.

'참새 소리가 왜 들리는 거지?'

서서히 잠에서 깨어나고 눈을 뜨려 하는데, 참새 소리가 아닌 정수연의 잔소리가 그의 귀를 때렸다. 그뿐 아니라 그의 몸까지 흔들며 깨우는 게 아닌가.

"눈 좀 떠 보시라고요! 상무님! 차 상무님!"

이 여자는 왜 또 집까지 찾아와서 이 난리인가.

"야! 차승준! 일어나 보라고!"

승준이 눈을 떴다. 그러자 하얗게 질린 얼굴과 붉어진 눈가가 보였다.

부르지도 않은 그녀가 자신의 침실에 와 있는 것도 이해가 되지 않았지만, 그녀의 표정은 더욱 이해되지 않았다. 뭘 어떻게 물어야 하는지도 모르게 수연의 모습에 당황했다

"정 비서…… 왜…… 여기에 있는 거지? 그리고……."

"깨어나셨네요? 난 또……."

그녀에게서 눈물이 흘러내렸다.

"왜, 왜 우는 거야? 난 아무것도 안 했는데. 정 비서 도대체 왜……?"

"빨리 옷 입어요. 병원에 가게."

수연이 눈물을 닦으며 그에게 재킷을 던져 주었다.

"그러니까 왜 정 비서가 여기까지 와서 나를 데리고……."

"죽고 싶지 않으면 조용히 따라와요! 당신은 죽으면 끝이지만 남은 가족에게는 평생 아픔이고 상처가 될 수 있다고! 교통사고 후유증은 아무도 몰라요. 겉은 멀쩡한 것 같아도 그게 아닐 수 있다고! 잘난 척 그만하고 따라오라면 따라와요!"

와이프도 아니고, 엄마도 아니고, 여동생도 아닌, 일개 비서가 가족보다 더 격하게 그에 대한 걱정을 화로 풀어내고 있다.

'이 여자는 내가 제 보스인 줄 모르는 거야, 뭐야? 이봐! 나 당신 보스야! 아임 유어 보스!'

하지만 수연은 눈물을 닦으며 비서 모드로 돌아가 그를 향해 차갑게 말을 던졌다.

"주차장에 제 차 대기시켰습니다. 빨리 준비하고 내려오세요."

그리고 그의 대답은 듣지도 않은 채 나가 버렸다.

잠에서 깨어나 갑작스럽게 날벼락을 맞은 것 같기도 하고, 한차례 폭풍이 지나간 것 같은 느낌이다.

아무래도 비서실장이 유림이나 차 회장에게 사고 소식을 알렸고 병원에 가지 않은 것을 알고 정 비서를 이곳으로 보낸 모양이다.

'그런데 왜 우는 거지? 걱정 정도는 해 줄 수도 있긴 하지만 우

는 건 좀 아니지 않나?'

수연을 이해할 수 없어 혼란스러운 그 상황에서도 우스운 건 그녀가 던져 준 재킷을 입고 나갈 준비를 하고 있다는 것이다.

그렇게 집을 나와 주차장으로 내려가면서도 수연에 대한 생각이 떠나지 않았다.

'설마 나를 좋아하나?'

그렇다고 하기엔 그를 향한 악담들이 너무 현실적이었다.

'남 걱정하고 불쌍하게 여기는…… 동정심 같은 게 심한가?'

그녀가 승준에게 동정심을 표할 만큼 그가 수연에게 보인 행동들은 과히 좋은 것들이 아니었다. 그리고 수연 역시 동정심 많게 마음 약한 여자는 아니라는 걸 안다.

'그럼 왜?' 라는 의문이 들었지만, 수연의 마음을 알 수는 없었다.

주차장에 도착하니 수연이 그녀의 차를 대기시켜 놓고 있었다. 차에 올라타 그녀의 표정부터 살폈다. 방금 흘린 눈물 자국은 없었지만, 잔뜩 굳은 표정을 하고 있었다.

"정 비서, 왜 운 거지?"

"출발하겠습니다."

운전하는 내내 한마디도 하지 않고 그녀가 그를 데리고 온 곳은 그의 주치의가 있는 대학병원이었다.

수연의 눈물 때문일까. 승준은 꼼짝없이 검사를 받고 진료를 받았다.

"외상은 보이지 않지만, 차후에 후유증이 나타날 수 있습니다. 일단 오늘 입원하셔서 물리치료 받으시고 경과를 두고 보는 게 좋겠습니다."

"지금 제가 입원해 있을 때가 아닙니다, 교수님. 처리하고 검토해야 할 일들이 산더미입니다."

그때 옆에 있던 수연이 나섰다.

"그 일 영원히 처리하지 못하고 저세상으로 갈 수 있습니다. 교수님 말씀대로 입원하세요, 상무님."

"정 비서!"

수연에게서 최고의 악담을 들은 승준이 참지 못하고 버럭 소리를 질렀다.

서로를 무섭게 노려보는 눈빛이 너무도 맹렬했다. 두 사람의 팽팽한 기 싸움이 진료실 분위기를 살벌하게 만들자 주치의가 나섰다.

"그만들 하시고요, 일단 내일까지 입원해서 경과를 보죠."

"됐습니다. 입원은 하지 않겠습니다. 몸에 이상 생기면 그때 다시 오죠."

승준이 그대로 일어나 진료실을 나왔다. 그러자 그녀가 재빠르게 뒤따라 나와 그를 잡았다.

"상무님!"

"그만해. 한마디만 더 하면 안 참아. 적당히 나대, 정 비서."

차갑게 말하고 돌아서는데 그녀가 또다시 그를 불렀다.

"상무님."

승준은 무시했다. 한 번만 더 뭐라고 하면 그대로 '파이어'를 외치려 했다. 그런데 너무도 간절하게 그에게 부탁을 했다.

"입원하세요. 제발요."

그녀의 낯선 모습에 승준의 걸음이 우뚝 멈춰 섰다. 그녀의 눈매가 다시 붉어졌다. 마치 그가 입원하지 않으면 큰일이 벌어질 것처럼 겁먹은 눈빛이었다.

승준은 뭐에 홀리듯 대답했다.

"알았어. 입원할게."

"입원 수속하겠습니다."

멀리 사라지는 그녀의 뒷모습을 보며 승준이 구시렁거렸다.

'아무래도 그 꿀에 뭘 탄 게 확실해.'

자꾸 그녀에게 휩쓸리고 말린다는 기분이 들었다. 이런 적은 처음이라 그렇게 황당한 생각을 할 수밖에 없었다.

멀쩡한 몸으로 병상에 누워 있는 것도 힘든 일이었다.

비서실장에게 전화를 걸어서 가지고 와야 할 서류들과 노트북을 부탁했고, 그걸 가져다주었던 비서실장이 돌아가자 유림이 들어왔다.

"오빠, 괜찮아? 사고가 났으면 바로 병원으로 왔어야지! 아이언맨도 아니면서 무슨 배짱으로 입원도 하지 않겠다고 떼를 써? 차가 좋아서 그 정도였대. 소형차 같았으면 차도 박살, 오빠도 박살 났을 수도 있었다더라."

"야, 차유림. 정 비서 좀 어떻게 해 봐. 보스를 제가 요리하려고 해. 사람 가지고 노는 게 은근 고수야."

"무슨 소리야? 그런 순수한 비서가 어디 있다고! 오빠 사고 났다는 말에 얼굴이 하얘져서 덜덜 떨더라."

"그러니까 그런 오버까지 하면서 나를 왜 억지로 입원시키는 거냐고? 아무래도 내 일 하기 싫어서 잔머리 굴린 것 같아."

하지만 계속되는 유림의 말을 들으며 승준은 그녀가 왜 눈물까지 보였는지 알게 되었다.

부모가 교통사고를 당했지만, 겉으로 보이는 외상은 없었다. 갑자기 망한 사업으로 형편이 어려웠던 탓에 병원에 가지 않은 채 간단하게 합의를 보고 끝냈다. 그러나 며칠 지나지 않아 뇌출혈의 후유증을 그대로 방치한 탓에 두 사람 모두 사망했다는 것이다.

"그렇게 어린 나이에 고아가 됐으니 어땠겠어? 그런데 자신이 모시고 있는 보스가 교통사고를 당하고 외상이 없다고 그냥 넘어가는 걸 지켜만 보겠냐고? 그 트라우마 때문인지 그럼 안 된다고 눈물까지 보이더라. 이구, 철 좀 들어!"

유림이 승준의 등짝을 한 대 때렸다.

등에서부터 감전된 것 같은 느낌이 온몸에 퍼졌다. 그 느낌은 금방 사라지지 않았고 통증으로 느껴졌다.

'그래서 그 말을 했던 거군.'

일 걱정하느라 입원하지 않겠다는 그에게 그 일을 영원히 처리하지 못하고 저세상으로 갈 수도 있다는 말이 그냥 나온 게 아니라는 걸 알았다.

그녀의 진심을 몰라 준 것에 미안하기도 하고 자신의 모자람이 창피하기도 했다.

"앞으로 밤에 대리기사처럼 운전시키지 말고 잘해 줘. 어려서 부모 잃고 이모 집에서 자라서 기죽고 힘들었을 만한데, 제 능력으로 대학도 나오고 이모네서 독립도 하고. 대견하잖아. 요새 그런 아가씨가 어디 있어? 게다가 착실하고 성실하고."

"정 비서에 대해서 왜 그렇게 잘 알아? 둘이 그렇게 친해?"

"우리 둘이 친한 것도 있지만 이 얘기는 수연 씨 이모한테 들었어. 그 이모가 나 예전 요리 쌤이었거든. 수연 씨 소개시켜 준 것도 그분이고."

그 뒤로 유림은 여자들과 즐기는 유흥은 그만하고 건강 챙기라는 잔소리를 늘어놓았다. 그리고 차 회장을 용서하고 형준을 동생으로 받아들이라며 그를 달랬다.

하지만 동생의 말에 전혀 반응하지 않으니 말하다 지친 유림이 돌아갔다.

졸음이 쏟아진 승준은 이불을 덮어쓰고 침대에 누웠다. 그러자 문득 수연의 눈물이 떠올랐다.

'아무리 그렇다고…… 눈물까지…….'

수연이 자신을 진심으로 걱정해서 눈물을 흘렸다는 게 믿어지지 않았다.

그를 위해 눈물을 보인 사람은 모친인 서 여사밖에 없었다. 그런데 가족도 아닌 비서가 보스를 걱정해서 눈물을 흘릴 수 있는 일인가.

그럼에도 그녀의 눈물이 메마른 그의 가슴을 적시는 기분이다. 뭔가 뭉클하고 두근거리고 먹먹하기까지 했다. 뭔가 감정적으로 거세게 휘둘리는 기분이다.

처음 겪어 보는 그 느낌에 알 수 없는 불안함이 느껴졌다.

'마녀 같은 정 비서한테 홀리는 건가? 이러다…… 뭔가 잘못될 것 같아. 아주 불안해.'

4장

승준이 입원해 있는 병원에 들른 유림을 집까지 수행해 주는 것으로 수연의 하루 일정이 끝이 났다.

'하, 병원에 입원했으니 한동안은 좀 편안하겠네.'

몸과 마음이 홀가분해야 하는데 이상하게 그가 걱정되었다.

'회사 일이 뭐 그렇게 대단하다고…… 대형 승합차에 받쳐 놓고 일 때문에 입원을 못하겠다고 하다니. 쯧쯧. 제 몸과 생명이 얼마나 소중한지 모르고 함부로 생각하고.'

집에 도착해 샤워를 하려는데 지수에게 전화가 걸려 왔다. 호텔 뷔페 식사권이 생겼다면서 저녁을 함께하자는 것이었다. 승준의 일로 마음이 좋지 않은 수연은 기분전환을 위해 지수와 약속을 정했다.

누구의 비서로 호텔 주차장에 대기하는 것이 아니고 직접 식사를 하러 가는 기분이 꽤 좋았다. 로비에서 지수를 만난 수연은 뷔페 레스토랑으로 올라가서 오랜만에 여유롭고 기분 좋은 식사를 했다. 산해진미를 모두 가져다 놓은 것 같은 맛있는 음식을 먹고 나자 기분이 좋아졌는지 지수가 호텔 바에서 술 한잔하자는 제안을 했다.

"호텔 바에서? 거기 얼마나 비싼데?"

수연이 정색을 했다. 기분과 분위기에 빠져 쓸데없는 낭비를 하고 싶지 않았다. 그러나 지수는 이미 마음을 먹었는지 수연의 말을 듣지 않았다.

"우리가 매일 이러는 것도 아니고, 어차피 뷔페도 공짜로 먹었는데. 오늘 한번 누려 보자."

"그래도 난 싫어."

"내가 살게."

"네 돈은 땅 파서 나온 돈이니? 그냥 가. 차라리 내가 밖에서 맥주를 살게."

그러나 지수는 수연을 끌고 호텔 바가 있는 지하로 데리고 왔다.

"김지수. 내일 후회할 짓 하지 말고 내 말 들어라."

"딱 한 잔만 하자."

그렇게 바 앞에서 두 사람이 실랑이를 벌일 때였다.

"어이, 예쁜 언니들! 왜 이러고 있어? 같이 놀 사람이 없어서 그런가? 내가 놀아 줄까?"

술에 잔뜩 취한 젊은 남자 두 명이 수연과 지수에게 비틀거리며 다가왔다. 겁이 난 수연이 지수의 손을 잡고 피하려 하자 남자가 수연을 막아섰다.

"왜 이래? 나 나쁜 놈 아니야. 여기 이 바 VVIP야. 내가 그런 놈이야. 오늘 언니들 계 탄 줄 알아. 내가 쏠 테니 들어가자."

남자 한 명이 수연의 어깨에 팔을 두르고 바 안으로 끌고 가려 했다. 갑작스러운 상황에 놀란 수연이 소리를 지르며 뿌리치려 했지만 젊은 남자의 힘을 당해 낼 수가 없었다. 술에 취했으면서도 그녀를 끌고 가는 힘이 너무도 억셌다.

수연뿐 아니라 지수까지도 다른 남자의 힘에 의해 억지로 바 안으로 끌려갔다.

"야! 빨리 빨리 안 움직이지? 빨리 룸으로 안내 안 해?"

남자의 고함에 직원들이 몰려들어 인사를 했다.

"이거 놓으라고요!"

"어이고, 반항하니까 더 귀엽네. 이렇게 팔딱팔딱해야 맛이 있지."

남자가 수연의 뺨에 강제로 입 맞추려 할 때였다.

"민상원, 그만해라, 보기 역겹다."

저음의 목소리에 주위가 조용해졌다.

"어, 이게 누구야. 너…… 차형준? 미국에서 언제 왔냐?"

"수준 있게 놀아. 대한민국 최고의 호텔에서 이 무슨 질 낮은 짓이야? 집안 생각도 해야지."

"얼씨구. 첩 자식이 어디서 충고질이야? 개쓰레기처럼 더럽게 살다가 미국으로 도망간 게 어디서 혀를 놀려! 또라이 쓰레기 새끼, 꺼져!"

"잘 아네? 나 또라이 쓰레기인 거. 내가 얼마나 개 같은 또라이에 더러운 쓰레기인지 보여 줄까? 요새 착한 아들, 동생 코스프레 하느라 스트레스 만땅인데, 잘 걸렸다, 너."

형준이 가깝게 다가오자 남자가 움찔했고 그 틈을 타 수연과 지수가 그곳을 빠져나왔다.

"너무 무서워. 진짜 우리 큰일 날 뻔했다."

"그러게 왜 분수에 안 맞게 호텔 바는 가자고 해서."

"미안. 이런 일이 일어날 줄 알았나……. 호텔 바라 좀 점잖은 사람들이 오는 줄 알았는데, 다른 술집보다 더 개차반들이 오네."

10년 알바 생활을 하며 수연은 이런 일도 몇 번 겪었다. 음흉하게 다가오는 못된 남자들과 몸싸움도 여러 번 했고 프라이팬으로 머리를 때려 본 적도 있었다. 그러니 이번 일은 놀랄 것도 없었다. 기분이 더러울 뿐.

'세상에 진짜 쓰레기들 너무 많아. 태워 죽여도 시원찮은 것들.'

이를 박박 갈며 수연은 집으로 돌아왔다. 그런데 그 남자의 얼굴이 떠올랐다. 지수와 빠져나올 수 있게 도와준 남자의 얼굴이.

아침 유림의 집으로 출근하자 그녀가 수연에게 죽을 내밀었다.

"이것 좀 오빠한테 가져다줘. 애도 아니고 병원 밥이 맛없다고 안 먹는대. 아이고, 우리 선우보다 못해."

유림이 진심으로 승준이 한심한 듯 혀를 찼다.

"부탁할게, 정 비서."

수연은 유림이 챙겨 준 죽을 가지고 병원에 도착했다. VIP 병실이라 면회객 관리가 철저히 이루어지고 있었다.

"성함이 어떻게 되십니까?"

"정수연이고요, 차 상무님 비서입니다. 어제도 다녀갔습니다."

담당 간호사가 어제의 면회객 명단을 보더니 고개를 끄덕거렸다.

"들어가세요. 그런데 차승준 님 물리치료 가셔서 병실에 없으시고요, 대신 동생분이 와계십니다. 그리고요 차승준 님 식사 좀 꼭 하시라고 전해 주세요. 어제저녁부터 안 드시는데 그렇게 되면 퇴원도 늦어지십니다. 그러니 식사는 꼭 하실 수 있게 해 주세요."

"아…… 네."

"들어가세요."

병실 출입이 허용되자 수연은 투덜거리며 안으로 들어왔다.

"무슨 애도 아니고 밥투정이야. 단식해? 왜 밥을 안 먹어? 헉! 누, 누구……?"

젊은 남자 혼자서 소파에 다리를 꼬고 앉아 인상을 쓰고 있었다. 수연은 병실에 승준이 없다는 말만 기억했지 동생이 와 있다는 말에 신경 쓰지 않았다. 소파에 앉아 있는 남자를 보고 나서야 그 말이 떠올랐다.

그런데 그 남자는 그녀가 들어왔는데도 꼼짝하지 않은 채 아래위로 훑어보더니 갑자기 벌떡 일어섰다.

"어떻게 오셨습니까?"

남자가 물었다.

"저는 상무님 개인 비서입니다. 죽을 좀 가지고 와서 여기 두고 가려고요."

남자가 수연에게 가깝게 다가왔고, 그때서야 수연은 승준의 남동생을 제대로 볼 수 있었다. 그런데, 이 남자.

"어!"

수연이 놀라자 상대 역시 놀라며 그녀에게 물었다.

"거기…… 어제 라인 호텔 바…… 맞죠?"

"네! 여기서…… 뵙네요. 어떻게 여기……. 그럼 혹시 차 상무님 동생분이……?"

"맞습니다. 와! 여기서 보니 되게 신기하네요."

"저도요. 어떻게 이런 인연이 다 있지."

두 사람이 서로를 바라보며 신기한 듯 웃었다.

"일단 좀 앉으세요. 형은 지금 물리치료 받으러 갔다네요."

수연은 죽을 냉장고에 넣어 놓고 바로 가려 했으나, 얼떨결에 형준의 맞은편에 앉았다. 형준이 그녀를 살펴보며 물었다.

"언제부터 형 비서로 일하셨습니까?"

"얼마 안 됐어요. 한…… 이주? 원래는 차 고문님 비서예요. 지금 두 분 일을 같이 봐 드리는 거죠."

"유림이 비서 업무도 봐 주시는구나. 능력자시네요."

"그런 건 아니고요. 개인 비서니까…… 사적인 일들 처리해서 그런 비서 능력과는 좀 거리가 있죠. 아, 그리고 어제 정말 고마웠어요. 정말 차……."

이름을 부르기도 뭐하고, 분명 나이스그룹 관련 직함이 있을 텐데 그걸 모르니 호칭을 어떻게 해야 하나 고민에 빠졌다.

"그냥 차형준이라고 부르세요."

"그래도 직함이 있으실 거 아니에요."

"미국 동부 지부장이었는데 조만간 국내 다른 자리로 발령이 날 거라서. 그리고 형의 비서와 나이스 지부장으로 만나기 전에 사적으로 먼저 만났는데 편하게 이름 부르죠, 우리?"

마음 같아서는 수연도 그러고 싶었다. 하지만 자신이 모시는 보스들의 동생이요, 오빠이다. 차형준만 다르게 대할 수 없었다. 더욱이 앞으로 국내로 발령 나서 나이스에서 일한다면 더더욱 함부로 이름을 부를 수 없다.

"나중에 제가 이 일을 그만두면 그때 그렇게 부를게요. 지금은 일단 지부장님으로 호칭하겠습니다."

"와! 갑자기 벽이 느껴지는데요. 서운하게."

"다시 말씀드리지만, 어제는 정말 고마웠어요. 진심이에요."

"진심으로 고마웠다면 저녁이라도 사요."

그때, 승준이 휠체어에 앉아 병실로 들어왔다. 그러면서 잔뜩 찌푸린 얼굴로 두 사람을 쏘아보았다. 몸이 불편하고 아파서 그러는 것인지, 아니면 두 사람이 병실에 있는 것이 불쾌해서인지 알 수는 없었다. 그러나 그 짜증 가득한 얼굴로 형준을 향해 질문을 던질 때에는 그 어느 때보다 차가웠다.

"네가 왜 정 비서보고 저녁을 사래?"

형준에게 물었지만, 대답은 수연에게 나왔다.

"차 지부장님께서 저한테 큰 도움 주신 적 있거든요."

"재가? 도움? 지나가던 개가 웃겠군."

비아냥거리는 승준을 보며 수연은 깜짝 놀랐다.

동생이 아닌 연인의 내연남 바라보듯 살벌하게 바라보는 승준의 시선과 그 시선을 피해 고개를 떨어뜨린 형준, 그 형제 사이의 묘한 분위기가 그녀를 당황하게 했다.

순간 그녀는 생각했다.

'차 고문님이 아니라 이 형제 중 누가 밖에서 낳아 온 아들인 거네.'

그래도 그렇지, 두 사람 사이에 흐르는 냉랭한 공기가 숨을 조이는 기분이다.

"차형준, 넌 가 봐."

"몸조리 잘하시고 쾌차하십시오."

못된 형인데도 정중하고 예의 바르게 인사하는 형준이 수연의 눈에 안쓰러워 보였다.

"정 비서는 왜 왔어? 간병이라도 하러 왔나?"

"아니고요. 고문님께서 죽을 보내셨어요. 냉장고에 넣어 놨습니다."

"가져와 봐."

병원 밥이 정말 싫었는지 유림의 죽은 바로 먹을 생각인가 보다. 식사를 꼭 하게 하라는 간호사 말도 있어 수연은 유림 싸 준 죽과 백김치를 승준 앞에 차려 주었다.

승준은 그대로 죽을 떠서 백김치와 함께 먹었다. 맛있게 한 입을 먹고 나서 수연에게 물었다.

"차형준이 저 자식한테 정 비서가 무슨 도움을 받았다는 거야?"

"곤경에 처해 있을 때 도와줬어요."

"그러니까 그 곤경이 뭐였냐고?"

"……불한당들한테서 구해 줬어요."

한 수저 가득하게 죽을 떠서 입으로 가져가던 승준이 멈췄다. 그리고는 다시 수저를 내려놓았다.

"……?"

"푸하하하. 불한당들한테 구해 줘? 저 자식이 불한당인데?"

"차 상무님. 동생한테 말이 너무 심하신 거 아니에요?"

동생을 심하게 무시하는 것 같은 승준에게서 자신을 우습게 알고 함부로 대했던 사촌 언니 민아가 보였다. 그래서인지 울컥하는 감정이 치밀어 올랐고 참지 못하고 한마디를 던지고 말았다.

"심한 게 아니라 사실이야. 더 리얼한 저 녀석의 실체를 알려 줘? 재 카드값 중 유흥비가 얼마나 나온 줄 알아? 호텔, 클럽, 룸살롱……."

"그건 상무님도 만만치 않잖아요? 호텔, 룸살롱 가는 거……."

말을 뱉어 놓고 수연은 아차 싶었다. 아무리 팩트라지만 비서가 보스에게 할 말은 아니었다.

"그런가? 그렇군."

승준의 목소리가 심하게 음침해졌다.

"이거 다 치우고 그만 가 봐."

한 수저밖에 먹지 않은 죽을 치우라고 했다. 식사하지 않는다고 간호사가 특별 부탁을 할 정도인데 맛있게 한 수저만 먹고는 심사가 틀어졌다고 죽을 치우라는 꼴이라니.

배고픈 게 어떤 것인지 모르는, 따뜻한 한 끼의 밥을 걱정 없이 챙겨 먹을 수 있다는 게 얼마나 감사한 일인지 모르는 금수저의 어리광으로 보였다.

어려서부터 이모네 집에서 눈칫밥을 먹고, 나와서도 끼니 걱정하며 어렵게 살았던 수연은 이런 배부른 금수저들의 투정이 너무 싫었다. 그래서 그에게 따가운 목소리로 물었다.

"차 상무님 몇 살이에요?"

승준의 인상이 더욱더 심하게 구겨졌다.

"미운 네 살도 아니고, 유치해서 봐 줄 수가 없네요."

"뭐?"

"그래요, 제가 말실수했습니다. 상무님 앞에서 하지 말아야 할 말을 했어요. 그럼 그 부분에 대해서만 따끔하게 지적하시면 되는 겁니다. 제가 뭘 잘못했는지 알기 때문에 너무 죄송했을 겁니다. 진짜로. 그런데 지금 어떻습니까? 왜 먹는 것에 괜한 화풀이를 하세요? 죽이 무슨 잘못을 했다고 치워 버리라고 합니까? 그리고 왜 식사를 제때 안 하세요?"

승준은 그를 심하게 나무라는 그녀를 넋 놓고 보고 있었다.

그녀는 대단히 화가 나서 눈앞에 그가, 그녀가 나무라는 그가 누구인지 모르는 모양이다. 보스가 아닌 까마득한 후배나 동생을 작정하고 혼내듯 그녀의 잔소리는 계속 이어졌다.

"성인이라면, 그것도 기업을 경영하는 자리에 앉은 사람이라면 어떻게든 건강을 되찾아서 본인 하는 일에 충실해야 하는 거 아닙니까? 제 몸을 아끼지 않은 사람이 어떻게 수백, 수천 명의 생계가 달린 회사를 경영합니까? 그리고 이왕 심한 말 한 거, 더 한 말 한마디 하겠습니다. 참…… 한심하세요."

승준은 그녀의 말이 끝났는데도 멍하니 그녀만을 바라보았다.

그는 그녀를 향해 한마디도 하지 않았는데 수연은 그에게 꾸벅 인사를 했다.

"저는 그럼 가 보겠습니다. 쉬세요. 죽은 드시든지, 버리시든지 알아서 하시고요."

수연이 병실 밖을 나갔다. 그녀가 나가고 나서야 정신이 돌아왔다.

'저 여자 뭐지? 왜 나한테 또…….'

승준은 혼란스러웠다. 자신을 향해 내뱉는 그녀의 독설에 뒤흔들렸다.

예전에도 느꼈듯이 그녀가 내뱉는 잔소리는 애정 없이는 나올 수 없는 말이다. 그를 진심으로 걱정하고 위하는 마음에서 나오는 일종의 사랑의 매 같은 것이라는 게 느껴졌다.

오늘은 술 취해서 잠들지도 않았는데 당당하게 그와 시선을 맞추고 거침없이 그의 잘못을 지적했다. 그런 그녀의 모습에 심장이 쿵 내려앉았다.

그에게 한심하다는 말까지 던지고 갔는데도 이상하게 화가 나지 않는다. 진짜로 한심하게 행동했기에 한심하다는 그녀의 말이 맞다.

여태껏 나이스그룹의 차기 후계자라는 이유로 누구도 그의 잘못을 지적하지 않았다. 물론 유림이 잔소리를 하지만, 그건 가족이기에 하는 당연한 걱정이다. 차 회장은 가족이면서도 그마저도 못하고 있다. 애정이 없으니 매일 이기적인 지적질만 할 뿐이다.

그런데 수연은 그를 나이스그룹의 상무가 아닌 한 인간으로 상대를 하는 것 같다. 그에게 잘 보이려 콧소리를 내고, 가식을 떨고, 온갖 교태로 그의 마음이 아닌 나이스 상무가 가진 돈과 지위를 잡으려는 여자들과 차원이 달랐다.

'정수연…… 이러면 너무 곤란하지. 나를 이렇게 흔들면 정말 곤란해.'

그러면서 그는 죽 그릇에 있는 수저를 들었다. 그리고 남김없이 비워 냈다.

'한 번만 더 이런 식으로 나를 흔들면 그때는…… 흔든 대가를 받아야 할 거야.'

❖

그녀의 예상대로 승준의 사고 후유증은 쉽게 넘어갈 게 아니었다. 주치의가 무슨 일이 있어도 일주일은 입원해야 한다고 했고, 승준도 나중에 몰려온 통증으로 인해 조용히 입원해서 치료받고 있는 중이다.

보스가 병원에 있으니 수연은 퇴근 후 시간이 너무도 한가로웠다. 그렇다고 마음마저 한가로운 건 아니었다. 독설을 심하게 퍼붓고 나온 이후로 그에게 연락이 없다.

수연은 잘릴 것까지도 각오하고 있지만 승준에게 어떤 처분도 내려지지 않았다. 유림을 통해서라도 해고를 전할 수 있을 텐데 유림에게서도 들은 말은 없었다.

"얼굴 보고 자르려고 하나? 절대 그냥 넘어갈 성격은 아닌 것 같은데…….”

게다가 내일은 그의 퇴원일이다. 유림이 그녀에게 승준의 퇴원 수속을 맡겼다. 내일 그의 얼굴을 보는 것이 불안하고 부담스러웠다.

내일 승준을 봐야 하는 일로 한숨이 새어 나오는데 휴대폰 벨이 울렸다. 조건반사처럼 늦은 시간 휴대폰은 승준이 아닐까 하는 생각에 흠칫 놀라곤 한다. 그러나 이모인 선미에게 걸려 온 전화였다. 발신인을 확인하는 순간 내일이 사촌 언니인 민아의 기일이라는 것이 떠올랐다.

“네, 이모.”

[어디야? 아직도 업무 중이야?]

“아니요. 퇴근해서 집에 있어요.”

[내일…… 무슨 날인지 알지?]

“네.”

[그럼 내일 보자.]

“네. 내일 봬요.”

통화를 끝낸 수연의 마음이 무거워졌다.

올해로 3번째 기일이지만 아직도 그날이 바로 엊그제였던 것처럼 선명하게 떠오른다. 선미가 전화를 걸어 떨리는 목소리로 ‘민아가 목을…… 맸어.’ 라고 했다. 그 뒤로 들려오던 선미의 흐느낌까지도 생생하다.

하나밖에 없어 끔찍하게 아끼던 딸을 잃은 후 이모부인 상철도 6개월 만에 알코올 중독으로 세상을 떠났다. 수연은 혼자 남은 이모가 걱정되었지만, 어느 순간부터 본래 직업이라 할 수 있는 부잣집 며느리나 딸들을 상대로 요리 수업을 하며 씩씩하게 살아갔다.

수연이 유림의 개인 비서 일을 할 수 있었던 것도 선미가 다리 역할을 해 주어서였다. 유림의 요리 선생이었던 선미가 운전기사와 개일 일을 봐 줄, 믿을 만한 여직원이 필요하다는 말에 곧장 수연을 소개해 주었던 것이다.

이모 집에 얹혀사는 동안 많은 설움과 구박을 받았지만 이 좋은 취직자리를 알려 준 것과 딸을 잃은 그 아픔을 생각해 선미에 대한 서운함을 털어 버렸다.

"내일은 좀 덜 우셨으면 좋겠구만……."

❖

승준의 퇴원일이었다. 수연은 힘들고 무거운 발걸음으로 병원에 도착했다.

'그래, 일단 사과부터 하고. 그다음은…… 시키는 일에 군소리

없이 잘 하자. 비록 마음은 공허해지겠지만 통장은 부유해질 테니.'

수연이 마음을 단단히 먹고 병실로 들어섰다.

"퇴원 수속은 다 끝났으니까, 차 대기시켜. 회사로 들어갈 거야."

그녀의 인사도 받기 전에 승준이 재촉했고, 수연은 공손하게 대답했다.

"네."

그리고 곧바로 내려가 병원 정문에 차를 대기시켰다. 그런데 승준이 뒷좌석이 아닌 조수석으로 타는 것이 아닌가.

"상무님."

"출발해."

"뒤로 앉으시죠, 왜……?"

"뒤에서 차가 와서 또 받을까 봐 불안해서 그래."

그럴 수도 있다는 마음이 들었다. 그러나 그가 옆에 앉는 것은 불편했다. 그렇다고 뒤로 가서 앉으라고 종용할 수도 없어 수연은 차를 출발시켰다. 그리고 그에게 사과했다.

"죄송했습니다, 상무님."

"뭐가?"

"제가 그날…… 말을 너무 심하게 했습니다. 불쾌하셨다면……."

"괜찮아. 틀린 말도 아닌데."

앞만 보며 운전하던 수연이 고개를 돌려 승준을 바라봤다.

잘못 들었나? 아니면 교통사고 후유증이 정신적으로 나타나는 건가.

그냥 '괜찮아.'가 아니다. 틀린 말이 아니라고 인정한다는 게 놀랄 일이었다. 그래서 그 말이 과연 사과를 받아들이는 진심에서 나온 말인지, 아니면 그녀를 더 힘들게 하기 위해 한 말인지 알 수가 없었다.

그러나 오늘은 그녀를 힘들게 하면 안 되는 날이다. 수연은 미리 양해를 얻어 놔야겠다는 생각에 그에게 물었다.

"상무님, 혹시 저녁에 일정 있으십니까?"

"모르겠는데. 왜?"

대충 말해서는 온전하게 그녀의 퇴근을 허락해 주지 않을 것 같아 사실대로 알렸다.

"오늘 사촌 언니의 기일입니다. 이모하고 단둘이 치르는 추도식이라 제가 빠지면 안 되는 날이라서요. 이만 퇴근하면 안 될까요?"

"……사정이 그렇다면 가 봐야지."

"고맙습니다. 그럼 저는 바로 들어가겠습니다."

승준에게 퇴근 허락을 받은 후 수연은 선미의 집으로 향했다.

자식의 제사는 지내는 게 아니라는데 선미는 꾸역꾸역 민아의 제사상을 차렸다. 해마다 그 상 앞에서 절을 하는 수연은 과연 그런 의식이 무슨 의미가 있나 싶었다. 그래도 그녀가 가는 이유는 그저 혼자 있을 이모가 걱정돼서다. 주체할 수 없는 슬픔에 무슨 일을 저지를지 모르기 때문에.

선미의 집에 도착하니 늘 그랬듯, 여느 제사상과는 다른 상이 차려져 있었다. 평소 민아가 좋아했던 생선회와 떡볶이, 그리고 솜씨 좋은 선미의 일품 음식들이 거하게 올라 있었다.

지방을 써 붙여야 하는 자리에는 활짝 웃는 민아의 사진이 놓여 있었다.

선미는 음식을 하면서 이미 한바탕 울었는지 눈가가 붉은 채 부어 있었다.

"얼른 와서 언니한테 인사해."

선미는 1년 만에 보는 조카의 얼굴을 제대로 보거나 안부는 묻지도 않은 채 민아에게 인사하기만을 재촉했다. 그런 이모의 성격을 모르는 것이 아니라 수연은 제사상 앞으로 가서 절을 올렸다.

"언니, 나 왔어."

수연은 앉아서 와인 한 잔을 따라 상에 놓았다.

"언니가 좋아하는 와인."

"에휴."

옆에서 선미의 한숨소리가 들리는가 싶더니 이내 흐느낌이 되어 선미가 바닥에 엎드렸다.

"아이고, 네가 왜 이런 제사상을 받고 있어? 수연이도 이렇게 멀쩡하게 잘 사는데, 네가 왜? 이것아!"

처음 저 말을 들었을 때는 서운했었다. 마치 수연은 죽어도 이상할 것 없는 인생이고 누리고 잘 살아야 할 민아가 죽은 것이 억울한 것처럼 발악하는 그 말이 몹시 거슬렸다.

그러나 이제는 그러려니 한다. 인정하고 싶지 않은 딸의 죽음 앞에서 무슨 말을 못할까 싶었다.

다만 이제는 좀 마음을 추슬러 고인의 명복을 빌어 줬으면 좋겠다. 좋은 곳에서 잘 살고 있을 거라 믿고, 선미도 아픔과 슬픔에서 조금이라도 벗어나길 바랄 뿐이다.

선미가 30분을 그렇게 울고불고 난리를 치는 동안 수연은 두 잔의 와인을 더 따라서 상에 놓았다. 그리고 멍하니 민아의 사진을 바라보았다.

선미의 집에 얹혀사는 동안 참 많이 싸웠었다. 아니, 일방적으로 민아에게 무시와 설움을 당했었다.

민아도 수연과 마찬가지로 집안의 무남독녀 외동딸로 사랑을 받고 자랐다. 그러나 민아는 수연과 달리 질투와 시기가 너무 심했다. 그런 성격에 수연과 비교해서 외모에서부터 성적까지 나은

게 없자, 고아라고 대놓고 놀리며 상처를 주었다. 이모와 이모부의 관심이 조금이라도 쏠릴 때면 거짓으로 수연을 궁지로 몰아넣은 적도 많았다.

민아의 이간질에 이모와 이모부도 언젠가부터 그녀에게 눈치와 설움을 줬다. 그래서 수연은 스무 살이 되자마자 독립을 했다. 아르바이트 월급을 가지고 고시원을 얻어 나와 악착같이 돈 벌고, 공부했다.

인연을 끊고 살아도 아쉬울 것 없어 하늘 아래 혈육 하나 없는 천애 고아로 사는 동안이 선미의 집에 있었던 때보다 더 나았다.

그런데 어느 날 아침 선미에게 전화 걸려 왔다. 수년 동안 남보다 못하게 모른 척하고 살던 선미에게 걸려 온 전화는 반가움보다 알 수 없는 두려움을 느끼게 했다. 그리고 민아가 죽었다는 소식을 들었다.

선미는 민아가 왜 자살을 선택했는지 알려 주지 않았다. 지금도 수연은 민아가 목을 매서 자살했다는 사실만 알 뿐, 왜 그런 극단적인 선택을 했는지에 대해서는 아무것도 알지 못한다. 남부러울 것 없이 많은 걸 가졌던 언니였는데 왜 그런 선택을 했는지 이해할 수 없었다. 그저 일찍 세상을 버린 그녀로 인해 마음이 아팠다.

"민아도 다 먹었을 테니 우리도 저녁 먹자."

세 번의 제사를 차리는 동안 달라진 게 있다면 이것이었다. 선미와 함께 저녁을 먹는 것.

따로 저녁상을 차릴 필요는 없었다. 제사상이 아닌 진수성찬이라 할 만큼 좋은 음식들이 예쁜 접시에 담겨 있어 젓가락만 들고 식사를 하면 되는 것이었다.

수연은 상다리가 휘어질 만큼 잘 차린 상에 선미와 마주 앉아 식사를 시작했다.

"차 고문은 잘 지내지?"

"네."

"여전히 잘 해 주고?"

"네."

"별다른 건 없고?"

"별다른 거요?"

선미가 오늘은 다른 때와 다르게 그녀의 안부를 묻는 것이 신기했다. 수연은 선미가 조금씩 민아의 죽음을 받아들이고 현실에 적응해 가는 것 같아 질문에 성실하게 대답해 주었다.

"얼마 전부터 고문님 오빠인 상무님 일도 같이 맡아 보고 있어요."

"후계자면 비서도 여러 명일 텐데, 네가 무슨 일을 해 준다는 거야?"

"차 고문님하고 똑같은 일이죠, 뭐. 개인적인 업무들이요."

잠깐 생기가 돌던 선미의 표정이 민아 생각에 다시 빠진 것인지 금세 어두워졌다. 그리고는 식사가 끝나고 그녀가 집으로 가겠다고 일어설 때까지 아무런 대화가 없었다.

"이모, 식사 꼭 챙겨서 드세요."

선미가 고개를 끄덕거렸다.

"갈게요. 쉬세요."

선미의 집을 나와 집으로 돌아가는 수연의 마음이 무거웠다.

민아 생전의 사이가 어떻든 서른 전에 죽은 사촌 언니의 죽음은 안타까운 것이었다. 자식의 죽음을 겪은 선미 역시 그녀를 짠하게 했다.

그래도 선미의 모습이 작년보다 조금 더 나아진 것 같아 다행이라 생각했다. 그리고 앞으로 점점 더 나아지길 바랐다.

집으로 돌아온 수연의 심란함이 쉽게 사라지지 않았다. 술이 마시고 싶어진 수연은 치킨과 맥주를 시켰다.

'이럴 줄 알았으면 좀 덜 미워할 걸 그랬나.'

허탈한 웃음을 흘리며 방금 도착한 맥주를 한 잔 마시려는데 휴대폰 벨이 울렸다.

"설마……? 아니겠지……? 오늘 기일이라고 말했는데."

하지만 불길하게 번지는 불안함이 휴대폰의 발신인조차 확인할 수 없게 만들었다.

"어떡하지?"

안절부절, 고민하고 머뭇거리다가 발신인을 확인했다. 다행히 '잘또 보스' 가 아닌 유림이었다.

"네, 고문님. 무슨 일 있으세요?"

[어, 미안. 내가 수연 씨 오늘 어떤 날인지 알면서도 전화했어. 사정 되면 지금 오빠 집에 좀 가 주면 안 될까?]

"네? 상무님 댁에요?"

[퇴근 이후로 연락 두절이야. 빌라에 차가 주차된 건 확인했거든. 그런데 휴대폰이 꺼져 있어. 나는 지금 남편하고 시댁에 가야 하는 상황이라 갈 수가 없고. 병원에서 퇴원하자마자 무슨 일이 생긴 건 아닌지 너무 걱정돼서. 그렇다고 어떤 상황인지 모르는데 아무나 집 안으로 들여보낼 수는 없잖아. 수연 씨가 제일 믿을 만해서. 혹시 제사 다 끝났으면 가서 살아 있는지만 확인해 줘. 정 사정이 안 되면 어쩔 수 없는 거고…….]

"제사 끝났어요. 제가 가 볼게요, 고문님."

다급해 보이는 유림의 부탁도 신경이 쓰였지만, 그보다 그녀의 마음이 불안해서 견딜 수가 없었다. 병원에 입원했었지만 완벽하게 낫지 않은 상태에서 퇴원해서 후유증이 이제야 나타난 건 아닌지. 부모를 잃은 트라우마로 인해 수연은 곧바로 승준의 빌라로 향했다.

가는 동안 여러 번 승준에게 전화를 했지만 연락이 닿지 않았다.

“별일 아닐 거야. 퇴원하자마자 여자를 불렀을 리는 없고…….”

그러나 그 걱정이 깊어져 차라리 여자하고 있었으면 좋겠다는 생각까지 들었다.

승준의 빌라에 도착해 잊을 수도 없는 그의 현관 비밀번호를 누르고 안으로 들어왔다. 현관 입구 전실에는 그의 것으로 보이는 구두가 놓여 있었다. 일단은 여자 구두가 없어 다행이라는 생각이 들었다. 그랬다면 안으로 들어가는 것조차 쉽게 하지 못하고 그 자리에서 망설이고만 있어야 했을지도 모른다. 거실의 조명이 켜진 걸로 보아 그가 안에 있는 것 같았다.

“상무님!”

하지만 안에서는 어떤 기척도 없었다.

“정수연입니다. 저 들어갑니다!”

안을 향해 큰소리를 지르고 거실로 들어왔다.

거실 소파에 놓인 브리프 케이스, 주방 식탁에 놓인 물 잔을 보니 그가 귀가한 것은 확실해 보였다. 하지만 그의 모습은 보이지 않았다. 거실에 있는 욕실 안도 조심스럽게 문을 두드린 후 열어 봤지만 그 안에도 그는 없었다.

마지막으로 조심스럽게 침실을 노크했다. 아무 소리도 들리지 않았다.

"상무님? 안에 계십니까?"

그때서야 수연의 마음이 불안을 넘어 두려워졌다.

'설마…… 무슨 무서운 일이 벌어진 건 아니겠지?'

수연이 천천히 침실 문을 열고 안으로 들어갔다. 하지만 환하게 조명이 켜진 침실에도 승준은 보이지 않았다.

"어디로 사라진 것도 아닐 텐데……."

다른 곳을 보기 위해 밖으로 나가려 할 때, 덜컥 소리가 들리더니 침실에 딸린 욕실에서 그가 나왔다. 실오라기 하나 걸치지 않은 나체 상태로.

"꺄아악!"

"헉!"

놀란 것은 수연만이 아니었다. 승준도 화들짝 놀라며 욕실 안으로 다시 튀어 들어갔고 수연도 침실에서 뛰어나갔다.

"이런, 젠장!"

빠르게 옷을 챙겨 입는 승준의 입에서 거친 말이 튀어나왔다. 그녀의 모습에 심장이 확 터져 버리는 줄 알았다. 살면서 이토록 놀라 본 적은 없었다. 이렇게 어처구니없는 경우를 당한 것도 처음이다.

왜 허락도 없이 집으로 들어와 침실까지 침입한 것인지, 그 저의가 뭔지 제대로 알아야겠다는 생각으로 거실로 나가 소리를 질렀다.

"정수연!"

아직도 놀란 가슴이 진정되지 않는 승준의 입에서 정 비서가 아닌 그녀의 이름이 튀어나왔다. 하지만 그녀는 이미 그 집을 탈출했는지 보이지 않았다. 휴대폰을 찾아 꺼 놓은 전원을 눌렀다. 그러자 유림과 차 회장, 그리고 매제인 영찬에게까지 걸려 온 부재중 전화가 수십 통이다.

그걸 보자 정수연이 왜 침실까지 들어왔는지 감이 왔다. 하지만 이대로 그녀를 보낼 수는 없었다.

승준이 그녀에게 전화를 걸었다.

"쉽게 못 받겠지. 그래도 받아!"

마치 그의 고함을 들은 것처럼 그녀가 전화를 받았다.

[……네, 상무님.]

그녀와 어울리지 않게 기어 들어가는 것 같은 목소리가 들려왔다. 제가 무슨 짓을 했는지 제대로 아는 모양이었다.

"올라와."

[저기, 그게…… 고의는 아니었습니다.]

"들어오라고."

[……네.]

까칠하고 단단한 그의 목소리 때문이었는지 수연이 더는 변명을 하지 않고 곱게 대답했다. 그리고 잠시 후 현관문이 열리고 그녀가 거실 안으로 들어왔다. 그녀를 따갑게 쏘아보는 그와 달리 수연은 고개를 숙이고 그와 눈도 맞추지 못했다.

"아주 고얀 취미가 있는 줄 몰랐네."

"그건 오해십니다."

그때 전원을 켜 놓은 승준의 휴대폰에서 벨이 울렸다. 유림에게서 걸려 온 것이었지만 받지 않았다. 그러자 벨이 끊어지고 곧바로 수연의 휴대폰이 울렸다.

"받지 마."

하지만 수연의 행동이 더 빨랐다.

"네, 고문님. ……여기 계십니다."

그리고는 수연이 전화를 받아 보라는 듯 그에게 휴대폰을 내밀었다.

"내일 전화한다고 전해."

"그래도 받아 보시는 게……."

승준이 인상을 쓰자 수연은 그의 말을 유림에게 그대로 전했다. 그리고 몇 마디 더 대화를 하고 통화를 끝냈다.

"상무님. 이 상황이 어떻게 된 거냐 하면요, 고문님께서 상무님하고 연락이 안 된다고 걱정하시면서……."

수연은 승준의 오해를 풀기 위해 적극적으로 왜 그런 상황이 벌어진 것인지를 설명했다. 굳이 그렇게까지 하지 않아도 승준은 이런 상황이 왜 벌어졌는지 알아챘다. 시끄럽다고 한마디 내지를 수 있었지만, 그는 그렇게 할 수 없었다.

듣고 보니 그를 걱정해 그녀가 달려온 것이었다. 유림의 부탁이었다고 하지만 거절했어도 될 만한 일이었다. 더구나 오늘 사촌 언니의 기일이라고 하지 않았던가. 그런데 그녀는 기꺼이 와 주었고 침실까지 뒤질 정도로 그를 찾아 헤매었다는 걸 알았다.

그 마음이 그를 또 흔들었다. 걱정이 깃든 악담으로 그를 흔들더니 이번에는 아예 그를 들었다 놓은 기분이다.

늘 스스로를 챙겨 왔다. 누구의 걱정이나 도움, 보살핌은 필요 없었다. 오히려 그런 것들은 그에게 부담스럽고 불편한 것들이었다. 그런데 수연의 무심한 듯한 걱정이 굳어 있는 자신의 심장을 말랑말랑하게 해 주는 기분이다. 좋으면서도 낯선 그 느낌에 승준은 어찌할 바를 몰랐다.

"상무님?"

이야기를 마친 수연이 그를 부르자 정신이 돌아왔다. 그러나 그녀에게 딱히 할 말이 없었다.

"알았으니까, 돌아가."

"네."

"오늘 본 건 기억에서 깨끗하게…… 지우고."

"이미 지워졌습니다. 눈에 들어온 것도 없었고요."

짓궂게 말하는 것 같은 수연을 두고 승준은 침실로 들어왔다.

'정수연…… 어떡하지? 이렇게 흔들어 놨으니 책임져야 하지 않을까? 나체까지 봤으니 확실하게 말이야.'

승준의 나체를 본 수연이 놀라서 뛰어나와 숨은 곳은 차 안이었다.

처음 본 남자의 나체는 충격 그 자체였다. 그런데 왜 충격이었던 그의 다부진 몸이 자꾸 떠오르는 것인지. 더욱이 처음 본 남자의 나체가 징그럽고 혐오스러울 법도 한데 묘하게 그녀를 수줍게 만들었다. 마치 첫 데이트 때에 손을 잡는 것과 같은 부끄러운 느낌과 비슷한 것이었다.

"미쳤어, 미쳤어. 아줌마도 아니면서 왜 이러는 거야?"

정신 차리자는 뜻으로 제 뺨을 찰싹찰싹 치며 마음을 고르고 있을 때 그에게서 전화가 걸려 왔다.

본의 아니게 나체를 보인 그도 그녀 얼굴 보기 불편하고 껄끄럽고 부끄러울 텐데 왜 전화를 하는지 알 수가 없었다.

"그냥 모르는 척 넘어가 주면 안 되는 건가? 시간 좀 지나고 아무렇지 않게 보면 좀 좋냐고! 꼭 이렇게 곧바로 전화를 하면 어쩌라고?"

피하고 싶었다. 하지만 피해 갈 수 있는 전화나 상황이 아니라는 걸 알고 전화를 받은 후 집 안으로 다시 들어갔다. 도저히 그의 얼굴을 마주할 수 없어 시선을 피해 그 앞에 섰다.

유림의 전화조차 받지 않는 승준에게 모든 사실을 설명하고 황당했던 조금 전 사태를 정리하려 했다. 그런데 어느 순간부터 이글거리던 시선이 부드러워졌고 표정은 넋 나간 것처럼 멍해졌다.

게다가 화를 내뿜을 줄 알았는데 너무 얌전하게 보내 주는 것이 조금 찜찜했다. 차라리 화를 내고 삐뚤어진 말을 내뱉는 게 맘 편할 것 같다.

'갑자기 왜 그러지?'

어쨌든 대형사건을 조용히 넘긴 것 같아 다행이었다.

❖

승준에게 먼저 출근을 해야 하는 상황이면 어쩌나, 아침부터 걱정되었다. 어제 나체 사건으로 인해 불편한 마음으로 있는데 유림에게 출근을 재촉하는 문자가 들어왔다.

급하게 유림의 집으로 출근하자 유림의 낯빛이 좋지 않았다.

"무슨 일 있으세요?"

"큰일 났다. 정 비서, 나 어떡하니?"

"왜요?"

"나 오늘 미국 들어가. 지금 공항 가야 해. 미국에서 유학 중인 시누가 몸이 안 좋다고 가서 빨리 회복되게 좋은 음식 챙겨 주라는 어머님 엄명 때문에."

"그걸 꼭 고문님이 가셔서 해야 해요? 그리고 이렇게 갑자기요?"

"그러게 말이야. 둘째 못 낳는 죄 때문인 거지."

"어떡해요? 몸도 고생, 마음도 고생일 텐데. 그러면 아이가 더 안 생기는 거 아니에요?"

"내 형편 알아 주는 정 비서가 있어 다행이다. 안 그랬으면 정말 나 많이 우울했을 텐데. 2주일은 있어야 할 것 같아. 정 비서는 그동안 휴가라 생각하고 쉬고 있어."

"가셔서 너무 스트레스받지 마시고 고문님 건강도 잘 챙기세요."

"내 생각해 주는 것도 정 비서밖에 없다. 그래, 건강하게 잘 다녀올 테니까, 정 비서도 아프지 말고 있어."

"네."

생각지도 못한 2주일의 휴가가 생겼다. 그렇다고 딱히 좋은 것은 없었다. 유림의 일이 어려운 것도 아니고, 휴가를 받는다고 해도 딱히 그 시간을 유용하게 보낼 수 있는 것도 아니다. 그렇다고 2주일을 집에서만 있는 것도 아까웠다.

'여행을 다녀올까?'

여행은 그녀에게 사치였다. 그러나 승준에게 받을 월급이 있으니 한 번쯤 이런 사치를 부려도 되는 것 아닌가 싶다. 열심히 살아온 자신에게 이런 보상쯤은 해 줘도 된다는 생각이 들었다.

갑자기 가슴이 설레기 시작했다.

유림을 공항에 데려다주고 가는 길에 승준에게서 전화가 걸려왔다.

[유림이 미국 갔지?]

"네. 지금 막 공항에 내려 드렸습니다."

[그럼 내 집무실로 와.]

왜 갑자기 집무실로 들어오라는 것일까. 한 번도 그녀를 집무실로 부른 적이 없다. 그의 집무실은 면접 때만 가 봤을 뿐 그녀가 갈 만한 이유가 없는데 왜 그곳으로 부르는 것일까.

아무래도 어제 조용히 넘겼던 나체 사건을 가지고 그녀에게 어떤 조치를 내리려나 보다.

'어쩐지 그 성질에 너무 조용히 넘어간다고 했어.'

승준은 아침에 유림의 전화를 받았다. 유림은 갑자기 미국으로 가야하는 상황이 생겼다며 수연에게 휴가를 주라고 했다. 승준은 알았다고 대답했지만 그럴 마음은 눈곱만큼도 없었다. 이 좋은 기회를 그냥 넘길 수 없었다.

승준은 유림이 미국에 가 있는 동안 그녀를 자신의 비서실에 앉혀 함께 지낼 생각이다. 어제 밤새 그녀를 향한 자신의 마음이 어떤 것인지 심각하게 들여다보았다. 그녀를 향한 마음이 인간적인 것인지, 아니면 여자로 느껴지는 것인지.

그러나 시간이 지날수록 그의 마음이 확실해져 갔다.

생각하는 내내 그녀가 뜬금없이 보고 싶었고, 잔소리를 퍼붓는 그녀의 목소리가 듣고 싶었다. 단순히 인간미로만 그녀에게 끌렸다면 절대 느끼지 못할 특별한 감정들을 느꼈다. 한번도 느껴 보지 못한 감정에 그녀를 향한 그 마음이 특별하다는 것을 인정할 수밖에 없었다.

자신의 마음을 알았으니 이제는 그녀의 마음을 그를 향해 움직이게 만들면 된다. 그런 그의 상황에 딱 맞게 유림까지 미국으로 나가서 수연을 데리고 있기 딱 좋은 조건이 되었다.

앞으로 2주 동안 그녀를 자신에게 넘어오게 만들 예정이다.

승준은 출근하자마자 비서실장에게 지시했다.

"비서실에 정수연 씨 자리 하나 준비해 주세요. 2주 동안만 제가 맡기는 개인적인 업무를 볼 겁니다."

"네. 그렇게 하겠습니다."

"비서실 직원들과 따로 놀지 않게 좀 챙겨 주시고요."

"네."

"회의는 2시에 시작하는 걸로 하죠."

"준비하겠습니다."

비서실장이 나가고 승준은 수연을 집무실로 호출했다. 그리고 진우에게 전화를 했다.

[몸은 어때? 아직도 쑤시고 아프냐?]

"가끔."

[비 오는 날 조심해라.]

"됐고. 점심 먹으려고 하는데 분위기 괜찮은 곳, 추천 좀 해 줘. 여기에서 멀지 않은 곳으로."

[많지. 그런데 누구하고 가는데 추천까지 받아? 저녁 식사나 술집도 아니고.]

"있어."

[어? 이러기야?]

"확실해지면 얘기해 줄게. 어디가 좋으냐고?"

승준의 질문에 진우가 나이스 본사 근처에 있는 괜찮은 곳들을 알려 주었다. 양식, 한식, 중식, 일식, 퓨전 등등. 진우는 종류도 다양하게 추천해 주었다. 위치와 전화번호는 문자를 통해 알려 주겠다며 통화를 끝냈다.

그러고 나자 수연이 집무실로 들어왔다.

"뭐 좋아해?"

"네?"

"점심 먹으러 가야지."

"저는 별로……."

"한식이 좋아? 아니면 일식? 스테이크 좋아하나?"

"상무님 진짜 왜 이러세요? 고의가 아닌 거 아셨잖아요. 그러니 부디 마음 푸시고 편하게 대해 주세요. 정말 어제 본 거 기억에서 지웠습니다."

"기억해도 상관없어. 그러니 정 비서야말로 신경 쓰지 말고 맘 편하게 나를 대해 줘. 그리고 유림이 미국에 있는 동안 이곳으로 출근해. 밖에 비서실에 정 비서 자리 준비했어."

수연의 눈동자가 갈 곳 잃은 것처럼 흔들렸다. 당당하고 꼿꼿하던 그녀의 표정이 멍해지는 것을 보니 웃음이 나오려 했다.

'많이 당황했구나, 정수연. 그렇다고 그렇게까지 놀라면 내가 좀 미안해지지.'

그러나 승준은 그녀가 어떻게 나올지 두고 보았다.

눈동자만 또르르 굴리던 수연이 그에게 심각하게 말했다.

"저기…… 병원에 다시 들어가시지 않아도 되겠습니까? 상무님 좀……."

승준은 수연의 말에 반응을 보이지 않고 자리에서 일어나 재킷을 집어 들었다.

"일단 밥부터 먹으러 갈까?"

승준이 먼저 집무실을 나갔다. 수연이 굳은 표정을 하고 그 뒤를 따라갔다. 엘리베이터를 타고 지하로 내려온 승준은 그의 지정 주차 자리로 가서 차 문을 열었다.

"타."

그리고는 그가 운전석으로 올라탔다.

"상무님, 제가 운전할게요."

"타라고."

이미 운전석에 앉은 그를 내리게 할 수는 없었다. 수연은 조수석에 올라탔다.

근처 레스토랑에 도착해서 두 사람은 자리를 잡았다.

"그런데 상무님, 왜 저하고 점심 식사를 하시는 거죠?"

"정 비서하고 먹고 싶어서."

"장난하지 마시고요."

"장난 아니야."

수연은 뭔가 많이 이상해진 승준과의 대화를 이끌어 갈 수 없다는 걸 느꼈다. 사 주는 밥이나 먹고 조용히 앉아 있는 게 이 시간을 보내는 그녀의 정신 건강에 가장 좋은 방법이라 생각했다.

음식이 나오고 다시 집무실로 돌아올 때까지 수연은 침묵을 지켰다.

그의 집무실에 돌아와 그녀가 업무를 보게 될 자리라고 준비된 책상과 의자를 보면서도 수연은 아무 말도 하지 않았다. 그 자리에 앉아 어떤 업무를 볼지 몰랐지만, 그것마저도 묻지 않았다.

승준이 집무실로 들어가자 비서실장이 직원들에게 수연을 소개했다.

"정수연 씨입니다. 현재 상무님 출퇴근 수행을 맡고 있고 2주 동안 이 자리에서 상무님 개인 업무 처리를 할 겁니다. 상무님 업무를 수행하는 우리 비서실 소속 직원과 다름없습니다. 그러니 동료의식을 가지고 잘 지내 주길 바랍니다."

비서실장은 수연이 세 명의 직원들과 일일이 통성명하고 인사하게 해 주었고 비서들은 그녀를 반겨 주는 분위기였다. 수연 역시 잘 부탁드린다며 그들을 향해 꾸벅 인사했다.

"여기 앉아서 업무 보면 됩니다. 일단 필요한 물품들은 준비해 놨지만 더 필요한 게 있으면 저기 김윤지 비서에게 말하면 됩니다."

"네."

승준이 서류 뭉치를 잔뜩 들고 나와서 그녀의 책상 위에 놓아 주었다.

"접대와 활동비 명목으로 지급된 내용이야. 연도별로 정리해서 첨부되어 있는 영수증과 계산서가 서류에 있는 금액과 일치하는지 확인해 주면 돼."

서류와 영수증 그리고 계산서 뭉치가 많아서 그렇지 업무 자체는 어려운 것이 없었다.

"그렇게 하겠습니다."

"시간보다는 정확도가 중요한 거니까 쫓기듯 하지 말고 꼼꼼하게 해 줘."

"네."

그녀가 대답한 후 비서실장이 승준이 회의에 들어감을 알리고 함께 나갔다.

승준이 비서실장과 회의에 나가자 수연이 의자에 앉자 서류들을 연도별로 정리했다. 그 일만 하는데도 상당한 시간이 걸렸다.

'이거 은근 재미있는데.'

수연은 나이스그룹의 직원으로 제대로 된 업무를 맡아본 것 같은 느낌이 들었다.

이런 업무를 하기 바라며 취업의 문을 두드렸지만, 번번이 실패했다. 제대로 된 회사에 취업을 하지 못하니 몸을 사용하는 아르바이트만 두 탕, 세 탕을 뛰었다. 유림의 개인 비서로 정식 취업을 했지만 전문적인 비서 업무를 처리하는 자리가 아니기에 그마저도 그동안 해 왔던 아르바이트와 많이 다르지 않았다.

그런데 그녀의 지정 자리가 생기고 서류들이 놓인 책상에서 업무를 보는 자신의 모습이 어려운 취업 관문을 뚫고 대기업에 입사한 신입사원 같았다. 그 느낌이 좋아 일하는 것이 즐거웠다.

시간 가는 줄 모르고 일을 했더니 어느새 퇴근 시간이 되었나 보다. 업무를 마친 비서들이 퇴근하기 시작했다.

"정 비서는 상무님 지시에 따라 움직여야 하니까 일단 대기하고 있어요. 그러면 퇴근이든 수행이든, 상무님의 지시가 떨어질 겁니다."

"네."

수연이 대답하자 비서실장마저도 퇴근했다. 비서실에 혼자 남았지만 심심하지 않았다. 수연은 다시 일을 시작했다.

'이렇게 하면 야근도 즐겁게 할 수 있겠는걸.'

혼자 흐뭇한 미소를 흘릴 때 승준이 집무실에서 나왔다.

"정 비서 퇴근하지."

"퇴근이요? 야간 근무…… 그러니까 이후 지시하실 건 더 없으십니까?"

"없어. 나도 집으로 퇴근할 거니까."

속으로 환호를 지르며 수연은 그와 함께 주차장으로 내려왔다. 그런데 이번에도 승준이 운전석에 앉고 그녀를 조수석에 앉히는 것이 아닌가.

"상무님. 이러시면 제가 많이…… 곤란하고 불편합니다. 운전 제가 할게요."

"됐어. 타."

"상무님 자꾸 이러시면……."

"문 열어 줘?"

농담을 끝낼 게 아니라 진짜 그녀의 차 문을 열어 줄 기세로 승준이 몸을 움직이려 했다.

"아니요! 괜찮습니다. 제가 열고 타겠습니다."

"이제 쓸데없는 소리 말고 말 좀 바로바로 들어."

"……네."

사고로 인해 뒷좌석을 피했던 퇴원 때의 상황이나 마음은 이해가 되었지만 지금의 행동은 아무리 생각해도 이해할 수가 없었다. 사고로 인해 운전은 더더욱 하기 싫을 텐데도 굳이, 왜, 그것도 비서가 옆에 있는데도, 본인이 운전하겠다고 나서는 건지 모를 일이었다.

그 이유를 묻고 싶지만 돌아오는 답이 낮과 다를 것 같지 않았다. 불편한 마음을 누른 채 수연은 차에 올랐다.

그녀가 차에 오르자 달콤하면서도 시원한 향이 풍겨 왔다. 언젠가부터 그녀에게서 이런 향이 난다는 것을 알았다.

향수와 같이 진하지 않으면서 보디워시로 몸에 밴 체향 같은 느낌이다. 늘 불쾌하고 짙은 향수로 인상을 구기게 만들었던 다른 여자들과 달리 은은하고 청초한 향기를 퍼뜨리는 수연에게 다시 한 번 시선이 향했다.

아직도 자신이 무슨 마음으로 이렇게 행동하는지 모르는 수연은 불안한 표정을 짓고 있었다.

새어 나오려는 미소를 참으며 승준이 차를 출발시켰다.

두 사람의 모습을 형준이 한쪽에서 지켜보고 있었다.

'차승준이 비서한테 반말을?'

어디 그뿐인가. 비서를 태우고 직접 운전하는 보스가 어디 있을까?

승준의 차가 사라진 후에도 한참 서 있던 형준의 입가에 미소가 번졌다.

❖

집으로 들어온 수연은 지금의 상황이 왜 이렇게 돌아가는지 알 수 없었다. 승준이 그녀를 집 앞에 내려 주었다. 그리고는 내일 아침 시간 맞춰 나오라는 것이었다.

"차 상무 아무래도 다시 검사를 받아 봐야 할 것 같아. 진짜 이상해졌어. 진짜!"

고개를 절레절레 흔들 만큼 어이없는 승준의 행동이 겨우 의식에서 사라졌을 때 그녀의 휴대폰 벨이 울렸다.

다행히 승준은 아니었다. 그렇다고 지수도 아니었다. 저장된 발신인이 아닌 휴대폰 번호가 떠 있지만 낯선 번호라 받기 꺼려졌다.

받을까, 말까 고민하는 사이 전화벨이 그쳤다. 그러나 1분도 지나지 않아 또다시 벨이 울렸다. 혹시 비서실장이 아닐까 하는 생각이 들었다. 설마 하는 마음으로 수연은 그 전화를 받았다.

"여보세요?"

[정수연 씨?]

"그런데요. 누구시죠?"

비서실장이 맞았나? 하는 생각이 드는 순간, 생각지도 못한 이름이 들려왔다.

[안녕하세요? 차형준입니다. 저 누군지 아시죠?]

형준의 전화에 놀란 수연이 엎드려 있다가 벌떡 일어나 앉았다.

보이스피싱이나 승준의 전화가 아니어서 다행이었다. 그러나 밤 10시가 다 되어 가는 시간에 전화를 할 만한 사이가 아닌데 왜 전화를 했을까. 그것도 알려 준 적 없는 전화번호를 어떻게 알고서?

[정수연 씨? 여보세요?]

"네, 말씀하세요."

[수연 씨, 식사 한 번 사야죠.]

수연은 형준의 말에 잠시 멍해졌다.

재벌 3세가 식사를 할 돈과 사람이 없는 것도 아닐 텐데 그런 이유로 이 시간에, 그녀에게 전화했다는 것이 어이없고 우스운 일 아닌가.

"아, 그거…… 그래야죠. 그런데 제 전화번호는 어떻게 아셨죠?"

[다 아는 법이 있습니다. 언제가 좋겠습니까?]

보채는 그가 너무 부담스러웠다. 마치 그녀에게 작업을 거는 것 같아서 길게 상대하고 싶지 않았다. 이럴 경우는 빨리 밥 한 끼 사고 다시는 전화할 여지를 주지 않는 것이 가장 좋은 방법이다.

"내일 점심 어떠세요?"

[점심보다 저녁이 낫지 않을까요?]

이봐, 이봐, 수상하다니까. 왜 저녁인데!

"저녁에는 상무님 일정이 어떻게 될지 몰라 장담할 수 없어요."

[그럼 제가 저녁 시간을 당분간 계속 비워 둘 테니까, 시간 되면 전화 줘요.]

"……알겠습니다."

종료를 누르려 하는데 그가 물었다.

[정수연 씨. 혹시 남자친구 있어요?]

드디어 그의 본심이 나왔다. 그런데 너무 빨리 나와 수연은 오히려 당황스러웠다. 보통 이런 질문은 밥 먹은 후, 헤어지기 전에 말하는 것이 다반사인데 말이다.

"당연히 있죠."

딱 잘라 말하지 않으면 감당이 안 될 것 같아 수연이 단호하게 대답해 주었다.

[그렇군요. 전화 기다릴게요.]

통화를 끝낸 수연이 혀를 끌끌 찼다.

'작업 걸 사람이 없어서 형 비서한테……. 그러니 상무님한테 욕이나 먹지. 형제가 쌍으로 바람둥이구만. 차형준 씨. 사람 잘못 봤어요. 고마운 건 고마운 거로 끝냅시다!'

수연은 부디 차형준이 이쯤에 끝내 주기를 바랐다.

다음날 출근 준비하는 수연의 마음은 다른 때와 달랐다. 새 직장에 입사한 신입사원이 된 기분이었다. 적당한 메이크업과 유림이 선물해 준 옷 중 깔끔하고 세련된 정장을 챙겨 입었다.

오늘은 차가 없어 대중교통을 이용해서 출근해야 한다. 매일 차를 이용해서 다녔던 터라 불편할 수 있겠지만 수연은 그것마저도 기대되었다. 많은 직장인들 사이에 끼어 함께 출근하고 싶었던 예전의 바람을 이루는 것 같아서.

옥탑을 나와 문을 잠그고 철제 계단을 내려왔다. 대문을 열고 나오는데 낯익은 차가 늘 있던 자리에 있었다.

'응? 저 차가 왜…… 저기에 있어? 어제 분명 상무님이 가지고 갔는데……. 설마 진짜로 온 거야?'

그런데 쓸데없는 생각하지 말고 빨리 올라타라는 듯 그녀를 향해 헤드라이트가 깜빡거렸다.

수연은 조수석 차 문을 열었다.

"상무님……."

차에 올라탄 수연은 지금의 상황이 이해되지 않았다.

차 상무가 왜 이 시간에, 이곳까지 데리러 온 것일까. 왜? 게다가 차 안의 자리만 바뀐 것이 아니었다. 그가 그녀의 수행비서이고 그녀가 그를 부리는 상사가 되어 버린 분위기다.

'뭐지? 혹시 날…… 좋아하나?'

절대 그럴 리 없다, 말도 안 된다, 생각했지만 그것밖에 이유가 떠오르지 않았다.

"상무님…… 혹시 저한테 관심 있어요?"

'아니.' 라는 대답이 나오면 왜 데리러 온 거냐 물어보려 했다. 그리고 어떤 대답이 나오든 부담스러우니 이러지 말라고 말하려 했다.

그런데 그에게서 예상외의 단순명료한 대답이 나왔다.

"응."

응? '아니.' 가 아니고? 응?!

"왜요, 상무님? 그러니까 저한테……."

"관심 있다고. 그리고 정 비서가 좋아졌어."

"에? 갑자기?"

너무 놀란 나머지 말이 짧게 나왔다. 그러나 승준은 그것에 아랑곳하지 않고 제 마음을 드러냈다.

"생각보다 일찍 알아챘네."

"정말 저를 좋아한다고요?"

"나한테 진심을 가지고 애정 어린 말을 해 준 사람이 정 비서밖에 없었어. 그 말에 내 마음이 넘어갔어."

"전 애정 어린 말을 한 적이 없는데요?"

수연은 그가 말도 안 되는 핑계를 대는 것이라 여겼다.

"병원에 가지 않는다고 마구 혼냈잖아."

"그랬죠. 하지만 그건 애정 어린, 그런 게 아니라 당연한 걱정이었어요. 상무님도 제가 그런 상황에 있었다면 그렇게 하셨을 겁니다."

"난 안 그래. 아! 물론 그전 마음으로. 마음이 달라진 지금은 절대 그냥 두지 않지."

수연은 혼란스러웠다. 재벌 3세가 특별하게 내세울 것 하나 없는 운전기사 겸 개인 비서에게 마음을 빼앗겼다는 사실을 믿어야 하는지 말이다. 무엇보다 너무 뜬금없는 포인트에서 반했다고 하니 쉽게 믿을 수가 없었다.

승준은 수연이 그의 말을 의심한다는 것을 알아챘다.

"이런 얘기는 출근길에서 하기에 무리가 있으니까, 퇴근 후에 구체적으로 얘기해 줄게. 내 마음이 왜 정 비서에게 넘어갔는지. 그러니 저녁에 약속 잡지 마."

"어차피 상무님 일정에 따라 움직여야 해서 잡고 싶어도 잡을 수가 없습니다."

"그런가?"

운전 중이던 그가 그녀를 힐끔 보고는 씩 웃었다.

'어머! 저 미소 뭐야?'

한 번도 본 적 없는 꽃미소가 그에게서 나왔다. 잘생긴 얼굴로 그를 향해 다정한 미소를 지어 주니 갑자기 가슴이 두근거렸다.

거의 매일 인상을 쓰거나, 무표정이거나, 심각한 표정만 봤었다. 웃더라도 얄밉게 웃었는데 지금은 그 잘생긴 얼굴을 제대로 쓰는 느낌이다.

'저렇게 잘생긴 재벌이 나에게 이런 두근거림을 똑같이 느꼈다고? 저 잘또 상무님이?'

아무리 생각해도 진실은 아닌 것 같다.

집무실에 도착하자 비서실장이 승준을 따라 들어왔다. 무언가 중요한 보고 사항이 있다는 걸 알아챈 승준이 물었다.

"뭡니까?"

"차형준 지부사장님 플레이영 대표로 발령 났습니다."

맑은 하늘 같았던 승준의 얼굴이 당장이라도 비바람을 일으킬 듯 무겁고 어두워졌다.

"장 본부장님이 유쇼핑 부사장님 자리로 가셨고요. 어젯밤 유쇼핑 긴급 이사회에서 나온 결과라고 합니다. 어제 있었던 긴급 이사회는 상무님 입원해 계실 때, 잡힌 일정이었다고 합니다."

차 회장이 형준을 보란 듯 더 큰 자리에 앉히고 말았다.

사실 영앤영 인수사업부 본부장이 새롭게 론칭되는 플레이영 대표로 취임하는 걸로 되어 있었다. 그런데 차 회장은 장 본부장을 그 수고의 대가와 상관없는 자리로 보냈다. 그것도 차형준을 그 자리에 앉히기 위해서.

승준이 비서실장에게 물었다.

"임시 주주 총회 언제죠?"

"3주일 후입니다."

"알겠습니다. 나가 보세요."

비서실장이 나간 후 승준에게서 비틀어진 미소가 새어 나왔다.

'적당히 하셔야죠, 차 회장님! 빨리 끝을 보고 싶으신가 본데…… 그렇다면 그렇게 해 드리죠.'

어제와 다르게 수연은 하는 일에 집중이 되지 않았다.

그녀의 의식은 앞에 놓인 서류가 아닌 집무실에 있는 승준에게 있으니 집중될 리 없었다.

'진심인 건가? 눈치 없이 할 말 못할 말 가리지 못하고 뱉어 냈다고 이런 식으로 앙갚음하는 건가? 아니면 본의 아니게 그 잘난 나체 좀 봤다고?'

머리가 복잡한데 그녀의 휴대폰이 울렸다. 지수의 전화라고 생각했는데 발신인이 선미였다. '이모' 라는 발신인을 확인하는 순간, 무슨 일이 벌어진 것이라는 생각에 두려움이 그녀를 덮쳤다.

그렇다고 계속 벨만 울리게 놔둘 수는 없었다. 다른 비서들 업무에 방해가 될 것 같아 수연이 밖으로 나와 선미의 전화를 받았다.

"네, 이모."

[어디니? 일 보는데 방해한 거 아니야?]

다행히 선미의 목소리는 평안했다. 아니, 오히려 다정하게 묻고 있었다. 그게 더 불안하기는 했지만, 수연은 똑같이 다정한 목소리로 대답해 주었다.

"아니에요. 말씀하세요."

[언제 퇴근이야? 퇴근 후에 이모 집에 좀 잠깐 들러. 줄 게 있으니까.]

"……뭔데요?"

[와서 보면 알아. 꼭 들러.]

"네."

무엇을 주기 위해 갑자기 전화해서 오라고 하는 것일까. 더구나 아주 다정한 목소리까지 내 가면서.

좋은 변화인 것인지, 아니면 세상 말로 갑자기 사람 갑자기 변하면 죽는다는데, 뭔가 안 좋은 생각을 한 것인지. 수연의 마음이 뒤숭숭하고 걷잡을 수 없이 불안했다.

승준으로 인해 마음이 복잡한데 선미까지 거들고 있는 것 같아 비서실로 향하는 그녀의 발걸음이 너무도 무거웠다.

답을 찾을 수 없어 한숨만 내쉬며 자리에 앉아 있을 때 비서실 안으로 형준이 들어왔다.

비서실장을 비롯해 근무하는 다른 비서들이 자리에서 일어나자 수연도 자동적으로 일어났다.

형준은 다른 직원의 인사를 무시한 채 수연에게 다가왔다.

"어? 비서실에 정 비서 자리가 있었어요? 정식으로 비서실 발령받은 거예요?"

"아니요. 차 고문님 들어오실 때까지만 이곳에서 업무를 보기로 했습니다."

"그래요? 그럼 우리 회사 안에서 자주 만나겠네요?"

다른 비서들도 있는 자리에서 그녀의 입장은 생각하지 않고 친한 척 말을 거는 것이 거슬렸다. 그런데 형준은 한술 더 떠서 비서실장에게 황당한 말을 던졌다.

"실장님, 우리 정 비서님 잘 부탁드립니다. 일하는 데 불편함 없도록 잘 챙겨 주십시오."

비서실만 아니었으면 무슨 자격으로, 그리고 어떤 저의로 그런 말을 하는 것인지 따져 물었을 것이다. 하지만 그랬다가는 분위기가 더욱 이상해질 것 같아 수연이 하고 싶은 말을 참고 있는 그때 승준의 집무실 문이 벌컥 열렸다.

승준이 굳은 얼굴로 나왔다.

"흰소리 집어치우고 회장실로 올라가 있어."

그의 목소리는 무척 단단하고 엄했다. 형준은 아무 말도 못하고 승준을 향해 깍듯하게 묵례한 후 공손하게 대답했다.

"네. 회장실에 올라가 있겠습니다, 상무님."

그러고는 뒤돌아 비서실을 나가려 하는데 승준이 경고하듯 말했다.

"앞으로 여기 내려오지 마. 특히 2주일 동안은."

"이제 업무적으로 상무님과……."

"절대 업무적으로라도 엮일 일 없으니까 나가."

비서실 직원들 앞에서 면박을 받았으면서도 형준의 표정에는 변화가 없었다.

"알겠습니다."

오히려 다시 정중하게 대답한 후 밖으로 나갔다. 승준이 집무실로 들어가 재킷을 챙겨 들고 다시 비서실로 나왔다.

"회장실 갑니다."

거친 발걸음으로 그도 밖으로 나갔다.

형제간의 살벌한 분위기가 마치 수연을 두고 기 싸움을 하는 것 같은 상황이었다. 그래서 비서들이 수연에게 호기심 어린 시선들을 보냈다. 대놓고 바라보지는 않았지만 그런 시선들이 느껴졌다.

'하, 이게 다 무슨 난리야. 2주일…… 언제 가냐?'

자신의 의지와 상관없이 일이 이렇게 되어 버린 것이 기가 막혀 헛웃음이 새어 나오려 했다. 그러나 여러 가지로 수연의 마음은 무겁고 괴로웠다.

회장실에 삼부자가 굳은 얼굴로 앉아 있었다. 먼저 입을 연 사람은 차 회장이었다.

"플레이영 인수 과정 서류하고 사업 계획서, 진행사항 보고서들 다 형준에게 넘겨."

"그걸 왜 넘깁니까?"

"뭐?"

차가운 승준의 시선이 형준에게 향했다.

"준비 없이 그 자리 수락한 거야? 내가 계획하고 진행했던 서류가 왜 필요해? 새로 론칭하는 사업, 네가 알아서 진행해야지. 명색이 대표가 그 정도 능력도 없으면 안 돼지. 맨땅에 헤딩해서 성공시키는 게 대표 능력인 거야. 알아들어?"

"아닙니다. 할 수 있습니다."

형준이 자신 있게 대답했지만 그게 못 미더운 차 회장이 나섰다.

"그럼 그동안 진행된 것들을 엎고 다시 해야 하는데, 그 무슨 손해야? 비용도 그렇고 시간도 그렇고! 잔말 말고……."

"그거 못하면 대표 자격 없는 거죠. 그런 거 다 감안하고 자리 주신 거 아니었습니까?"

형준을 감싸 주려다 오히려 역효과나 나자 차 회장의 얼굴이 더욱 험하게 변했다.

"최선을 다해 해내겠습니다. 상무님께서 잘 이끌어 주십시오."

"기대해 보지. 얼마나 잘 해낼지."

승준이 일어나서 회장실을 나갔다.

차 회장이 이를 바득바득 갈며 테이블을 주먹으로 내리쳤다.

"저런 호래 새끼!"

열을 내뿜던 차 회장이 형준을 향해 날카롭게 말했다.

"너, 정신 차리고 똑바로 일해. 이번 기회 확실하게 잡아서 이사들하고 계열사 대표들한테 보여 줘! 네가 차승준보다 더 능력 있다는 걸. 그래서 네 형이 가진 것들을 하나씩 네 걸로 만들라고!"

차 회장의 말대로 승준이 가진 것들을 모두 빼앗아 가지고 싶다. 그러나 그렇게 할 수 없다는 걸 형준은 잘 안다. 자신의 능력이 승준에 비해 턱도 없이 부족하다는 것을 그는 잘 알고 있다. 그러나 하나 정도는 빼앗아 가지고 싶었다. 그리고 그건 가질 수 있을 것 같다.

차승준이 유일하게 마음을 열고 바라보는 여자.

호텔로 불러들여 즐기고 버리는 것이 아니라, 비서실에 두고 계속 바라볼 만큼 끔찍하게 챙기는 여자.

정수연만큼은 빼앗고 싶었다.

5장

"먼저 들어갑니다, 정 비서님."

"내일 봐요."

비서실장을 비롯해 비서실 직원들이 수연에게 인사를 건네고 먼저 퇴근했다. 혼자 남은 수연은 집무실에서 승준이 나오길 기다렸다. 언제 퇴근하겠다는 언질도 없어 텅 빈 비서실에서 아직 남아 있는 업무를 처리 중이다.

그러다 문득 그의 집무실 문을 바라보았다.

이틀, 비서실에 있는 동안 수연은 승준의 새로운 면을 많이 보았다.

매일 밤, 술집과 호텔을 전전하고 여자들과 놀던 차승준의 모습을 찾아볼 수가 없었다. 유흥에 빠진 남자라고 보기 힘들 만큼 그는 철저한 나이스 후계자다웠다. 비서실장에게 업무지시를 할 때는 범접할 수 없는 카리스마가 보였고 여비서들을 대할 때는 존중해 주듯 정중했다. 임원들과의 줄미팅도 쉼 없이 감당하면서 피곤한 기색조차 보이지 않았다.

회장이 장남이라 쉽게 상무의 직함을 가진 것이라 생각했다. 그러나 나이스 차기 후계자답게 능력에 있어 그는 완벽해 보였다. 그냥 후계자가 아니었던 것이다.

그런데 왜 그렇게 망나니처럼 여자들을 데리고 놀까 하는 궁금증에 빠져 있을 때, 그가 집무실에서 나왔다.

"퇴근하자."

비서가 아닌 애인에게 말하듯 다정한 말투였다.

그의 그런 태도가 신경 쓰이고 어색했지만 수연은 아무 말 하지 않고 그를 따라 지하 주차장으로 내려왔다.

그런데 그가 키를 건네주지 않은 채 운전석에 올라타려 했다.

'설마…… 또?'

그녀의 예상은 빗나가지 않았다.

"얼른 타."

그리고는 승준이 운전석으로 앉았다.

"상무님, 제가 할게요."

결국 수연이 운전석 앞으로 가서 차 문을 잡았다. 그리고 승준에게 내리라는 손짓을 했다.

"퇴근했잖아."

"그러니까요. 퇴근했으니까 제가……."

"퇴근했으니 이제 비서 업무 끝이야."

"그게 무슨……?"

"우리 데이트하러 가는 거야."

"네?"

"그러니까 내가 운전하는 거지. 빨리 타기나 해."

수연이 뒤로 물러났다.

"저는 그냥 퇴근하겠습니다."

그러자 승준이 차에서 내리며 물었다.

"왜? 데이트가 불편해? 아직은 부담스러워?"

"네."

승준이 말없이 그녀를 보더니 그녀의 마음을 이해하는 듯 고개를 끄덕거렸다.

"데이트는 나중에 하자고. 집에 데려다줄 테니 타."

"어차피 집으로 안 가요. 이모네 가야 해요."

"그럼 이모네 데려다줄게. 타."

수연이 차에 올랐다. 선미가 사는 동네와 아파트를 이야기해 주었다. 승준은 네비게이션에 그녀가 말한 곳을 찍고 운전을 시작했다. 선미의 집에 도착할 때까지 차 안에는 어색한 침묵만 흘렀다. 그러나 막상 아파트 앞에 도착하자 승준이 물었다.

"자고 갈 건가?"

"아니요."

"알았어. 들어가 봐."

"네. 조심해서 가세요, 상무님."

보이지 않게 몸서리를 치며 수연은 선미의 집으로 향했다.

'뭐지? 정말 좋아하는 거야? 아니면 가지고 노는 거야?'

수연은 승준의 진심을 알 수 없어 답답했다. 그러나 한 가지는 확실했다. 그가 진심이라고 해도 그녀는 그에게 절대 넘어가지 않으리라는 것.

'못 볼 꼴을 그렇게 보이고 내가 넘어올 거라고 생각했나? 어림도 없지.'

승준에 대한 생각에 빠져 있는 사이 선미의 집에 도착해 안으로 들어섰다. 선미가 반갑게 맞아 주었다. 민아가 살아왔나 싶을 만큼 화사한 미소였다. 그것만으로도 믿을 수 없을 만큼 놀라울 일인데 밑반찬과 음식들을 담은 밀폐 용기 여러 개를 바리바리 싸서 주는 것이 아닌가.

"이모, 이거……?"

"차 상무 가져다 줘."

"네?"

조카인 그녀에게 주는 것도 아니고, 예전 요리를 가르쳐 친분이 있는 유림에게 주는 것도 아니었다.

뜬금없이 차 상무라니? 기일에는 차 상무에 대해 아는 척도 안 하더니.

"아직도 혼자 나와 살고 있지? 밖에서 먹는 음식 몸에 좋지도 않을 텐데, 큰일 하는 사람이 건강 챙겨야지."

아무래도 선미의 상태가 이상했다.

"이모…… 차 상무님하고 친했어요?"

"친하긴. 다 너 생각해서 그러는 거지. 너 잘 봐 달라고. 이런 거 챙겨 주면 너를 한 번이라도 더 생각해 주고 잘해 줄 거 아니야."

언제부터 조카를 이렇게 생각했다고? 그렇다면 유림의 것도 챙겨야 되는 게 맞다.

"여기 네 것도 좀 쌌어. 맛있다고 많이 먹고 살찔까 봐 네 거는 많이 안 쌌다. 여자 살찐 거 보기 안 좋아."

엄마라도 이렇게 해 주진 않을 것 같았다. 그런데 10년을 함께 살았어도 사이가 남만큼이나 멀고 어색한 이모다. 그런 이모의 갑작스러운 이런 마음 씀씀이가 고맙지 않았다.

기일이 지나고 며칠 사이에 대체 무슨 일이 일어난 것인가. 죽은 민아의 영혼이 나타나 수연에게 잘하라고 간곡하게 부탁한 게 아니라면 절대 일어나지 않을 일이다.

"수연아. 이모가 너무 너한테 소홀했지? 너 많이 서운했을 거야. 세상에 혈육이라고는 너하고 나하고 단둘인데, 이러면 안 되겠다는 생각이 들었어. 이제부터 이모가 잘 할게."

사람 감정이라는 것이 어떻게 며칠 만에 이렇게 바뀔 수 있을까.

선미의 말을 믿어야 하는지, 말아야 하는지. 왜 갑자기 이렇게 바뀐 것인지. 수연은 혼란스럽기만 했다. 그렇다고 잘하겠다고 말하는 선미를 향해 갑자기 왜 이러는 것이냐고 따져 물을 수도 없었다.

선미가 쇼핑백에 반찬들을 담아 주며 얼른 가라고 재촉했다.

"다 먹으면 그릇 챙겨 가져오고. 먹고 싶은 거 있으면 말해. 차 상무한테도 그렇게 전해. 먹고 싶은 거 있으면 이모가 해 준다고."

"……네."

"늦었다. 얼른 가서 쉬어라."

선미가 바리바리 싸 준 반찬들은 수연이 혼자서 가지고 내려오는 것도 힘들 만큼 무겁고 양이 많았다. 택시를 잡고 그 차에 싣는 것만으로도 번거로운 일이었다.

"정말 민아 언니가 꿈에라도 나타났나? 이모가 갑자기 왜 저러시지?"

선미의 말대로 하나밖에 없는 혈육한테 너무했다는 생각에 이제라도 잘하겠다면, 이보다 더 감동적이고 다행일 수는 없다. 그러나 수연은 그런 선미의 변화가 이상하게 반갑지 않았다. 20년 동안 쌓인 감정은 그렇게 쉽게 풀릴 만한 것이 아니었다. 게다가 해 준 반찬들이 그녀의 것보다는 차 상무의 것이 더 좋고 많지 않은가.

'도채에 이모가 무슨 생각으로 이러는 거지?'

그러나 그것도 잠시, 택시를 잡기 위해 큰길로 나오는데 그녀 앞으로 승준의 차가 멈춰 섰다.

"아직 안 가셨어요?"

"응."

"왜요?"

"정 비서가 이런 거 들고 나올까 봐."

승준이 차에서 내려 쇼핑백들을 그의 차에 실었다. 그리고 조수석 문을 열어 주었다.

"이모님께서 조카를 많이 사랑하시나 보네?"

수연은 차에 타지 않고 그에게 말했다.

"그거 상무님이 드실 음식들이에요. 가져다 드세요."

"응? 왜?"

"그러게요. 왜인지 모르겠지만 어쨌든 이모가 조카 데리고 있는 상무님께 잘 봐 달라고 드리는 뇌물 같은 거예요."

"그런 건 염려 마시라고 해."

"저는 택시 타고 갈게요."

"정 비서."

"저를 좋아하신다고 해서 진심으로 말씀드리는데요, 저는 상무님하고 썸 타는 거 싫습니다. 연애는 더더욱 싫고요. 그러니 딱 여기까지만 하세요. 더 선을 넘으시면…… 제가 그만둘 수밖에 없습니다."

수연이 차갑게 몸을 돌려 그에게서 멀어져 갔다. 밤늦은 시간은 아니었지만 여자 혼자 택시 타는 것이 위험해 보여 승준은 수연을 쫓아가 잡았다.

"무슨 말인지 알았어. 알았으니까 집은 차 타고 가. 이모님이 주신 음식에 대한 답례를 받는 거라 생각하고."

차가워진 승준의 태도를 보며 수연은 그녀의 거절이 그에게 제대로 먹혔다고 생각했다. 그렇지 않으면 여전히 넉살 좋게 좋은 티를 냈을 테니까.

수연은 차에 올라탔다. 선미의 집으로 올 때와 마찬가지로 갈 때도 차 안에는 침묵만 흘렀다.

❖

승준과 차 회장이 무서운 표정으로 대치 중 이었다.

“이미 약속 잡아 놨어. 그러니까 나가서 만나 보고 와. 안 나가면 나뿐 아니라 유림이하고 디엘까지 욕보이는 거니까 얼굴 비치고 들어와.”

유림의 친구이자 위너스그룹 장녀와의 만남을 승준의 의사도 없이 정해 놓고 차 회장은 승준에게 그 자리에 나가라고 종용하고 있었다.

승준은 수연이 마음먹은 대로 넘어오지 않고 심하게 철벽을 치는 것으로 인해 신경이 곤두서 있는 상태였다. 자신의 그런 변화를 비서실은 물론 수연에게도 들키고 싶지 않은 마음에 3일 동안 미친 것처럼 몰아쳐서 일했다. 비서실과 각 계열사 임원들도 혀를 내두를 정도로 처리해야 할 일들을 깔끔하게 처리하고 문제들을 해결했다. 피로감이 짙어진 늦은 오후, 업무를 마치고 퇴근을 서두르던 차에 차 회장이 내려온 것이다.

승준은 몸이 피곤한 것도 있었지만 일방적인 맞선 약속에 짜증이 날 대로 났다.

“못 갑니다. 안 갑니다.”

“야, 차승준.”

"퇴근하겠습니다."

"너 이번에 펑크 내면 진짜 죽을 줄 알아!"

그러나 승준은 무시하고 집무실을 나왔다.

차에 올라 수연을 부르려고 휴대폰을 꺼내는데 벨이 울렸다. 진우에게 온 전화였다.

"어, 왜?"

[뭐 하냐?]

"퇴근하려고."

[좀 보자.]

"나 피곤하다. 3일 동안……."

[파혼했다.]

"왜?"

이 세계의 맞선이라는 것이 특별한 문제가 없으면 결혼으로 이루어지는 만남이다. 그러므로 진우와 청수당 셋째 딸의 결혼은 기정사실이 되어 있었다. 그런데 갑자기 청수당 셋째 딸이 결혼에 대한 반란을 일으켜 결혼이 깨졌다고 한다.

[남자하고 호텔 들어가는 거 우리 아버지한테 딱 걸려서 엄마가 조사 들어갔더니, 강남 호스트바에서 유명하단다. 난잡하기로.]

그 말에 위로를 해야 하는 건지, 늘 여자와 놀아났던 그와 다를 게 없는 여자에게 차였다고 놀려야 하는지 갈피를 잡지 못했다.

일단은 술이 필요한 것 같아 집이 아닌 진우와의 약속 장소로 차를 돌렸다.

하지만 진우는 어젯밤의 전작으로 술이 들어가지 않는다며 식사만 간단하게 했다. 그리고는 승준으로 인해 가끔 만나 밤을 즐기는 여자와 함께이고 싶다는 말을 했다.

진우를 위해서 그 부탁을 들어주기로 했다. 신혜리 문제를 해결했다고 안심하고 맞선 자리를 잡아 온 차 회장의 마음을 흔들기 위해서도 오늘 한 번 예전처럼 놀아 볼 필요가 있었다.

"가자, 그럼."

"정 비서 안 불러?"

진우가 물었다.

"어."

"왜?"

그러게 왜 망설이는 것일까? 자신의 진심을 몰라 주는 그녀가 이런 모습을 보고 실망할까 봐? 자신을 향한 더 이상의 질문은 나오지 않았다. 그 질문이 곧 답이었기 때문이다.

"택시 타고 가자."

"정 비서를 불러야 아버지 귀에 이 만행이 보고되지."

진우의 말대로 오늘 그를 화나게 한 만큼 차 회장도 열 받게 만들어야 속이 시원할 것 같다. 그렇다고 수연을 부를 수는 없었다.

"택시 타자."

지금은 차 회장보다 수연을 먼저 생각하고 싶었다. 그의 진심을 거절해서 서운한 것도 있지만 그래도 그녀가 차 회장보다는 먼저였다. 더 이상 그의 이상한 모습을 그녀에게 보이고 싶지 않았다.

❖

유림이 국제전화까지 걸어서 수연에게 화를 내뿜었다. 한 번도 이런 적이 없어 수연은 당황했지만 가만 듣고만 있을 상황이 아닌 것 같았다.

[어유, 내가 이 인간한테 오빠라고 부르나 봐라, 이제. 망할 인간!]

전화상의 목소리만 들어도 유림이 얼마나 화가 난 것인지 알 수 있었다. 상황을 들었을 때, 유림이 왜 그렇게 펄쩍 뛰며 화를 냈는지 이해가 되었다. 여동생이 친구를 소개시켜 주기 위해 만든 자리에 나가지 않고 바람을 맞히다니. 아무리 생각해도 승준의 행동을 이해할 수 없었다. 중2병 걸린 사춘기 소년도 아니면서 가족들을 무시하고 서슴없이 망종 짓을 하는 그가 다시 한심해 보였다.

그렇게 화를 내뿜던 유림이 그녀에게 지시를 내렸다.

[차 상무 퇴근 후에 움직이는 동선대로 보고해 줘.]

"요새는 상무님 따로 퇴근하시는데요."

[그래? 미행하면 안 될까? 안 되겠지? 그럼 그동안 차 상무 다녔던 단골 술집들 알지? 다 뒤져서라도 찾아내 줘. 무리한 부탁인 거 알겠는데, 나와 나이스의 명예가 달린 문제거든. 정 비서, 부탁할게.]

유림의 말대로 승준의 단골 술집은 물론 자주 가는 호텔도 안다. 그가 다니는 곳은 거의 일정했다. 그래서 그곳들을 뒤져 그를 찾아내는 건 어렵지 않을 것 같다.

더구나 그의 마음을 거절했더니 최근 3일 승준은 그녀에게 눈길도 주지 않았다. 그가 지시했던 서류와 영수증들도 모두 정리해서 이제는 비서실에서 할 일도 없다. 그럼에도 승준은 그녀에게 새로운 일을 주지도 않은 채 그곳에 퇴근 시간까지 앉혀 놓았다.

몸이 배배 꼬이고, 시간이 멈춘 것처럼 더디게 가는 상황 속에 멍하니 있어야 하는 그건, 고문이었다.

속에서 화가 끓어올랐지만, 모든 걸 참고만 있어야 했다. 그런 그에게 복수할 기회가 왔다는 생각에 유림에게 대답했다.

"보고해 드릴게요."

[고마워, 정 비서. 어디서 누구하고 있는지 꼭 알려 줘.]

"네."

통화를 끝내고 나자 한 가지 걸리는 게 있었다.

'차 상무한테 들키면 어떻게 되는 거지?'

그것이 문제였다.

수연은 크게 생각하지 않은 채 퇴근 후 그가 잘 다니던 술집부터 다녀 보았다. 그러나 입구에서부터 그녀는 거절당했다. 모두가 맴버십으로 운영하는 곳이었기 때문이었다. 그렇게 술집을 돌아다니나 보니 시간만 훌쩍 지나 있었다.

'이제 술집 나와서 호텔 갈 시간이야. 차라리 호텔을 뒤지자.'

수연은 승준이 주거래 호텔이라 할 수 있는 선샤인 호텔로 갔다. 그러나 도착하고 나니 그가 투숙했는지, 투숙했다면 룸 넘버가 어떻게 되는지 알아내는 게 더 힘들었다.

'이런 일은 아무나 하는 게 아니구나.'

유림에게 전화를 걸어 지금의 상황을 설명하고 포기해야겠다고 생각하는데 그녀 곁을 스쳐 지나는 남자의 통화 소리가 들렸다.

"어, 승준아. 나 잠깐 밖에 나왔다가 다시 들어가는 길이야. 몇 호로 들어갔어? ……908호? 난 1211호. 일단 그 룸으로 갈게."

수연은 통화 내용에 놀라 남자를 힐끔 바라봤다. 잘 차려입은 모양새가 승준과 같은 수준의 부를 갖추고 있는 남자로 보였다.

수연은 일단 그 남자를 따라 엘리베이터에 올랐다. 대신 그가 9층을 누를 때 수연은 10층을 눌렀다.

'저 남자가 말한 승준이 차 상무가 맞겠지? 이 호텔에 투숙한 사람들 중에 승준이라는 이름을 가진 사람이 흔하지는 않을 테니까. 둘이 친구 같은데……. 왜 여자하고 들어간 룸까지 찾아오는 거야?'

10층에서 내린 수연은 바로 9층으로 내려왔다. 그리고 통화 때 엿들었던 908호를 찾아 복도를 따라 걷다가 코너를 돌아 두 사람이 서 있는 모습을 보았다.

놀란 수연이 얼떨결에 몸을 숨겼다.

"둘이 연애하는 거냐?"

승준의 목소리였다.

"내가 대놓고 연애할 수는 없잖아. 우리 엄마 알면 저 안에 있는 쟤는 신혜리보다 더 깨질지 모르는데."

"앞으로 자주 만나게 해 줄게. 요새 내가 너무 조용했더니 회장님이 자꾸 자극하시네."

"그래? 그럼 내일도 가능하냐?"

"물론."

"자, 1211호다. 오늘도 일만 하다 잘 거냐?"

"아니, 오늘은 바로 잘 거야. 3일 동안 한숨도 자지 못하고 일했는데. 그리고 박진우. 상처받은 얼굴 그만해라. 네가 청수당 나무랄 자격은 없는 것 같으니까."

"상처가 아니라 자존심에 금 가서 그래."

더 이상의 대화는 없었다.

'얘기 끝난 건가? 그럼 설마…… 저 남자가 저 룸에 들어가서 여자하고 밤을 보내는 거고, 차 상무가 다른 룸으로 가는 거? 거기서 일을 하거나 자는 거? 이거 뭐지?'

엿들은 그들의 대화로 어떤 상황인지를 파악했다. 한 편의 사기극을 본 느낌이다. 게다가 오늘만 이러는 것이 아닌 듯했다.

'뭐지, 이거?'

이해할 수 없는 그들의 상황에 너무 빠져 있었나 보다. 승준이 코너를 돌아온다는 걸 깜빡하고 그대로 서 있었다가 그와 맞닥뜨리고 말았다.

수연도 놀랐지만, 승준은 그녀보다 더 놀랐는지 그의 목소리가 떨렸다.

"정 비서가…… 왜 여기 있어?"

이럴 때 당황하지 말고 일단 미소를 짓는 게 우선이라는 생각이 들었다. 그러나 그녀에게서 미소가 나오지 않았다.

"아, 그러니까 그게……."

딱히 댈 만한 핑계가 없었다. 그녀가 이곳에 있는 건 누가 봐도 수상한 상황이다. 수연이 대답을 하지 못한 채 난감해하기만 하자 승준의 귀신같은 질문이 날아들었다.

"유림이가 뒤를 캐라고 했나? 아니며 차 회장이 시킨 건가? 어디부터, 언제부터 미행한 거야?"

"상무님. 그러니까…… 맞습니다. 고문님께서 상무님을 찾아서 연락 달라고 하셔서, 그래서 여기까지 온 겁니다."

승준의 얼굴이 심하게 굳었다. 수연은 처음으로 그가 무섭다는 생각을 했다. 화를 내는 모습은 몇 번 봤지만 이렇게까지 무서운 얼굴을 한 적은 없었다. 유림과 승준 사이에서 중립을 지키지 못한 대가가 크겠구나, 라는 생각을 할 때였다.

"야! 차승준, 이 새끼야!"

엘리베이터 문이 열리고 차 회장과 형준, 그리고 또 다른 남자가 내렸다.

차 회장의 등장에 놀란 수연은 당황스러웠다. 아들을 향해 욕부터 하는 차 회장은 승준을 그냥 놔두지 않을 것처럼 험악한 얼굴이었다.

'회장님이 어떻게 아셨지? 난 아직 아무것도 알리지 않았는데…….'

살벌한 차 회장의 분위기에 놀라 심장이 덜컹거리는 그녀와 달리 승준은 흔들리지 않는 모습으로 차 회장에게 물었다.

"여기까지 어쩐 일이십니까?"

"너 잡으러 왔다. 너하고 노는 계집 손 좀 봐 주려고."

"한발 늦으셨습니다. 유림이가 벌써 정 비서를 보내 시작도 하기 전에 나를 룸에서 끌어냈습니다. 보시다시피."

차 회장이 수연과 승준을 번갈아 보았다. 그리고 수연에게 물었다.

"유림이가 보냈다고?"

"……네."

"얘하고 있던 년은 어디 갔어?"

"……그냥 갔습니다."

차 회장이 승준을 노려보았지만 그는 지루하다는 시선으로 먼 곳만 바라보았다.

"집에 가도 되겠습니까, 아버지? 다 끝났는데."

"정 비서라고 했지? 차 상무 이 새끼 집까지 수행해. 절대 중간에 다른 데로 새지 않게 책임지고 집으로 들여보내. 알았어?"

"네."

"차승준. 내가 그동안 지켜만 봐 왔는데 이제는 보고만 있는 거 안 한다. 이 짓거리 다시 못하게 계집 끼고 놀 때마다 다 뒤엎어 버릴 테니까 그렇게 알고 알아서 행동해. 그냥 하는 말 아니니까 명심해!"

차 회장이 엘리베이터에 오르려 하자 형준이 나섰다.

"제가 형님 모셔다 드리는 게 낫지 않겠습니까? 정 비서님은 그냥 퇴근시키시죠?"

"그러든가."

차 회장은 상관없다는 듯 말하고 엘리베이터를 타고 사라졌다.

"꺼져, 넌."

형준을 하찮게 보는 시선과 말투였다. 그러나 그렇게 말하는 승준을 아랑곳하지 않고 형준은 수연을 챙겼다.

"형 기분 안 좋은데 모시고 가는 거 힘들 거예요. 내가 감당할 테니까, 정 비서는 퇴근해요."

"흑기사 나셨군. 내 비서야. 너나 꺼져."

승준이 수연에게 차 키를 건넸다.

"정문에 차 대기시켜."

형제가 날이 선 채 서로를 따갑게 쳐다보았다. 그 사이에 있는 수연이 누구의 말을 따르느냐에 인해 승부가 갈릴 것 같은 분위기다.

수연은 승준이 건네는 차 키를 받았다.

"차 대기시키겠습니다."

그리고 형준을 향해 그를 안심시키듯 말했다.

"걱정 마세요, 지부장님. 저 많이 단련되어 있어요."

승준의 인상이 심하게 구겨졌다는 것도 모른 채 수연은 엘리베이터에 올랐다. 그리고 승준에게 물었다.

"안 타실 겁니까?"

승준이 형준을 노려보고 수연을 따라 엘리베이터에 올랐다. 문이 닫히면서 형준이 승준보다 더 살벌한 시선으로 그들을 노려보았다는 것을 두 사람은 알지 못했다.

"잠깐 얘기 좀 하지."

그의 목소리가 부드러워졌다.

"하세요."

"지하에 있는 바로 갈까?"

"바까지 내려가고 싶지는 않습니다."

"그럼 집으로 가면서 얘기하지."

"저기요, 상무님……."

"하고 싶은 얘기는 내 얘기 끝나고 해."

승준이 누른 지하층에 내려왔다. 차 앞에 도착하자 당연하다는 듯 승준이 운전석으로 올라탔다. 이제는 그녀도 그것에 대해 말할 필요를 느끼지 못해 한숨을 내쉬고 조수석으로 올라탔다. 그러자 곧바로 차를 출발시키며 승준이 물었다.

"어떻게 할 거야?"

"네? 뭘요?"

"유림이한테 얘기할 건가?"

"혹시 친구분이 상무님 대신 룸으로 들어가고, 상무님은 다른 룸으로 가서 일한다는 사실을 말씀하시는 건가요?"

의외의 사실에 놀라기는 했지만, 그토록 심각한 것이었나 싶게 승준의 말투나 표정이 심상치 않았다.

'하긴 누가 알면 안 될 은밀한 비밀 같은데, 그걸 나한테 들켰으니 엄청 신경 쓰이겠지.'

그 순간 수연의 머릿속에 재미있는 생각이 스쳤다.

'오호! 내가 당신 약점을 잡은 건가? 남들이 알면 안 되는 걸 알았으니 나한테 함부로 하면 안 되겠네? 멍하니 앉아 있는 것도 이제 끝이고 다시 직장 생활답게 회사 다닐 수 있는 건가?'

수연에게서 짓궂은 목소리가 나왔다.

"걱정 마세요, 상무님. 비밀을 지켜 드릴게요."

❖

집에 도착해 샤워도 하지 못한 채 승준은 한숨만 내쉬고 있었다. 그녀가 흘린 얄궂은 미소와 목소리가 아직도 선명하다.

"걱정 마세요, 상무님. 비밀을 지켜 드릴게요."

누가 보스이고, 누가 비서인지 알 수 없을 만큼 그녀는 거들먹거렸고 승준은 그걸 그냥 지켜보기만 했다. 그래도 그녀 덕분에 차 회장에게 진우와의 비밀이 들키지 않아 다행이었다. 또한 오늘 그녀로 인해 차 회장이 자신에게 사람을 붙여 놓고 있었다는 사실까지 알게 되었다. 어쩌면 그동안 그의 행동이 수연이 아닌 그들에 의해 차 회장에게 보고되었을 가능성이 높다.

차 회장과의 싸움은 오히려 쉬워졌다. 문제는 정수연이다.

'이제 내 실체를 알게 됐으니 좀 다르게 보려나?'

쉽게 넘어오지 않은 그녀 때문에 3일 동안 승준은 그녀를 두고 고민했었다. 자신의 진심을 알아주지 못하는 것에 화가 나서 그녀를 투명인간 취급하며 무시했다. 그런데 우습게도 그럴수록 그녀에게 마음이 더 갔다. 그녀가 더 간절해졌다.

그런데 오늘 그녀에게 희망이 보였다.

난봉꾼이 아니라는 것을 그녀가 알았고 차 회장 앞에서 그가 빠져나갈 수 있는 길을 만들어 주었다.

'정 비서 안 되겠어. 그냥 놔 주고 싶지가 않아. 정 비서가 마음 좀 열어 줘야겠어.'

❖

그날 새벽, 차 회장이 호텔까지 찾아온 소동을 전화로 들은 진우가 놀라서 승준의 집으로 왔다.

"정말 들키지는 않은 거야?"

"다행히."

"이제 이 짓도 진짜 못하겠다."

"네가 힘들겠지만, 당분간은 좀 피하자."

"그래야지."

마음뿐 아니라 목이 탄 진우가 제집 냉장고를 열 듯 편하게 주방의 냉장고를 열었다. 늘 술로 가득 차 있던 냉장고 안에 가지런히 놓인 밀폐용기를 보고 승준에게 물었다.

"어? 이게 뭐야? 유림이가 가져다 놓은 건가?"

그렇지 않고서야 승준의 집 냉장고에 음식이 있을 리 없었다. 진우는 그중에 하나를 꺼내 뚜껑을 열었다.

"와! 오이소박이."

상큼해 보이는 비주얼과 냄새에 못 이겨 젓가락을 찾은 진우가 오이소박이 하나를 집어 먹었다. 감탄을 자아내는 맛에 술이 아닌 밥이 생각났다.

"이거 누구 솜씨냐? 유림이는 아닐 테고, 유림이네 도우미?"

그제야 승준은 냉장고 안에 수연의 이모가 해 준 음식을 넣어 두었다는 걸 알게 되었다. 수연으로 인해 신경이 쓰여 그의 이모가 챙겨 주었던 반찬들을 까맣게 잊고 있었다.

"유림이 예전 요리 선생님 솜씨."

수연의 이모라고 답하지 않았다. 그녀와 아무것도 이루어지지 않은 상태를 진우에게 말하고 싶지 않았다.

"맛있어?"

"너무 맛있어. 즉석밥 없냐? 술 마시려고 했는데 밥이 먹고 싶어졌어. 먹어 봐."

진우가 승준의 입에 오이 한 점을 넣어 주었다. 생각 없이 씹던 승준의 눈이 커졌다. 진우의 말대로 새벽 시간임에도 불구하고 밥이 생각나게 하는 맛이었다. 맵지도, 짜지도, 달지도 않으면서 아삭한 오이의 식감이 제대로 살아 있는 맛은 그야말로 예술이었다.

"다른 것도 먹어 볼까?"

진우가 다른 용기들도 꺼내 뚜껑을 열었다. 그저 반찬 몇 가지 가져다 놓은 줄 알았는데 제대로 된 요리부터 밥 먹기 좋은 반찬까지, 그 종류도 다양하고 양도 만만치 않았다.

"이걸 왜 보낸 거지?"

승준은 일면식도 없는 수연의 이모가 왜 이런 음식들을 보냈는지 이해가 되지 않았다. 그러나 음식이 맛있어서 일단은 먹어야겠다는 생각이 먼저였다.

"즉석밥 사다 먹을까?"

"좋지!"

승준은 편의점에 가서 즉석밥을 사 왔다. 그리고 그 많은 반찬들과 함께 아침밥이 아닌 새벽밥을 챙겨 먹었다. 처음으로 정성이 들어간 음식을 먹은 듯했다. 수연의 이모가 왜 그에게 음식을 보냈는지 모르겠지만 모친이 죽고 나서 처음으로 집밥이라는 것을 먹어 봤다.

승준의 마음 한구석이 울렁거렸고, 모친이 유난히 그리운 날이었다.

❖

다음날 출근을 한 승준은 수연에게 다른 서류들을 건네며 그녀에게 할 일을 안겨 주었다.

수연은 그가 자신의 비밀을 들키지 않기 위해 애쓰는 것으로 보였다. 어쨌든 그녀는 그동안 고문과도 같았던 지루하고 힘겨운 시간을 보내지 않고 다시 일다운 일을 할 수 있어 좋았다.

일에 푹 빠져 시간 가는 줄도 몰랐다. 정신을 차렸을 때는 비서실장과 나머지 비서들이 그녀에게 인사를 건네며 퇴근할 때였다.

'오늘부터는 착실하게 집으로 퇴근하겠지?'

수연이 승준의 집무실 문을 바라봤다. 자신에 대한 마음도 접은 것 같고, 어제 일로 인해 당분간 유흥업소 드나드는 일도 자제할 것 같아 그녀의 마음이 편해졌다.

그가 야근하지 않고 빨리 퇴근하기만을 기다리는데 선미에게 전화가 걸려 왔다. 이번에는 또 무슨 일인가 싶었다.

"네, 이모."

[퇴근했니?]

"아니요."

[차 상무…… 음식 보내 준 거 다 먹었대?]

"모르겠어요. 말씀을 안 하셔서."

[다 먹었을 거야. 그래서 이모가 또 만들었는데 내일 가져다줘.]

수연은 이해가 되지 않았다. 자신과 잘 지내기 위해 전화를 하는 것이 아니라 차 상무를 챙겨 주기 위해 전화를 하고 변화하는 것 같았다.

"이모, 궁금해서 그러는데…… 왜 이렇게 차 상무님을 챙겨요? 두 분 아는 사이예요?"

[알기는. 네 생각해서 그러는 거지.]

"내 생각한다면……."

조카를 먼저 챙기고 신경 써야 하는 게 아니냐는 말을 하고 싶었다. 그러나 수연은 입을 다물었다.

"그런 거 해 준다고 좋아할 분 아니에요. 괜히 이모 힘들게 그러지 않으셔도……."

[그런 일자리가 또 어디 있겠니? 너 그 자리에 오래 일하게 하

려고 그러는 거야. 잔소리 말고 내일 이모 집에 들러. 알았니?]

"네."

선미의 속이 어떤 것인지 모른 채 통화를 끝냈다.

'도대체 이모 속이 뭐지?'

알 수 없는 선미의 마음에 대해 고민하고 있을 때, 승준이 슈트 재킷을 챙겨 들고 집무실에서 나왔다.

"회식합시다."

"회식이요? 모두 퇴근하셨는데요?"

승준이 안타까운 표정을 지었지만 이내 상관없다는 듯 수연에게 단둘이 회식하자는 제안을 했다.

"단둘이…… 그게 무슨 회식이에요? 내일 하시죠, 상무님."

승준과 둘이 하는 회식이 부담스럽기도 했지만, 직장 사람들끼리 어울려 즐기는 회식에 대한 로망이 있었기에 수연은 내일로 미루자고 부탁했다.

그러나 승준은 내일도 하고 오늘도 하자며 그녀를 차에 태웠다. 이제는 그가 운전기사처럼 운전석에 오르고 그녀가 조수석에 올라타는 것이 당연시되었다.

그가 차를 출발시킨 후 물었다.

"뭐 좋아해?"

"네?"

"뭐 먹고 싶냐고?"

"제가 좋아하는 건 상무님께서 별로 안 좋아하실 수도 있는데……."

"상관없어. 회식은 원래 직원들이 좋아하는 걸로 먹는 거니까. 진짜 먹고 싶은 걸 말해."

먹고 싶은 음식이야 너무 많아 고민이지, 없어서 고민이 아니다. 다만 차 상무와 함께 먹어야 한다는 것이 부담스러워 쉽게 대답하지 못할 뿐.

수연이 머뭇거리자 승준이 다시 물었다.

"뭐가 먹고 싶은데? 고기? 회? 밥? 그것도 아니면 술?"

그거 좋겠네. 어색할 때는 역시 술이지! 그리고 회식에서 술이 빠져서는 안 되는 거지!

"돼지갈비에 소주…… 어떠세요?"

"아는 집 있나?"

"네."

수연은 인간 네비 역할을 하며 지수와 잘 다니던 돼지갈비집으로 승준을 데리고 왔다.

맛도 좋지만, 무엇보다 가격이 착하다. 그래서 늘 사람들로 북적이는 곳이었다.

"이런 분위기 괜찮으시겠어요?"

재벌이라 호화롭고 고급스러운 곳만 다녔지, 이런 서민적인 술집은 처음일 것 같았다. 사람들로 북적이고 소란스러운 분위기를 참아낼 수 있을지 걱정되어 물었다.

승준은 상관없다는 듯 고개를 끄덕거렸다.

주인의 안내로 두 사람은 자리를 잡고 앉았다.

"아무래도 제가 주문하는 게 낫겠죠?"

"그렇겠네."

수연은 고민도 하지 않고 주문했다.

"돼지갈비 2인분하고요, 소주 한 병이요. 후레쉬로 주세요."

그녀의 주문이 끝나자마자 미리 준비되어 있던 밑반찬들이 깔렸다. 그러자 수연이 수저와 젓가락을 세트로 만들어 승준 앞에 놓아 주었다.

"이런 거 드셔 보셨어요?"

"평사원으로 입사했을 때, 회식에서."

"역시 회식은 돼지갈비죠. 맛있었죠?"

"아니."

"네? 이게 안 맛있다고요?"

"고기 본연의 맛이 아닌 양념 맛으로 먹는 거라, 난 별로."

실컷 먹고 싶은 거 말하라고 해서 왔더니 별로라고 하는 저 태도는 무엇인가.

비서들과 함께 저런 상사를 씹는 재미가 있어야 하는데 승준과 단둘이 있으려니 회식 같지 않아 기분도 별로였다.

"들어오기 전에 별로라고 말씀을 하시지 그러셨어요. 그랬으면 다른 데로 갈 수 있었는데……."

"정수연이 먹고 싶은 거 먹게 해 주려고."

그녀를 정 비서가 아닌 '정수연'이라고 이름으로 불렀다. 수연이 놀란 눈으로 쳐다보자 그가 대수롭지 않게 말했다.

"밖에 나와서까지 정 비서라고 부르고 싶지 않아."

"회식입니다, 상무님. 그대로 정 비서라고 해 주셔야……."

"싫어."

제 버릇 어디 가나 싶었다. 그녀가 아는 차승준답다는 생각을 하며 수연이 고기보다 먼저 나온 소주를 승준의 잔에 채웠다. 그러다 갑자기 흠칫 놀랐다. 그의 주사가 떠올랐기 때문이다.

안주를 마구 집어 던져 고급 룸살롱의 룸 안을 난장판으로 만든 것도 모자라 그녀를 업소 여자로 오해했던, 그를 처음 본 그날이 생생하게 기억되었다.

"왜 술을 주다 말아?"

승준이 묻자 수연은 일단 그의 술잔을 채웠다.

"이거 한 잔만 드세요."

그의 주사를 감당할 자신이 없었다. 그녀가 어떤 마음인지 모르는 승준은 피식 웃기만 하고 별말 하지 않았다.

주인이 숯불을 테이블에 넣어 주었다. 그 위에 얹은 석쇠 위에 양념 된 돼지갈비가 놓였다.

"술 좀 할 줄 알아?"

승준이 물었다.

"적당히 마셔요. 많이 마셔도 주사는 없어요."

수연이 주량보다는 주사라는 말을 강조했다. 그러자 승준은 그녀가 그렇게 대답한 이유를 알아채는데 그리 오래 걸리지 않았다.

"오해하는 것 같아서 진실을 밝히는 건데, 나도 주사는 없어."

그럼 그때 본 건 뭐라는 거야? 설마 그것도 사기쇼?

그녀의 예상대로 승준은 일부러 그런 것이라 이야기해 주었다. 수연은 그런 승준에게 진지하게 물었다.

"왜 그랬어요? 친구하고 왜 그런 말도 안 되는 쇼를 한 거예요? 진짜 궁금해서 묻는 거예요."

"진짜 궁금해?"

"네."

"궁금하다는 건 관심이 있다는 거겠지? 정수연이 궁금하다는데 말해 줘야지."

승준이 소주병을 들어 비어 있는 자신의 잔을 채웠다. 그 잔을 단숨에 비운 그가 그녀를 향해 미소를 보이고는 입을 열었다.

“아버지 속을 뒤집어 놓으려고. 그 노인네 혈압 좀 올라 뒷목 좀 잡게 만들려고.”

승준과 차 회장과의 사이가 좋지 않다는 것은 평소 유림이 가족들과 하는 통화를 통해 어렴풋이 눈치채고 있었다.

유림은 남편에게 사이가 좋지 않은 부자 사이에 낀 그녀의 입장을 하소연할 때가 가끔 있었다. 또한 수시로 화난 차 회장을 진정시키기 위해 애썼다.

그런데 왜 그렇게까지 아버지와의 사이가 안 좋을 걸까?

그런 수연의 궁금증을 승준이 정리해 주었다.

“어머니 대신 복수……까지는 아니지만, 그렇게 괴롭혀서 잘못에 대한 대가를 치르게 하고 싶거든.”

“그럼 신혜리도……?”

승준이 당연하다는 듯 고개를 끄덕거렸다.

“아버지는 그냥 바람을 피우지 않았어. 어머니에게 아주 잔인하게 상처를 줬지. 여자를…… 수시로 집으로 들였어. 한 지붕 아래 처와 첩을 두고 살았지.”

“어머!”

수연의 얼굴이 심하게 구겨졌다.

“형준이도 그 첩 중의 한 명에게서 태어난 자식이야.”

형준과 살벌했던 분위기가 이해되었다. 형제가 너무 다른 느낌이었다는 것도 이제야 알게 되었다.

그 뒤로 이어지는 승준의 가족사는 충격적인 것이었다. 수연은 그의 이야기를 듣는 동안 그가 받았을 상처와 그동안 견뎠을 고통의 시간들이 제 아픔처럼 느껴졌다. 그럼에도 그는 남의 이야기를 하듯 담담하게 털어놓았다.

“유림이는 아무것도 몰라. 어머니가 캐나다에 있는 이모님 댁으로 보냈거든. 일부러 그러신 것 같아. 어리고 여린 애가 상처받을 게 걱정돼서. 유림이는 아직도 어머니가 사고로 돌아가신 줄 알아. 형준이는 첩의 자식이 아니라 입양되어 온 자식으로 알고 있어. 그래서 그 둘은 사이가 좋아.”

차라리 눈물을 흘리거나, 아파하며 이야기를 하면 그녀의 마음이 좀 덜 아프고 괴로울 것 같았다. 아무렇지 않게 말하는 모습이 애써 상처를 감추고 아픔을 삼키는 것 같아 보기 힘들었다.

그렇게 승준의 이야기를 듣다 보니 불 위에 올려놓은 돼지갈비 한 면이 타 버렸다.

“아이고, 이걸 뒤집어야지. 이거 다 타서 못 먹겠네.”

주인이 안타까워하며 고기를 밖으로 빼내고 새 고기를 올렸다.

“이만큼 더 가져다주십시오.”

승준이 주인이 새로 가져온 갈비를 불에 올리는 걸 멍하니 바라보고만 있었다. 그런 승준을 보는 수연은 그의 상처와 아픔을 모른 채 그를 함부로 판단했다는 것이 미안해졌다. 그렇게까지 해서 제 상처를 스스로 보듬으려 했던 그가 안돼 보였다.

"죄송해요. 그것도 모르고 상무님을…… 오해했어요."

"그럴 만했지. 그러라고 마구 행동하고 다닌 건데. 그래도 조금 아쉽겠네. 취한 줄 알고 강하게 한 방씩 먹이던 정수연의 쓴소리를 들을 수 없게 돼서."

"……?"

"이를테면 주량 하나 못 다스리면서 나이스그룹을 어떻게 다스리려고 그러냐, 건강 생각해서 작작 좀 마셔라, 찬 꿀물 마시고 속 차려라, 이게 비서냐, 수발상궁이지! 뭐, 기타 등등."

수연이 난감한 표정을 지으며 그에게 물었다.

"그걸…… 다 듣고 있었어요?"

"응."

수연이 한숨을 내쉬었다.

"괴로워하지 않아도 돼. 말했듯이 그런 잔소리들이 내 마음을 흔들었으니까."

"……?"

"그 말들이 진심으로 나를 위한다는 게 느껴졌어. 정수연이 정말 못된 여자였으면 아마 이때가 기회다, 하고 옷 벗고 나한테 달려들었겠지."

"말도 안 돼요!"

"그러니까. 정수연한테는 그런 게 말이 안 된다는 게, 좋은 거라고. 그래서 묻는 건데, 나한테 오면 안 될까?"

수연이 자신을 바라보는 승준과 시선을 마주했다.

그의 새로운 면을 보고 그동안 보였던 겉모습이 상처와 아픔으로 인한 허상이었다는 걸 알아서일까. 그의 고백에서 진심이 느껴졌다. 그러나 그녀의 마음이 움직이지는 않았다. 한 번도 해 보지 못한 연애에 대한 두려움인지, 아니면 나이스그룹 후계자인 승준과의 연애가 두려운 것인지 몰라도 연애라는 것이 그녀에게 있어 두렵고 거북스러운 것으로 느껴졌다.

그녀가 고개를 저었다. 그 이유가 다른 것에 있다고 생각한 승준이 변명하듯 말했다.

"내가 여자들하고 진짜로 호텔 룸에 들어가지 않았다는 거 알 거 아니야? 내 사생활 정수연만큼이나 깨끗해. 앞으로도 그건 변함없을 거야. 아버지 때문에 어려서부터 결심한 게 있어. 나는 무슨 일이 있어도 한 여자만 사랑하겠다고. 절대로 내 여자에게 상처 주지 않겠다고. 정수연, 나 좀 믿어 보지, 그래?"

잘생긴 보스가 간절한 시선으로 마음을 애걸하는 모습이 이상하게 마음 아프게 다가왔다.

자신의 상처를 그녀에게 모두 드러낸 만큼 그녀 앞에서 솔직한 그에게 무엇을 더 의심하고 더 바랄 게 있을까. 상상도 할 수 없는 큰 아픔 속에서 자신을 강하게 지켜 온 남자가 한 여자만 사랑하고, 자신의 여자에게 절대 상처 주지 않겠다는데 더 이상 무엇이 필요할까.

수연의 마음이 그를 향해 아주 조금 흔들렸다.

"믿음은 쌓여 가는 거예요. 말 한마디에 생기는 게 아니라."

완벽하게 거절하는 것이 아닌 그녀의 대답에 승준에게서 미소가 나왔다. 언젠가 그녀를 두근거리게 만들었던 그 미소. 이번에는 더 심하게 떨리고 두근거렸다.

"노력해 보지."

그가 다시 미소를 보였다.

승준은 자신이 웃고 있다는 것을 알았다. 부디 이 미소가 떠나지 않기를 바랐다. 그리고 그녀와 함께 웃을 수 있기를, 또한 그 시간이 아주 오래 이어지기를 더 간절하게 바랐다.

수연은 머리를 부여잡고 괴로워하다가 침대에서 빠져나왔다. 두통약을 먹지 않으면 견딜 수가 없을 것 같아 약을 가지러 가려는데 뭔가 이상했다.

'어?'

헐벗은 몸, 익숙하지 않은 방, 문득 스쳐 가는 어젯밤 기억.

우뚝 멈춰 선 수연이 조심스럽게 고개를 돌렸다.

"꺄악!"

소리를 지르며 눈에 보이는 침대 시트를 재빠르게 잡아채 자신의 몸에 둘렀다. 그랬더니 이번에는 속옷 차림으로 누워 있는 승준의 몸이 적나라하게 드러났다.

수연이 그에게서 몸을 돌려 선 채 말했다.

"이, 이게 어떻게 된 거예요?"

"뭘 어떻게 돼? 술 마신 나한테 무섭게 잔소리를 해 대서 정수연은 절대 그럴 리 없는 줄 알았는데. 소주 한 병도 못 마시고 정신을 잃어?"

"그래서요? 그래서…… 어제……."

"걱정 마. 아무 일도 없었으니까. 있을 리가 없잖아. 정신 잃은 여자한테 뭔 짓을 할 만큼 밝히는 놈 아니니까 안심해."

어느새 옷을 챙겨 입었는지 승준이 그녀 앞으로 왔다. 어젯밤에 인사불성이 되었다는 사실과 지금의 몰골이 창피해서 그를 똑바로 마주할 수가 없었다.

"재미없더라."

"네?"

"주사 없다더니 진짜 없어서 재미가 없었어."

"내 옷…… 어디 있어요?"

"들어가서 샤워 먼저 해. 챙겨서 욕실 앞에 놓아 줄게."

샤워? 그의 욕실에서?

한 번도 이런 경험이 없어서인지 수연은 모든 게 불편하고 어색하고 부끄럽기만 했다. 동시에 원나잇을 아무렇지 않게 하는 사람들이 대단하다는 뜬금없는 생각이 들었다.

"욕실은 어디인지 알지? 저쪽."

"저기, 상무님. 두통약부터 좀……."

"뭐라고?"

"두통약이요."

"상무님이라는 소리 참 거슬리네."

승준이 살짝 인상을 쓰며 거실로 나갔다. 그리고 이내 약과 물을 가져다주었다. 수연은 급하게 약을 삼키고 욕실로 들어갔다. 욕실에 있는 거울 속 속옷 차림의 모습을 본 수연이 한숨을 내쉬며 고개를 숙였다.

'내가 어쩌다 정신줄을 놨을까?'

마음 편한 지수와 주량을 넘겨 마셔도 이런 실수는 해 본 적이 없다. 그런데 차승준과의 첫 술자리에서 인사불성이 되었다는 사실에 머리를 벽에 박고 싶은 심정이다.

'왜 그랬지?'

알게 모르게 승준을 믿고 있었는지 모른다. 그녀에게 해코지를 하거나 함부로 대하지 않을 것이라는 믿음 같은 것이 있었던 것 같다. 그런 마음이 없었으면 처음부터 그와 술자리는 하지 않았을지 모른다. 그리고 그 믿음대로 승준은 자신을 곱게 재웠다. 나쁜 마음을 먹자면 제 욕정을 채우고도 남았을 만큼 무방비 상태였는데 그는 그렇게 하지 않았다.

혈기왕성한 남자가 속옷 차림의 여자를 옆에 두고 인내하고 배려했다는 것이 믿음과는 또 다르게 그녀의 마음을 설레게 했다.

'나를 위해서 참았던 거겠지?'

승준이 꽤 괜찮은 남자로 느껴졌다.

살며시 욕실 문을 여니 밖에 그녀의 옷이 가지런하게 놓여 있었다. 후다닥 챙겨 입고 거실로 나왔다. 그런데 그가 보이지 않았다.

"어디 간 거지?"

휴대폰으로 전화를 걸었다. 그러나 그의 휴대폰은 침실에서 울렸다.

주인 없는 집에서 안절부절못하고 있을 때, 한 손에는 비닐봉투를, 그리고 다른 한 손에는 커피 캐리어를 들고 그가 들어왔다.

"어디 다녀오는 거예요?"

"해장국 사러."

승준은 수연을 위해 차로 10분 걸리는 곳에 있는 해장국 전문점에서 음식을 포장해 왔다. 그걸 주방의 식탁에 직접 차려 주었다.

"해장해."

수연은 그가 직접 이렇게 챙겨 준 것이 고마웠다.

"고마워요."

"별말씀을."

두 사람은 해장국으로 아침을 때우고 함께 출근준비를 했다. 그리고 승준이 사 온 커피를 마실 수 있는 여유의 시간도 생겼다.

"두통은 나아졌어?"

"네."

"많이 힘들면 집에서 쉬어. 정식으로 발령낸 내 비서도 아니고 유림이 비서인데 출근하지 않아도 누가 뭐라고 할 사람 없으니까."

얘기를 듣고 보니 맞는 말이었다. 어제와 같은 옷으로 승준과 나란히 출근하는 것보다는 오늘 하루 쉬는 게 나을 것 같다는 판단이 들었다.

"그럼 오늘은…… 쉴게요."

"잘 생각했어."

승준이 시간을 확인하고 자리에서 일어섰다.

"다녀올 테니까 편하게 쉬고 있어. 컨디션 회복하고."

"여기에 있으라고요?"

"응."

"저도 집이 있거든요. 제 침대에서 편하게 쉴 거예요."

"편한 대로 해."

함께 집을 나서 차에 올랐다. 승준이 그녀의 집으로 차를 몰았다. 수연은 기분이 묘했다. 함께 밤을 보내 불편하고 어색하고 창피하기도 했지만 그 안에 알 수 없는 편안함이 느껴졌다. 그 느낌이 나쁘지 않았다.

수연의 집 근처에 거의 다 왔을 때 그녀의 휴대폰이 울렸다. 모르는 번호라 받지 않고 거절을 눌렀다. 그러자 그 번호가 또 뜨며 벨이 울렸다.

"받지, 그래? 내가 있어서 못 받는 건가?"

"아니에요. 모르는 번호라서요."

"받아 봐. 혹시 모르잖아. 중요한 전화일지."

그때 또다시 휴대폰 벨이 울렸다.

"봐. 계속 오는 거 보니까 그냥 거는 전화는 아닌 것 같은데."

계속 벨이 울리는 것이 듣기 싫어 수연은 전화를 받으려다 문득 차형준에게서 온 전화를 받을 때와 똑같은 상황이라는 것이 떠올랐다. 끊임없이 울리던 벨소리에 마지못해 받아 보니 형준이었던 그때와 같이 받을 때까지 한다는 식으로 계속 벨이 울렸다.

옆에 있는 승준이 신경 쓰였지만 형준의 전화를 피할 이유가 없어 수연은 통화를 눌렀다.

"여보세요?"

[정수연 씨?]

수연은 일부러 그를 모른 척했다. 그냥 그가 부담스러워 알은체나 친한 척하고 싶지 않았다.

"그런데요. 누구세요?"

[차형준입니다.]

통화 볼륨이 너무 컸는지 형준이라는 이름에 승준이 인상을 쓰며 그녀와 휴대폰을 번갈아 보았다.

"아, 네. 안녕하세요."

[수연 씨, 밥 언제 살 겁니까? 목 빠지겠습니다.]

"아, 그거……."

"야, 차형준. 내가 사 줄게. 우리 정 비서 대신."

[형님?]

"밥 먹고 싶으면 나한테 전화해. 정 비서한테 하지 말고. 끊어."

승준이 수연의 손에서 휴대폰을 빼내 종료를 눌렀다.

"앞으로 차형준 이 자식하고 절대 엮이지 말고 무시해. 진심으로 정 비서 생각해서 해 주는 말인데 형준이 자식이 불한당이야. 절대 가면에 속으면 안 돼. 저 자식 가면에 속아 인생 잘못된 여자 많아."

승준의 목소리는 엄했다. 제자 걱정해 주는 선생님 같기도 했고, 여동생을 아끼는 오빠 같기도 했다. 누군가 자신을 걱정해 주는 것이 든든하다는 걸 유림에 이어 승준에게서도 느껴졌다.

"엮일 생각 없어요. 그냥 그날 도움 준 게 너무 고마워서 밥 한 끼 사려는 거죠."

"그거 내가 사 줄 테니까, 그것도 정 비서가 신경 쓰지 않아도 돼."

그러는 사이 수연의 집 앞에 도착했다. 그녀가 내리려 하자 그가 수연을 잡았다.

"……?"

할 말이 있는 것처럼 잡더니 그는 말없이 그녀를 바라보기만 했다. 그 눈빛이 너무 뜨거워 바로 볼 수 없을 지경이었다.

"정수연. 이제…… 와 줘라. 속 그만 태우고."

"……생각해 볼게요."

"그럼 쉬면서 잘 생각해. 저녁에 올게."

수연을 내려 주고 승준이 돌아갔다. 멀어지는 차를 보며 수연은 계속 읊조렸다.

"어떡하지? 어떡해? 답이 안 나온다."

그럼에도 수연은 숙취를 이기지 못해 오전 시간을 낮잠으로 보냈다. 그렇게 자고 일어나니 두통도 깨끗하게 사라졌고 속도 편안해졌다. 자는 동안 무음으로 해 놓았던 휴대폰을 확인하니 승준에게 두 통의 부재중 전화가 와 있었다.

승준의 단축번호를 눌러 전화를 걸다가 '잘또 보스'라고 저장되어 있는 이름을 보았다.

"사귀면 바꿔야 하나? 잘또가 제일 잘 어울리는데."

중얼거린 자신의 말에 수연이 놀랐다. 무의식중에 그와 사귀는 것으로 마음이 쏠리고 있었음을 알았다. 자신의 마음을 깨달은 것에 놀라는데 그가 전화를 받았다.

[미안한데 나 회의 들어가야 해.]

"알았어요. 잘 자고 일어난 거 말하려고 전화했어요."

[몸은 괜찮아?]

"네."

[회의 끝나고 전화할게.]

통화가 빠르게 끝나 다행이라고 생각하는데 선미에게 전화가 걸려 왔다. 얼른 와서 차 상무의 음식을 가져가라는 재촉에 선미의 집을 다녀와야 했다.

집에 돌아와 거하게 쌓인 반찬통을 보며 한숨을 내쉬었다. 아무리 생각해도 선미의 이런 행동을 이해할 수 없었다. 수연은 지수에게 전화를 걸었다.

"지수야, 우리 이모…… 이상해졌어."

[이모? 일 년에 한 번 보는 이모잖아? 그런 이모가 왜?]

수연은 잘 알지도 못하는 승준의 반찬을 지극 정성으로 만드는 선미에 대해 이야기해 주었다. 혼란스러운 그녀와 달리 지수는 간단하게 정리했다.

[너하고 차 상무가 잘되길 바라는 마음에서 그러시는 거 아닐까? 재벌 조카사위 얻으려고.]

"말도 안 돼. 다른 사람도 아니고 이모가? 그렇게 세속적이었다면 민아 언니 죽음도 금방 털어 냈을 거야. 그건 아니야. 절대 아니야."

[그거 아니면 이유가 없는데. 진짜로 너하고 잘해 보려는 거면 네 반찬을 해 줘야지. 안 그래? 어쨌거나 좀 찜찜하다. 너무 갑자기 그러는 것도 그렇고, 차 상무를 챙긴다는 것도 그렇고. 기다려 봐. 언젠가 이모가 그린 그림이 뭔지 나오지 않을까?]

"그린 그림이 있으면 다행인데…… 정신적으로 문제가 있는 건 아닌지 걱정돼서."

[신경 꺼. 뭐 그렇게 좋은 이모라고.]

수연은 아직 그녀의 마음이 결정되지 않아 지수에게 승준의 이야기는 하지 않았다. 혼자서 좀 더 고민해 보고 결론이 나지 않게 되면 상담을 할 생각이었다.

그날 저녁 승준이 함께 저녁을 먹자며 그녀를 집 앞으로 데리러 왔다. 그가 저녁을 먹자고 했지만 사실은 그녀에게 대답을 듣기 위해 온 것이기에 대답을 준비하고 나가지 않으면 안 되는 상황이었다.

수연은 일단 집을 나와 그의 차에 올랐다.

"오늘 저녁은 내 마음대로 갈게."

"좋아요. 어디로 갈 건데요?"

"호텔."

그리고는 그녀를 호텔 레스토랑의 VIP 룸으로 데리고 들어왔다.

수연의 처지에서는 식사비용이 너무 비싸 엄두도 내지 못하는 곳이었다. 그런데 이런 곳에서 저녁 먹는 것이 다반사인 듯한 승준을 보니, 그 허접한 돼지갈비 집으로 데리고 간 것이 후회가 되었다. 그리고 삶의 클래스가 다른 그와의 연애가 가능할지 의문이 들었다.

그가 미리 음식까지 예약했는지 곧바로 준비되어 나왔다.

"스테이크로 주문했어."

"스테이크 좋아해요."

"유림이가 그렇다고는 하더라고."

"설마…… 고문님께 무슨 얘기…… 했어요?"

기겁하며 정색한 것이 승준의 마음을 상하게 했는지 그가 미간을 찌푸렸다.

"했어. 왜?"

"무슨 얘기했는데요? 혹시 상무님이 나한테……."

"계속 상무님이라고 하면 유림이한테 얘기할 거야. 내가 정수연 좋아한다고."

승준이 하는 말로 봐서는 유림에게 아무 말 하지 않은 것 같아 안심했다. 그렇지만 만일 승준과 연인이 되고 유림이 이 사실을 알게 된다면 어떤 반응을 보일까 걱정되었다.

걱정되는 것은 그것뿐이 아니었다. 승준과 헤어지게 되면 일자리도 잃게 된다는 걸 깨달았다. 쉽게 그의 마음을 받아들일 문제는 아닌 것 같았다. 감정에 휘둘려 현실을 너무 안일하게 생각하지 말자는 방향으로 마음을 돌리려 했다.

혼자만의 생각에 빠졌을 때, '정수연'이라고 부르는 그의 따뜻한 목소리가 들렸다.

그녀가 그의 시선을 마주하자 목소리만큼이나 다정하고 포근한 미소를 보여 주며 그녀를 달래듯 말했다.

"네가 뭘 걱정하는지 모르겠지만, 뭐든 네가 원하는 대로 해 줄 거야. 엄마가 받은 상처를 절대 내 여자에게 주지 않아."

이모의 집에서 찬밥 신세로 설움 받고 자라서일까. 네가 원하는 대로 해 주겠다는 말이 가슴을 벅차게 만들었다. 이모 부부는 민아가 원하는 대로 뭐든 해 주었다. 그러나 그녀가 원하는 건 아무 것도 해 준 게 없다. 그러니 어느 순간부터는 원하는 것도 없어졌다. 그저 독립하고 싶다는 간절함밖에 남은 것이 없었다.

그런 그녀에게 모든 걸 맞춰 줄 사람이 생긴다는 게 행복하고 든든했다. 내 편이라고는 지수 하나밖에 없던 그녀에게 완전한 한 편이 되어 줄 사람이 생긴다는 것이 가슴 벅차도록 행복했다. 그리고 그녀도 상처와 아픔이 많은 그의 편이 되어 주고 싶었다.

"속 그만 태우고…… 갈게요."

"진짜…… 올 거지? 아니, 온 거지?"

"네."

두 사람이 서로를 바라보며 웃었고 행복해하며 식사를 시작했다.

마음이 설레고 행복해서인지, 아니면 최고의 호텔 셰프가 만들어서인지, 스테이크는 식감부터 달랐다. 게다가 일반적인 레스토랑에서 먹던 소스와 차원이 다른 맛에 수연은 식사 내내 황홀한 미소를 지었다.

그녀가 만족한 것에 승준도 만족했다. 그런 느낌은 처음이었다. 마치 자식의 입으로 들어가는 것처럼 기쁘고 뿌듯했다.

승준은 이제 모든 방황을 끝내기로 했다.

식사를 끝내고 수연의 집 앞으로 돌아온 그가 뜬금없는 말을 꺼냈다.

"돈 빌려줄 테니까 이사 가라. 저 집 너무 보안이 허술해서 위험해 보여. 불안해서 안 되겠으니까 아파트 하나 구해서 이사 가. 내 집으로 들어오는 것도 괜찮고."

옥탑방에서 혼자 사는 그녀를 걱정해 해 주는 말이라는 걸 안다.

그런데 돈을 왜 빌려준다는 것인지. 보통의 재벌이면 '아파트 하나 사 줄게.' 라고 하지 않나? 사 준다고 해도 기분 좋게 덥석 받을 생각도 없지만 막상 돈을 빌려준다고 하니 서운했다.

"그냥 주는 게 아니라 빌려준다고요?"

"그냥 주면 받을 거야?"

"아니요."

"그래서 빌려준다는 거야. 그냥 주면 안 받을 거고, 무이자로 빌려준다고 하면 받을 것 같아서."

"내가 그 돈 떼어 먹으면 어쩌려고요? 우리 헤어지면 그 돈 못 받을 수도 있어요."

"걱정하지 마. 절대 헤어지지 않을 거니까."

"그 돈을 갚으려면 근로계약이 아니라 종신계약을 써야 할 것 같은데요?"

“종신계약이면 나야 더 좋지.”

수연은 그저 웃자고 건넨 농담이라 생각했다. 그래서 지금은 집에 대한 이야기가 중요하지 않았다. 그녀가 지금 신경 쓰이는 건 유림이었다.

“고문님한테는 당분간 비밀이에요.”

“왜 그렇게 유림이를 의식해? 알면 어때서?”

“고문님 얼굴을 어떻게 봐요? 서로 편하게 볼 수 있겠어요? 그리고 내가 고문님 마음에…… 안 들 수 있잖아요. 그 누구보다 상무님이 좋은 여자 만나기를 바라시는 분인데.”

“맘에 들고, 안 들고를 왜 저가 결정해? 내 여자를. 그리고 너만큼 좋은 여자는 없어. 유림이도 그건 알 거야. 어쨌든 유림의 일을 할 때 서로 불편할 수는 있겠네. 당분간은 입 다물고 있을게.”

말을 하면서도 승준의 시선은 옥탑에서 떨어지지 않았다.

“오늘도 우리 집 가서 자고 내일 같이 출근하는 거 어때?”

수연이 고개를 저었다.

“나름 삶의 규칙이 있어요. 중심을 잡지 않으면 쉽게 무너질 것 같아 철저하게 지키기로 나하고 약속한 것들이요.”

“그중에 하나가 외박이겠지?”

“잘 아시네요.”

“그럼 외박은 하지 말고 집에 가서 데이트하자.”

"방금 데이트했잖아요? 그리고 왜 이렇게 집으로 가려고 해요?"

"단둘이만 있고 싶어서."

단둘이서 뭐 하게?

수연이 대꾸하지 않자 그가 또 그녀의 집을 걸고넘어졌다.

"이사하자. 도저히 저 집에 너 혼자 들여보낼 수가 없다."

"저 집에서 3년을 살았거든요. 그동안 아무 일도 없었어요."

"사람 일 언제 어떻게 될지 모르는 거야. 우리 집 가기 싫고, 외박 안 할 거면 내가 오늘 밤 저 집에서 같이 있어 줄게. 괜찮지?"

승준의 이상한 억지가 어이없고 기가 막혔지만 그렇게 엉뚱하게 떼를 쓰는 그가 귀엽기도 했다. 그리고 어제 그녀를 고이 놔두어서 그런지 그를 집으로 데리고 들어가는 것이 무섭지 않았다. 너무 좁고 초라한 것이 문제였다. 그러나 그런 그녀의 현실을 숨기고 싶지 않았다.

"승준 씨 침실보다 좁아서 불편할 거예요."

"붙어 있을 수 있어 좋겠네."

"그렇게 낭만적이지 않아요."

"같이 있는 거 자체가 낭만이지 않나? 그래서 들어가게 해 줄 거야? 말 거야?"

"이상한 짓……."

"이상한 짓하려고 들어가려는 거 아니야. 이상한 짓하러 오는 놈들이 있을까 봐 지키러 가는 거지."

어불성설인 것 같지만 또 묘하게 설득력 있는 말이었다.

"들어가 봐야 볼 것도 없고, 먹을 것도 없고, 마실 것도 없어요."

수연이 딱 부러지는 답을 하지 않고 변명 같은 말을 늘어놓자 승준이 표정으로 말했다. 얼른 그의 말에 대답이나 하라고.

수연이 어렵게 입을 열었다.

"들어가요."

승준의 얼굴이 심하게 밝아졌다.

지수 외에 아무도 들어온 적 없는 그녀의 공간이다. 방 하나, 거실 겸 주방 하나, 화장실 겸 욕실 하나. 그녀에게 이곳은 보금자리가 아닌 비와 바람을 피해 잠을 잘 수 있는 숙소의 개념이다. 그래서 꾸민 것 하나 없다. 낡으면 낡은 대로 그냥 놔두었다.

먼지 없이 깨끗하게 청소는 하고 살지만, 여자가 사는 집답지 않게 삭막했다.

승준 별것도 없는 방을 둘러보고는 TV를 켰다. 드라마가 나오자 그녀에게 드라마를 즐겨 보느냐고 물었다. 그리고 그 방이 너무 삭막하다며 지수가 사다 준 고양이 인형을 보며 '인형 좋아해?

아니면 고양이를 좋아해?' 라고도 물었다. 행거에 걸린 그녀의 옷들을 보고는 무채색만 보이는 색맹이냐며 놀리기도 했다.

승준은 그 좁은 공간에서 그녀를 알아가려 했다. 그리고 그는 그날 밤 그녀의 곁에 있어 주었다. 어젯밤과 똑같이 손끝 하나 건드리지 않고.

수연은 침대 아래 쪼그려 자는 그의 모습을 보며 진짜 사랑을 느꼈다.

❖

플레이영 대표실. 형준은 의자에 앉아 빙글빙글 돌며 새로 꾸며진 집무실을 살펴보고 있었다.

"씨발, 더럽게 촌스럽네!"

어느 하나 마음에 드는 것이 없었다. 집무실 책상은 물론 응접세트의 디자인과 컬러가 모두 거슬렸다. 하다못해 뾰족한 스투키 화분까지도 보기 싫었다.

"바꿔야겠어. 명색이 대표실이 이따위로 촌스러워서 일을 어떻게 해?"

모든 걸 싹 다 갈아치우겠다는 마음으로 자리에서 일어설 때 승준에게 전화가 걸려 왔다.

"이런, 쌍!"

험악한 표정으로 언성을 높여 욕을 내뱉었다. 그러나 이내 호흡과 목소리를 가다듬은 후 전화를 받았다.

"네, 상무님……."

[수연이 대신 내가 밥 사 줄게.]

승준이 정 비서라고 하지 않고 수연이라고 호칭하는 것에 형준의 속이 뒤틀렸다.

"왜 상무님께서……?"

[내 여자가 다른 놈하고 밥 먹는 거 보기 싫어서. 그런데 수연이가 너한테 꼭 빚은 갚아야 된다고 하고. 수연이 도와준 거 고마워서 거하게 산다. 부담 갖지는 말고 잘 먹어. 그리고 다시는 수연이한테 전화하지 마.]

승준이 전화를 끊었다. 형준은 휴대폰을 집어 던지고도 제 분을 가라앉히지 못해 씩씩거렸다.

"정수연, 차승준. 둘이서 이렇게 나온단 말이지. 그렇다고 내가 쉽게 포기할 것 같아? 두 사람 절대 편하게 잘되지는 않을 거야."

화로 가득한 형준의 눈이 이글거렸다. 그런데 이번에는 휴대폰이 아닌 집무실 내선 전화벨이 울렸다. 형준은 다시 한 번 목소리를 가다듬고 전화를 받았다.

"차형준입니다."

[정문 보안과장입니다. 대표님 정문으로 내려오셔야겠습니다.]

"무슨 일입니까?"

[대표님 앞으로 밥……차가 왔습니다.]

"네? 밥차요?"

형준은 곧바로 정문으로 내려왔다.

— **차형준 대표님 도움에 진심으로 감사드립니다.**

플랜카드까지 걸린 밥차가 와 있었다.

'차승준, 이 수모는 꼭 갚아 줄게. 정수연한테 필히.'

그의 입가에 비틀어진 미소가 번져 갔다.

❖

출근하고 얼마 되지 않아 승준은 잠시 어딘가를 다녀오겠다며 밖으로 나간 뒤 연락이 없었다.

"정 비서님, 상무님 어디 가신지 모릅니까?"

비서실장이 수연에게 물었다. 도둑이 제 발 저린다고 했던가. 비서실장의 질문은 개인 비서니 알고 있지 않느냐고 묻는 게 아니라 왠지 그녀와 승준이 특별한 사이라 생각하고 묻는 것 같았다.

"모르겠습니다. 말씀 안 하셨어요."

"2시에 중요한 회의 있는데 그때까지 들어오시겠죠?"

"아무 말씀 없으셨으니 들어오시지 않을까요?"

비서실장이 자리로 돌아가자 수연이 괜히 불안해졌다. 혹시라도 그 시간까지 승준이 돌아오지 않으면 괜히 그 모든 것이 자신의 책임이 될 것 같다.

오전 내내 전화 연결이 되지 않았던 승준이 점심시간이 돼서야 비서실장에게 문자를 보내왔다.

「2시 회의는 이상 없이 참석합니다.」

승준의 문자에 안심이 된 비서실장은 비서실 직원들과 점심을 먹으러 나갔다. 수연에게도 함께 가자고 했지만 그녀는 비서실을 지키겠노라 말하고 혼자 남았다. 사실 수연은 승준을 기다리고 있었다. 그런데 승준이 비서실장에 이어 그녀에게 문자를 보냈다.

「지하 주차장으로 내려와.」

문자를 받은 후 수연은 그가 함께 점심을 먹기 위해 그녀를 불러내는 줄 알았다. 그래서 대충 매무새를 가다듬고 지하 주차장으로 내려갔다.

수연은 당연히 약속되어 있는 음식점으로 가는 줄 알았다. 그런데 그녀를 태워 데리고 온 곳은 승준의 빌라에서 멀지 않은 곳에 위치한 오피스텔이었다.

'여기는 왜 갑자기?'

어제 그와 나누었던 대화와 상황이 떠올랐다.

'설마 아니겠지!'

수연이 승준을 바라보았다. 그러자 그녀가 어떤 시선으로 자신을 보는지 알았는지 고개를 끄덕거렸다.

"맞아. 네가 살 집 보러 온 거야."

"상무님!"

수연이 인상을 쓰며 버럭 소리를 질렀다. 승준은 그런 그녀의 반응을 예상했지만 모른 척하며 물었다.

"화를 내는 이유가 뭐야?"

"왜 내가 살 집을 상무님이 해 줘요?"

"미안한데 오해하지 마. 해 준 거 아니야. 돈 빌려준 거라고. 차용증도 써 왔어."

"……."

수연은 승준의 말을 어떻게 받아들여야 하는지 알 수 없어 혼란스러웠다.

농담 같지만 그의 표정은 오피스텔을 그냥 해 준 것이 아니라는 게 믿어질 정도로 진지했다. 그러나 한 편으로는 그녀를 안심시키려는 말도 안 되는 핑곗거리라고 생각했다.

"돈 모아서 집 살 생각 없었어? 그 돈 내가 대출해 주는 거야. 모아서 나 주면 되는 거라고."

"그렇다면 차용증 써 온 거 봐요."

그러자 그가 뒷좌석에서 파일을 꺼냈다. 그 안에는 그의 명의로 되어 있는 오피스텔 등기권리증과 함께 차용증, 그리고 전세 계약서가 들어 있었다. 그걸 그녀에게 보여 주었다.

"10년이 걸리든, 20년이 걸리든 갚아 가면 돼. 혹시 그냥 받기를 원했는데 그렇지 않아서 화를 낸 건가?"

수연이 그 말에 따갑게 쏘아보자 차용증을 그녀 앞으로 내밀었다.

"확실하게 사인 말고 지장으로 찍어. 원하면 공증도 받아 줄게."

승준에게서 차용증을 받은 수연이 읽어 보고는 그에게 돌려주었다.

"그 돈에서 삼천오백만 원을 뺀 금액으로 다시 작성하세요."

"응?"

"그거 미리 갚고 시작할게요. 원룸 전세금 빼고 적금 타면 그 정도 되니까. 그래도 어마어마한 빚더미에 올라앉았지만."

"……좋아. 그렇게 다시 작성하지. 자, 그럼 이제 올라가서 볼까?"

"그래요."

빚더미라는 수연의 표현이 맘에 들지 않았지만 승준은 아무 말 하지 않았다. 그녀가 이 집에 들어가기만 하는 되는 것이다. 괜히 자존심이라도 건들면 튕겨나갈까 봐 그녀의 기분을 맞춰 주기로 했다.

수연은 승준을 따라 그의 명의로 되어 있는 오피스텔 안으로 들어왔다. 싱글들이 살기 좋은 원룸 크기의 오피스텔일 것이라고 예상했다. 그런데 생각보다 넓고 고급스러워서 놀라지 않을 수가 없었다. 그냥 오피스텔이 아니라 월세만 백만 원대로 받을 수 있는 고급 오피스텔이었다. 평생 벌어서 집값에만 올인해야 할 만큼 비싼 곳이었다.

빌트인으로 되어 있으니 따로 준비하고 살 것도 없이 몸만 들어와도 되도록 모든 게 다 갖춰져 있었다.

수연도 세상에 욕심 많은 인간인지라 허름한 옥탑방보다는 이곳에서 살면 안락하고 편하고 행복할 것 같은 마음이 들었다. 그러면서 동시에 자존심이 그녀를 부추겼다.

'꼭 갚아야 해. 절대 그냥 공짜로 살면 안 돼.'

그 오피스텔로 들어가기로 승준과 약속을 했다. 대신 옥탑방이 빠지고 그 보증금을 받아 승준에게 입금한 후에 들어가는 것으로 서로의 다른 생각을 조율했다.

회사로 돌아오는 길에 수연은 선미의 전화를 받았다.

"네, 이모."

[차 상무 내 음식 입맛에 잘 맞대?]

수연이 시선을 승준에게 돌렸다. 그리고 그에게 물었다.

“상무님, 이모가 해 주신 음식 입맛에 맞으시냐고 물으십니다.”

선미가 승준과의 관계를 눈치채지 않도록 사무적으로 물었다.

승준은 어제도 그녀의 이모가 보냈다는 음식을 맛보았다. 그리고 오늘 아침 그 반찬들을 챙겨 왔다. 왜 수연의 이모가 자신이 먹거리를 챙기는지 이해가 되지 않았다. 수연과 이제 막 사귀기로 했으니 그 관계로 해 주는 것이 아니라는 것을 아니 더더욱 의아했다.

마음 같아서는 명목도 없고 부담스럽기만 한 그 음식들을 거절하고 싶었지만 수연의 이모라서 마음대로 할 수 없었다. 혹시라도 그를 나쁘게 볼까 걱정이 되었고, 하나뿐인 그녀의 혈육이기에 좋게 보이고 싶었다.

운전 중인 승준이 그런 그녀를 힐끔 바라보며 대답했다.

“응. 감사하다고 전해 드려.”

그 말을 들었는지 수연이 대답하기도 전에 선미가 먼저 나섰다.

[어머, 둘이 같이 있구나. 뭐 먹고 싶은 거 있냐고 물어봐.]

왠지 흥분한 것 같은 목소리가 선미답지 않았다. 세상과 등지면 어쩌나 걱정을 안겨 주던 선미가 이렇게 들뜬 목소리를 내는 것은 민아의 죽음 이후 처음이었다. 그 변화가 반갑지 않은 것은 아니지만 여러 가지로 마음이 놓이지 않았다.

[또 없냐고 물어보라니까.]

선미의 재촉에 정신을 차린 수연이 승준에게 말했다.

"드시고 싶은 거 말씀해 보세요."

"혹시…… 이모님께서 지금 그 음식을 해 주시려고 그러는 건가?"

"네."

승준 역시 일면식도 없는 그녀의 이모가 음식을 해 준다는 것이 이상했는지 쉽게 대답하지 않았다.

"이모 그냥 알아서 해 주세요."

[그래. 갑자기 물어서 생각이 안 나나 보다. 먹고 싶은 거 있으면 그때그때 말하라고 해. 이모가 다 해 줄 테니까.]

"네."

[오늘 해 놓을 테니까 저녁에 와서 가져가든지, 아니면 내일 아침에 가져가든지 하고.]

"네."

선미와 통화가 끝나자 그가 물었다.

"이모님께 우리 관계 말씀드렸나?"

"아니요."

"그런데 왜 자꾸 음식을 만들어다 주시는 거지? 나야 그 좋은 솜씨의 음식을 먹어서 좋기는 하지만 그래도 이유를 알고 먹어야 할 것 같아서."

수연 역시 선미의 마음을 알 수 없으니 그에게 마땅히 해 줄 답이 없었다.

"그걸…… 나도 모르겠어요."

"몰라?"

"네."

수연은 민아의 죽음으로 인해 선미가 겪은 아픔을 이야기해 주었다. 원래도 좋은 사이가 아니었지만 어쩔 수 없이 민아의 제사로 1년에 한 번만 보던 이모가 얼마 전부터 변했다고 말해 주었다.

"그 변화의 첫 번째가 조카를 잘 봐 달라는 의미로 승준 씨에게 음식들을 해다 준 거예요."

"나이스 상무를 조카사위로 보고 싶으신 건가?"

승준의 생각도 지수와 다르지 않았다.

"그런 물욕을 가졌다면 차라리 빤히 보여 제 속이 편하죠. 하지만 그건 아니에요. 그런 물욕이 있었으면 언니 죽음에 그렇게 힘들어하지 않았을 거예요. 빨리 털고 일어났을 거예요. 그냥 이모 이러는 거 맘이 안 편해요. 차라리…… 예전처럼 데면데면하는 게 나을 것 같아요."

"그럼 말씀드려. 내가 부담스러워한다고. 그러니 이제부터 신경 쓰지 마시라고. 그렇게 말씀드렸을 때, 내가 아닌 너한테 더 신경을 쓰실지 모르잖아. 그러면 진심이 나올 수도 있고."

"그래야겠네요."

수연은 승준의 말대로 선미의 진심을 알기 바랐다.

그날 저녁 승준은 또 그녀의 집으로 함께 퇴근했다. 저녁을 먹지 않고 들어온 두 사람은 수연이 끓인 라면으로 저녁을 해결했다. 믹스 커피를 타서 침대를 등받이 삼아 나란히 앉아 TV를 보았다.

그때, 승준이 물었다.

"엄마 안 닮았지?"

"외모는 엄마 판박이고요, 성격은 아빠."

"그럴 줄 알았어."

"뭘 보고? 우리 엄마 아빠도 모르면서."

"이모님이 음식을 잘하시니 어머니도 잘하시지 않았을까? 그렇다면 너도 잘했을 텐데, 하는 마음이 들어서."

"라면 먹은 게 맘에 안 들었나 봐요? 나 그거 정성 들여 끓인 건데. 다음에는 라면도 안 끓여 줄 거예요."

"다음엔 내가 해 줄게. 내가 안 해서 그렇지, 나 요리 좀 해."

수연은 그가 음식을 할 줄 안다는 것과 해 주겠다는 말을 믿을 수가 없었다. 또한 에이프런을 두르고 요리하는 그의 모습이 상상되지 않았다. 해 주는 음식이나 잘 먹게 생겨서는 요리를 잘한다니.

"내일은 우리 집으로 가자. 빈말이 아니라는 거 증명해 줄 테니까."

"오호!"

믿을 수는 없었지만 기대감이 생겨났다. 잘생긴 남자가 에이프런을 두르고 그녀를 위해 요리하는 모습을 떠올려 보니 나쁘지 않았다. 생각하는 것보다 더 로맨틱하고 섹시할지도 모른다고 생각했다. 그러자 그녀에게서 미소가 번졌다.

"왜 웃는 거야?"

"기대돼서요."

"그렇게 웃으니까…… 예쁘다."

그리고는 승준이 그녀에게서 시선을 떼지 않았다. 함께 시선을 마주하기 어려울 만큼 뜨겁게 바라보았다.

승준이 그녀가 들고 있는 머그잔을 손에서 빼내 한쪽으로 밀어 놓았다. 그의 것도 마찬가지로 그 옆으로 놓았다. 커다란 승준의 손이 그녀의 뺨을 감쌌고 그가 얼굴을 가까이해서 그녀에게 입을 맞추었다.

방금 마신 커피로 인해 그녀의 입술은 무척 달았다. 은은하게 풍겨 오는 커피 향으로 인해 더욱 깊게 그녀의 입술 안을 탐하고 싶었다. 승준이 거침없이 혀를 넣어 맛있는 커피를 맛보듯 핥고 다녔다. 그러나 감질났다. 키스만으로 채워지지 않는 허전함이 그의 욕심을 더욱 크게 자극했다.

"수연아……."

숨을 몰아쉬며 그녀의 이름을 부르는 그에게 수연이 고개를 저었다. 그리고 그를 달래듯 속삭였다.

"승준 씨가 싫은 게 아니에요. 여기가 싫은 거예요."

비좁고 낡은 옥탑방에서 그와의 첫날을 보내고 싶지 않았다. 그런 그녀의 마음을 알아챘는지 승준은 더 이상 그녀를 조르지 않았다. 대신 내일 자신의 집에서 저녁 먹는 것을 강조했다.

그 말에 수연은 마음의 준비를 했다. 그와 보낼 뜨겁고 아름다울 밤을.

키스를 끝냈을 때 마침 선미에게 전화가 걸려 왔다. 오이소박이와 나물을 무쳐 놓았으니 가져가라고 한 것이었다.

수연이 선미에게 승준의 마음을 전했다.

"이모, 차 상무님이 고맙기는 한데 부담스럽다고 신경 쓰지 마시래요. 그러니까 그만하시는 게 좋을 것 같아요."

선미에게서는 아무 말이 나오지 않았다. 대답하지 않는 것이 수연의 마음을 불안하게 했다. 그러나 이내 단단한 목소리의 대답이 들려왔다.

[그럴게.]

"너무 서운하게 생각하지 마세요."

[아니. 그렇게 생각 안 해. 어쨌든 만든 음식은 가져가라.]

"네."

전화가 끊어졌다.

"뭐라시는데?"

"그러겠다고는 하시는데…… 많이 언짢으신가 봐요. 좀 화가 난 목소리였어요."

"그게 다야? 네 음식이라도 해 주겠다는 말씀은 없으신 거야?"

"없네요."

두 사람은 동시에 아무리 생각해도 이상하다는 생각이 들었다. 그러나 딱히 그 이유를 알 수 없었다.

"그냥 정서불안 아닐까?"

수연도 승준의 말처럼 단순한 감정상의 문제이길 바랐다.

6장

점심시간을 이용해 수연은 백화점으로 나왔다. 시간이 많지 않은 탓에 수연은 곧바로 여성 속옷 매장으로 향했다. 화려한 컬러는 물론이고 디자인도 각각이라 수연은 오늘 밤 입을 란제리를 선택하기 어려웠다.

한 번도 이런 종류의 란제리를 입어 본 적이 없었다. 먹고 사는 게 우선이었고, 학비부터 해결해야 했으므로 속옷은 시장에서 골라잡아 살 수 있는 것으로 사서 입었다. 그러나 오늘 승준과 첫 밤을 보내는 날에 아줌마들이나 입을 만한 속옷을 보이고 싶지 않았다. 그래서 수연은 큰맘 먹고 쇼핑을 나온 것이다.

"어…… 신혼여행 가는 친구에게 선물할 건데, 어떤 게 좋을까요?"

수연은 가장 그럴 듯한 핑계를 대며 직원의 도움을 받았다.

"이게 이번 시즌에 새로 나온 허니문 상품입니다. 디자인도 그렇지만 컬러별로 있어서 반응이 제일 좋아요."

직원이 건네준 것은 레이스가 화려한 란제리 세트였다. 화이트, 레드, 블랙, 민트, 핑크. 컬러도 다양했다.

그녀에게 있어 이런 속옷은 사치였다. 그러니 큰맘 먹고 큰돈 주고 사는 만큼 수연은 신중하게 골랐다. 화이트와 핑크는 너무 평범하고, 블랙과 레드는 오버고, 무난하면서도 세련돼 보이는 민트로 선택했다.

예쁜 리본을 달아 포장한 그것을 들고 회사로 들어갈 때부터 가슴이 뛰기 시작했다. 떨려서인지 아니면 승준과 밤을 보낸다는 의식 때문인지 속옷에 들어간 돈이 아깝지 않았다.

그녀가 신경 쓰이는 것은 오직 오늘 밤이었다.

'진짜로 오늘 밤…….'

떨리고 설레고, 두려웠다.

두 사람은 퇴근을 승준의 집으로 했다.

요리를 해 주겠다더니 앞치마를 두른 승준이 재료들을 손질했다. 양파, 버섯, 조개, 새우 등을 깨끗하게 손질하는 것을 보며 수연이 그가 해 줄 요리를 알아챘다.

"스파게티 하는 거죠?"

"크림 해물 스파게티."

"안 맛있을 수가 없겠네요. 좋은 재료가 이렇게 많이 들어가는데 맛이 안 나면 이상한 거죠?"

"결국 내 요리 솜씨를 이것 가지고 평가하기 어렵다는 건가?"

"맞아요."

"이거 먹고 나서 이 스파게티가 또 먹고 싶다는 생각이 들면 재료가 좋은 거고, 내가 해 주는 또 다른 음식을 먹고 싶다는 생각이 들면 내 솜씨가 좋은 거야."

"좋아요. 스파게티 먹고 나서 뭐가 생각나는지 보자구요."

수연은 말은 그렇게 했지만, 재료를 손질하는 손놀림과 칼질하는 모습에서 그가 요리할 수 있다는 말이 사실이라는 것을 알 수 있었다. 칼질은 그녀보다 더 잘하는 수준이었다.

"이 주방에서 요리하는 거 처음이야."

"네?"

"뭐 해 먹는 거 처음이라고."

"영광이네요. 그런데 사 먹지만 말고 좀 해 먹어요. 고문님이 가끔 냉장고에 좋은 음식으로 채워 주시잖아요."

"앞으로는 그러려고."

30분 후 그가 만든 스파게티로 식사를 시작했다. 수연은 맛있다며 엄지를 들어 보였다. 그 모습에 승준의 마음이 뿌듯해졌다. 사랑하는 여자를 위해 요리하는 것이 행복이라는 것을 알았다. 모친이 떠난 후 한 번도 행복하다는 느낌을 받은 적이 없었다.

늘 날을 세우고 있었고, 긴장하며 살았다. 차 회장을 넘어뜨릴 생각과 속을 뒤집어 놓고, 약 올리며 살 생각만 했다. 돌아보니 한 번도 자신의 행복과 삶에 대해 집중한 적이 없다. 그런데 수연과 함께 있으면서 알았다. 아버지를 향한 복수도 중요하지만, 자신의 행복이 그보다 더 중요한다는 것을.

앞으로 이 행복을 계속 누리며 살고 싶다는 욕심도 생겼다. 삶의 방향을 다시 잡아 준 수연이 고맙고 사랑스러웠다.

식사를 끝낸 후 와인도 한 잔씩 했다. 그리고 묘한 분위기 속에 수연이 먼저 샤워를 하러 들어갔다.

거울 속에 얼굴이 웃고 있었다. 수연은 사랑하는 남자, 승준과 보내는 이 밤이 기대되었다. 떨리고 설레서 어제는 잠도 설쳤고, 하루 종일 그 어떤 것에도 집중하지 못했다. 그리고 드디어 그 순간이 다가오니 그녀의 심장은 더 심하게 뛰었다.

'저 남자에게 아낌없이 줘도 후회 없을 거야.'

마음을 단단히 가져보려 했지만 부끄러움에 얼굴이 붉어졌다. 대담하게 문을 열고 나가려 했지만 문 여는 것조차 망설여지고 손이 떨렸다.

자신의 모습이 촌스러운 것 같아 마음을 다져 보지만 쉽지 않았다. 너무 많은 시간을 끈 것인지 밖에서 승준의 목소리가 들렸다.

“혹시 샤워가 아니라 목욕하는 거 아니지?”

웃음이 터지자 떨리고 긴장된 마음이 진정되었고 문을 열고 나갈 용기가 생겼다. 그녀가 문을 열고 나오자 바로 앞에 그가 있었다.

“1초라도 늦었으면 들어가려고 했어.”

그리고는 그녀를 번쩍 들어 안았다.

“왜, 왜 이렇게…… 급해요?”

“34년을 기다렸어.”

승준이 그녀를 침대에 눕혔다. 그런 그를 보며 수연이 물었다.

“그 말은 승준 씨가…….”

“맞아. 숫총각이야. 문란한 거 딱 질색이라. 그러니까 네가 책임져야 해. 나체를 본 것도 네가 처음이고, 탈총각을 시켜 준 것도 너니까.”

수연이 미소를 지으며 대답했다.

“그럴게요. 책임지죠, 뭐.”

“넌 내가 책임질게.”

승준이 입술을 막아 버렸다. 그다음은 두 사람의 거친 숨소리만

이 침실을 채웠다.

❖

출근하는 길에 선미에게 전화가 걸려 왔다.

[왜 안 가지고 가? 얼른 가지고 가!]

어제 승준과 저녁을 해 먹고 함께 밤을 보내느라 선미에게 가지 못했다. 그것 때문인지 아니면 이제 음식을 해 주지 않아도 된다고 한 말이 많이 서운했는지 그동안과 다르게 목소리가 쌀쌀맞아졌다. 10대 시절이 생각날 만큼 싸늘했다.

"저녁에 갈게요."

[아니, 점심때 와서 가져가.]

수연은 알았다고 대답했다. 옆에서 통화를 듣고 있는 승준이 조심스럽게 말했다.

"이모님…… 정신과 치료가 필요한 것 같아."

"나도 그렇게 생각하는데, 어떻게 할 방법이 없어요. 나하고 사이가 돈독한 것도 아니고, 주위에 이모를 설득해서 치료를 받게 할 사람도 없어요."

"왠지 불안해."

선불리 판단할 수 없지만 수연도 선미를 그냥 두었다가 돌이킬 수 없는 일이 벌어지는 것은 아닌지 불안했다.

"가서 이모 상태를 좀 볼게요."

수연은 부디 단순한 변덕이길 바랐다.

선미에게 가는 것이 부담으로 다가왔지만 이모를 향한 걱정과 불안으로 인해 수연은 점심시간보다 더 일찍 선미에게 갔다. 선미는 무덤덤하게 그녀를 대했다. 아침 통화 때처럼 차가운 것도 아니고 반가워하는 것도 아니었다. 인사도 없이 그녀에게 반찬이 든 밀폐용기를 내밀었다.

평소와 다르게 오늘은 단 두 개밖에 되지 않았다.

"나물은 상하기 전에 다 먹으라고 해. 딱 한 끼 먹을 양이니까 남기지 말고 한 끼에 다 먹으라고 전해."

"그럴게요. 그런데 이모……."

마음 아픈 것이 그대로인 것 같으니 병원에 가 볼 생각은 없느냐고 묻고 싶었다. 그러나 그런 말을 꺼낼 수가 없게 선미가 얼른 가라며 그녀를 밖으로 떠밀 듯 내보내려 했다.

"얼른 가. 얼른. 괜히 자리 비워서 미움 사지 말고."

내쫓기듯 집에서 나온 수연은 선미가 예전으로 돌아가고 있다는 느낌을 받았다. 이제 다시는 연락도 하지 않을 것 같고, 1년에 한 번 보는 그런 사이가 될 것 같았다. 무슨 이유인지는 모르지만 선미가 변하려고 노력하다가 실패한 것이라는 생각이 들었다.

'그래, 사람 하루아침에 변하는 게 아니지.'

그날 저녁 수연은 승준의 집에서 선미가 해 준 나물과 김치로 저녁을 먹었다.

"이모님 음식 솜씨는 정말 최고인 것 같아. 솔직히 내가 먹어 본 반찬들 중에 이보다 더 맛있는 건 없었던 것 같아."

"많이 먹어요. 이젠…… 못 먹을 텐데."

수연은 승준이 유난히 잘 먹는 나물을 그 앞으로 놓아 주었다. 승준은 잘 먹었지만 선미로 인한 심란함에 수연은 그와 다르게 제대로 먹지를 못했다.

그렇게 저녁식사가 끝난 후 승준이 와인을 준비했다. 함께 와인을 마실 때 물었다.

"이모님이 아니라 네가 변할 생각은 없어?"

"내가요?"

"네가 마음의 벽을 허물고 먼저 다가갈 생각은 없냐고. 네 마음에 쌓인 감정들이 어떤 것인지 모르지 않지만 이모가 걱정되면 네가 먼저 변해 봐. 내가 보기에는 이모님 외로워서 저러시는 것 같으니까."

승준의 말이 틀리지 않은 것 같았다. 선미가 외롭다는 것과, 그녀가 먼저 다가가야 이모가 달라질 수 있다는 것도. 그러나 예민했던 10대 시절에 가슴에 박힌 상처와 감정들은 그렇게 쉽게 털어낼 만한 것들이 아니었다.

승준의 말이 맞다고 생각하면서도 그녀는 마음의 문을 열고 싶은 생각이 없었다.

"내가 철이 덜 들었나 봐요. 아직 내가 먼저 이모한테 손을 내밀고 싶지 않아요. 정말 따뜻한 손길이 필요할 때 나한테 손 내민 적 없었는데…… 내가 왜……?"

승준이 그 마음을 이해한다는 듯 그녀의 어깨를 감싸고 다독거렸다.

"그래. 그럼 천천히…… 네 마음이 움직일 때까지 기다려 보자."

과연 그런 날이 올까 싶었다. 머리로는 이해하지만 가슴으로 다가오지 않는 선미와의 관계가 좋아질 날은 어쩌면 영원히 오지 않을 수도 있다고 생각했다.

수연이 먼저 샤워를 끝냈다. 가운을 여미고 욕실을 나오면서 그녀는 내일부터는 승준의 집이 아닌 자신의 집으로 퇴근해야겠다고 생각했다.

그와 함께 있는 것은 좋지만 동거하는 것처럼 그의 집에서 먹고 자는 것은 내키지 않았다. 내일부터는 밖에서 저녁 먹고 각자의 집으로 가는 것으로 데이트를 끝내야겠다고 다짐했다.

그런데 그녀가 욕실에서 나왔는데도 그가 침대에서 꼼짝하지 않고 누워만 있었다.

"벌써 잠 든 거예요?"

그 짧은 순간에 깊게 잠들었는지 그녀의 말에도 반응하지 않고 잠에서 깨지 않았다.

"자는 거냐고요?"

조금 큰 목소리로 물었지만 그는 움직이지도 않았다. 처음엔 장난인가 싶었고, 다음엔 와인 탓인가 싶었다. 그러나 살짝 몸을 흔들어도 반응이 없었다.

"상무님! 상무님! 차승준 씨!"

세차게 흔들어 깨워도 그는 이리저리 몸만 흔들릴 뿐 여전히 깨어나지 않았다. 두려움이 휩싸인 수연은 그가 숨을 쉬는지 확인했다. 다행히 호흡은 정상으로 하고 있었다.

수연은 119를 불렀고 빠르게 도착한 응급차를 타고 응급실로 향했다.

'상무님……. 왜 이래요? 갑자기. 당신도 우리 부모님처럼 이렇게 가면…….'

하늘이 무너진 기분이다.

❖

“혈액에서 다량의 수면제 성분이 나왔습니다. 치사량은 아니지만 과하게 복용한 것 같습니다.”

수연은 의사의 말을 믿을 수가 없었다. 그가 수면제를 먹다니. 있을 수 없는 일이었다.

함께 있는 동안 약 같은 걸 먹는 모습을 본 적이 없는데, 수면제라니. 먹은 것이라고는 함께 먹은 저녁밥과 와인뿐인데.

병실로 옮겨져 자고 있는 승준을 보며 왜 이렇게 된 것인지 생각에 빠졌다. 그러나 아무리 생각해도 이해가 되지 않았다. 한숨을 내쉬며 불안과 걱정에 휩싸여 있을 때 병실로 차 회장과 형준이 들이닥쳤다.

그녀를 본 차 회장이 버럭 소리를 질렀다.

“저년 당장 끌어내!”

순간 그녀의 몸이 덜덜 떨렸다.

“아버지 고정하세요.”

“고정은 무슨!”

차 회장이 수연에게 다가왔다.

“너 무슨 앙심을 품고 승준이한테 이런 짓을 한 거야? 오피스텔

하나 가지고 성이 안 찼냐? 네가 나이스그룹 상무를 건드리고 무사할 줄 알아? 각오해!"

무섭게 뿜어내는 차 회장의 노기와 포스에 수연은 아무것도 할 수가 없었다. 그게 아니라고 말을 해야 하는데 입이 열리지 않았다.

"당장 끌어내라니까, 뭐 해!"

형준이 달달 떨며 서 있는 그녀를 부축하듯 데리고 병실 밖으로 나왔다. 그리고 그녀에게 물었다.

"어떻게 된 겁니까?"

"모르겠어요. 그냥 잠든 줄 알았는데 깨어나지를 않아서……."

"일단 집에 가서 쉬어야 할 것 같아요. 데려다줄게, 가요."

"아니에요. 혼자 갈 수 있어요."

"그 몰골로?"

그러고 보니 어젯밤 너무 놀라고 당황스러워 차림새를 신경 쓰지 않은 채 응급차에 올라탔고, 승준이 병실에 오는 동안도 자신의 모습을 돌아볼 새가 없었다. 형준의 말을 듣고서야 샤워 후에 입었던 가운 차림이란 걸 깨달았다.

형준이 슈트 재킷을 벗어 그녀의 어깨에 걸쳐 주었다.

"가요, 데려다줄게. 형은 간병인이 붙을 거예요. 그리고 아버지 가신 다음에 다시 와요. 지금은 정 비서가 할 수 있는 게 아무것도 없어요. 형 깨어나면 바로 연락해 줄게요.”

그가 깨어날 때까지 옆에 있고 싶었지만, 형준의 말대로 차 회장이 있는 동안은 그녀가 할 수 있는 게 없었다. 간병인이 옆에 있을 거라고 하니 더욱더 그녀가 할 것도 없었다. 수연은 어쩔 수 없이 형준의 차를 타고 병원을 나섰다.

“어떻게 된 겁니까?”

형준이 똑같은 질문을 던졌지만 수연은 해 줄 수 있는 답이 없었다. 모든 게 불안하고 두려웠다. 그 마음이 눈물로 흘러내렸다. 손으로 얼굴을 가리고 숨죽여 흐느껴 울었다.

제발 그가 깨어나기만을 빌고 빌었다. 그런데 긴장이 풀려서인지 갑자기 잠이 쏟아졌다.

‘안 되는데…… 여기서 잠들면…….’

그러다 까무룩 정신을 놓고 말았다.

형준은 차 안에서 잠든 수연을 안고 들어와 별장 침대에 눕혔다.

“알아서 잠들어 주니 더 고맙고 예쁘네, 정수연.”

형준이 쿡쿡거리며 웃고는 그녀에게 가까이 다가갔다.

“네가 내 여자가 되면…… 차승준 돌아 버릴 거야, 그치? 하, 당장 너를 갖고 싶은데…….”

형준이 수연의 얼굴을 쓰다듬었다.

"일단 아버지 비위를 맞추는 게 우선이라 가 봐야 해. 딴생각하지 말고 있어. 그러면 저녁에 와서 보상해 줄게. 나하고 노는 게 차승준하고 노는 것보다 훨씬 재미있을 거야. 내가 여자 좀 다룰 줄 알거든. 그러니 기대하라고. 그럼 다녀올게."

형준이 별장 밖으로 나왔다. 정원에는 두 명의 남자가 서 있었다.

"잘 감시해."

"네."

형준은 그대로 차를 타고 사라졌다.

자신이 어떻게 된 것인지 모르는 수연은 여전히 잠에서 깨어나지 못하고 있었다.

❖

승준이 잠에서 깨어난 때는 늦은 오후였다. 다량의 수면제 성분이 검출되었다는 말에 어이없어 웃음이 나오려 했다.

"수면제를 먹지 않았는데, 무슨 소리를 하는 겁니까?"

"이 정도면 꽤 높은 수치입니다. 한두 알 먹어서 나오는 게 아니라는 말이죠. 자살하려고 먹었다가 실패한 사람들에게서 나오는 수치라고 보시면 됩니다. 치사량에는 못 미치지만 꽤 많은 양을 삼켰을 때 말입니다."

"검사 결과가 바뀐 거 아닙니까?"

"그럴 리가요."

의사 말대로 VIP 병실 환자의 검사 결과가 다른 환자와 바뀔 리 없다. 그렇지만 그 결과가 너무 황당해 믿을 수가 없었다.

"이럴 수는 있습니다. 수면제가 들어간 음식을 섭취한 경우."

"독살도 아니고 누가 음식에 수면제를 넣어 먹게 합니까? 게다가 매일 가는 음식점이나 먹는 음식이 다른데."

말도 안 되는 소리라며 무시하려는데 문득 어제 먹은 선미의 김치와 나물이 생각났다.

'더 말이 안 되지.'

그러다 수연이 보이지 않는다는 것을 알았다.

"제 비서는 어디 갔습니까?"

"비서요? 오전에 계셨던 여자분 말씀이신가요?"

"그럴 겁니다."

"글쎄요. 오전에는 계셨는데……."

승준은 휴대폰을 찾아 수연에게 전화했다. 그런데 그녀의 휴대폰은 그의 병실에서 울렸다. 잠깐 자리를 비운 건가 했지만 간호사에게 물어보니 역시 오전 이후로 본 적이 없다는 대답을 했다.

회사에도 전화를 했지만 비서실장이 수연이 출근하지 않았다고 전했다.

알 수 없는 불안감이 승준을 덮쳤다.

링거 바늘을 뺀 승준이 침대에서 나왔다. 의사는 수액을 다 맞을 때까지 움직이지 말라고 했지만 의사 말을 들을 때가 아니었다. 급한 일을 해결해야 한다는 핑계를 대고 급하게 퇴원조치를 받았다.

승준은 병원을 나와 곧장 수연의 집으로 갔다. 그러나 역시 그곳에도 그녀의 흔적은 보이지 않았다.

'정수연, 너 지금 어디 있는 거야?'

그의 빌라에 와 보았다. 수연은 보이지 않았지만, 어제 입었던 그녀의 옷은 그대로 있었다. 무슨 일이 생긴 게 확실했다. 승준은 진우에게 전화를 걸었다.

"진우야. 정 비서가 사라졌어."

[정 비서?]

"시간이 없어. 병원에 오전까지는 있었는데 갑자기 없어졌어. 휴대폰도 옷도 모두가 그대로 있는데 수연이만 없어졌어."

[병원이라니? 자세하게 설명을 해 줘야 방법을 찾지.]

승준은 자신이 응급실에 갔던 이유와 깨어났을 때 그녀가 없었다는 걸 알려 주었다.

[기다려 봐. 아버지한테 얘기해서 전문가 애들 좀 풀어 달라고 할게.]

“그래. 부탁한다.”

사채업을 금융업으로 키운 진우의 부친 주위에는 은밀하고 어두운 곳에서 일을 하는 사업 파트너들이 있어 이런 일들을 쉽게 처리할 수 있는 능력자들이 많았다. 돈을 떼어 먹고 달아난 사람들을 귀신 같이 찾아내는 그들이 수연을 찾아 주길 바랄 때 차 회장에게 전화가 걸려 왔다.

[너 병원에 안 있고, 어디 간 거야?]

“왜요?”

[왜긴? 걱정돼서 왔더니, 애도 아니고 네 멋대로 병원을 나가? 당장 돌아와!]

“언제부터 제 걱정하셨다고 유난이십니까? 그냥 하던 대로 하십시오.”

[너 설마 지금 그 비서 년하고 같이 있는 거야?]

차 회장의 ‘비서 년’ 이라는 말에 인상이 구겨졌다. 그리고 수연이 사라진 것이 차 회장 때문은 아닌지 의심이 들었다.

“같이 있으면, 왜요?”

[미친 새끼! 잡으러 가기 전에 당장 튀어와!]

“마음대로 하십시오.”

승준이 전화를 끊었다. 그의 모든 의식은 수연에게 향해 있었다.

'설마 아버지가?'

하지만 차 회장은 승준에게서 떨어지라고 협박과 겁박은 할 수 있지만 이런 식으로 바로 처리하지는 않는다. 차 회장은 그동안 승준과 함께했던 몇 명의 여자들에게 똑같은 패턴으로 그녀들을 처리했다. 그러니 차 회장은 아닐 것이다.

'그렇다면 혹시…… 차형준?'

승준이 형준에게 전화했다.

[네, 형님.]

"어디야?"

[아버지하고 같이 병원에 와 있습니다.]

승준은 수연에 대해 물으려다 입을 다물었다. 묻는다고 솔직하게 답을 하지 않을 것이라는 걸 알기에 알았다고 하고 통화를 끝냈다.

극도의 불안함과 초조함이 그 한계에 다다라갈 때, 진우에게 전화가 걸려 왔다.

"어떻게 됐어? 알아냈어?"

[병원에서 형준이하고 나가는 거 CCTV로 확인했어. 그래서 형준이 차가 움직인 거 조사했더니 일단 용인으로 빠졌다는 것까지

만 알아냈다.]

용인이라는 말에 승준은 그곳이 어디일지 바로 알아챘다.

"진우야, 주소 보낼 테니까, 그곳으로 믿을 만한 애들 좀 보내 줘. 나 바로 출발할게."

[알았다. 나도 애들하고 같이 갈게. 그리고 조심해. 형준이 그 새끼 또 무슨 짓을 할지 모르니까.]

"그래."

승준은 그대로 용인 별장을 향해 내달렸다.

'수연아…… 조금만 기다려라.'

❖

기분 나쁜 두통이 그녀를 괴롭혔다. 게다가 심한 갈증이 느껴지는데도 눈을 뜨는 것이 너무 힘들었다. 잠에 취한 것처럼 몸이 마음대로 움직여지지 않았고 몽롱한 정신도 반짝 깨어나지 못했다.

언제부터, 그리고 어디서 잠든 것인지도 모른 채 침대 위에서 뒤척이기만 하던 수연이 정신을 차린 건 해가 다 저문 시간이었다.

"여기가 어디지?"

낯선 침실에 누워 있다는 것만으로도 불안한데 그 넓은 집에 그녀 혼자밖에 없다는 것을 알았을 때는 두려움이 몰려왔다.

형준의 차에 올라 졸았던 것까지는 기억이 난다. 그런데 아무리 잠이 들어도 이런 곳에 오는 것도 모른 채, 그리고 시간이 이렇게 흘러가는 것도 모른 채 잠만 잤다는 게 이상했다.

그러나 당장은 이 집을 나가야겠다는 마음에 현관 밖으로 나왔다. 먼저 넓은 잔디밭이 눈에 들어왔다. 멀리 보이는 전망을 보니 서울이 아닌 외곽의 어느 펜션 정도로 보였다.

"들어가십시오. 나올 수 없습니다."

"네? 나올 수 없다니요? 여기가 어딘데요?"

그러나 남자들은 수연의 질문에 대답하지 않고 안으로 그녀를 밀어 넣었다. 두 남자의 우악스러운 힘을 이기지 못한 수연은 거실로 밀려 들어왔다.

"납치된 건가?"

저년을 끌어내라는 차 회장의 모습이 떠오르면서 자신이 왜 이곳에 온 것인지 감이 왔다.

"헤어지라고 겁박하려는 거겠지. 하아! 차라리 돈 봉투를 던져주면서 헤어지라고 하지! 치졸하게 잡아 와서 가둬 버려? 상무님이 학을 떼고 싫어할 만하네."

수연은 투덜거리며 온 집 안을 샅샅이 둘러보고 살펴보며 구석구석을 다 뒤졌다. 그러나 그녀의 휴대폰은 물론이고 집 전화기조

차 보이지 않았다. 철저하게 준비하고 치운 것인지, 아니면 처음부터 없었던 것인지, 전화기가 없었다.

자신이 갇혔다는 것이 답답하고 두려웠지만, 승준의 상태가 더 걱정되어 그 두려움은 줄어들었다.

"깨어났겠지? 내가 안 보이면 찾겠지? 그런데 여기까지 찾아낼 수 있을까? 지수가 실종신고라도 내 주지 않을까, 계속 연락이 안 되면."

지금으로써는 승준과 지수에게 희망을 걸 수밖에 없었다.

그러나 시간이 갈수록 그녀의 희망은 절망에 가까워지고 있었다. 아무도 그녀를 찾을 수 없을 것 같아 무서웠다.

❖

용인 별장은 마을과 가깝지 않다. 들어가는 길도 외길인데다 나무가 우거져 혼자 걷기에는 무서울 수 있다. 그런 곳에 그녀를 두고 온 형준을 생각하자 화가 끓어올랐다.

'차형준, 수연이 잘못되면 넌 죽는다. 각오해.'

외진 곳으로 접어들면서 외길이 시작되었다. 상향등을 켜고 달려도 눈에 들어오는 것은 어둠과 양쪽에 빼곡한 나무밖에 없었다. 이런 곳에 갇혀 있는 그녀가 얼마나 두려울까, 그 조바심이 차의 속도를 올리게 했다.

끼이익. 문 앞에 급정거하는 소리가 요란했다. 대문은 잠겨 있었다. 그러나 안에 석등이 켜져 있었다. 그때 문이 열렸다. 안에 있던 남자들이 형준이 온 것으로 착각하고 문을 연 것이었다.

"어?"

생각한 것과 달리 승준의 모습을 본 남자가 놀랐지만 이내 대문 안으로 들어서는 승준을 막았다.

"어떻게 오셨……."

"꺼져!"

"들어가실 수…… 으윽!"

상대할 시간도 가치도 없는 남자의 팔을 꺾어 버렸다.

"니들 상대할 시간 없어!"

남자를 내리꽂아 버린 후 안으로 들어섰지만 두 남자가 모두 승준에게 달려들었다. 쉽게 팔을 꺾어 우습게 생각했는데 그게 아니었다. 제대로 몸을 쓸 줄 아는 전문가로 느껴졌다. 승준은 최근 운동을 하지 않은 것에 후회를 했다.

더구나 하루 종일 누워 링거만 맞고 있던 몸으로, 하나도 아닌 둘을 상대하는 것이 너무도 힘들었다. 돌려차기를 하는 한 놈의 다리를 막아내면 다른 녀석이 주먹을 뻗어 왔다. 그걸 막으면 또 다른 공격이 들어오고. 겨우 허리를 숙이고 달려드는 한 녀석의 옆구리를 팔꿈치로 일격을 가했다. 그렇게 한 녀석이 떨어져 나가고 남은 한 놈을 향해 주먹을 날릴 때, 진우가 여러 사람들을 끌고 들어왔다.

"저기 쟤들 잡아!"

진우의 말에 두 놈들에게 몰려드는 진우의 애들을 본 후 승준은 곧바로 본채로 달려갔다.

"수연아! 정수연!"

잠겨 있는 문을 두드렸다. 그러나 안에서는 어떤 반응도 없었다.

"정수연! 문 열어!"

혹시나 그사이 별장을 빠져 나간 건 아닌가 걱정이 되었다. 괜히 이곳을 빠져 나가 더 험한 모습으로 헤매고 있는 건 아닌지 머릿속이 하얘지는데 문이 열렸다. 그리고 빼꼼 그녀가 머리를 내밀었다.

"상……무님?"

승준이 문을 활짝 열었고 안으로 들어섰다. 시트를 온몸에 꽁꽁 싸매고 있는 그녀의 모습에 승준의 심장이 아래로 떨어졌다.

"뭐야? 무슨 일 있었어?"

그러자 그녀가 고개를 저었다.

"옷이 없어서……."

승준이 다가와 그녀를 머리부터 꼼꼼하게 살폈다.

"정말 괜찮은 거야? 어디 다친 데 없고? 저것들이 해코지 안 했어?"

"괜찮아요."

승준이 수연을 품으로 안았다.

"미안하다. 미안해. 형준이 그 새끼를 너무 쉽게 생각했어."

자신의 품 안에서 수연이 바들바들 떨고 있었다. 얼마나 두려웠을까. 그 시간이 얼마나 끔찍했을까.

승준이 그녀를 더욱 꼭 끌어안고 등을 다독거렸다.

"괜찮아, 이제. 다 끝났어. 내가 왔으니까, 괜찮아."

그가 한참을 그렇게 달랜 후에야 그녀도 안정은 찾은 듯했다.

"흠흠. 회포는 집에 가서 풀고, 일단 나가는 게 낫지 않을까?"

안으로 들어오던 진우가 시선을 다른 곳으로 돌린 후 승준에게 말했다.

"그래, 일단 집으로 가자."

승준이 수연을 번쩍 들어 안았다. 보는 시선이 많아 수연이 바둥거리며 내려달라고 했지만 승준은 그녀를 안아 들고 내려와 차에 태웠다.

"재들은 어떻게 처리할까?"

진우가 막 시동을 걸고 떠나려는 승준에게 물었다.

"자백받을 거 받아 놓고 데리고 있어 봐."

"알았다. 그런 거 또 우리 아버지 전문이었지. 오랜만에 재미있어 하시겠네. 가 봐라."

"상황 정리하고 전화할게."

승준은 시동을 걸고 서울로 출발했다. 오는 동안 수연의 상태를 살폈다. 다행히 그녀는 안정을 찾은 것처럼 편안해 보였다.

그가 그녀 걱정으로 가득인데 수연이 오히려 그의 상태를 걱정하듯 물었다.

"상무님은 괜찮아요?"

"지금 내 걱정할 때가 아니야."

"난 이제 괜찮아요."

그녀의 미소를 보고 나서야 승준은 마음이 놓였다. 그녀가 온전하게 그의 옆에 왔다는 것에 감사했다.

빌라에 도착해 승준은 수연을 품으로 끌어안았다.

"무서웠지?"

품 안에서 그녀가 고개를 끄덕거렸다.

"더 빨리 가지 못해서 미안해."

이번에는 그녀가 고개를 저었다.

승준은 그녀를 찾았다는 사실을 깊게 실감하고, 다시는 놓치거나 잃어버리지 않겠다는 다짐을 하며 수연을 오랫동안 안고 있었다.

"일단 들어가서 샤워하고 나와. 죽이라도 사 올게."

품에서 놓아 주며 말하자 수연이 격하게 고개를 저었다.

"나가지 마요. 무서워서 혼자 있기 싫어요."

하얗게 질린 수연의 얼굴을 보며 그녀를 다시 안아 주었다.

"알았어. 안 나갈게. 여기 있을 테니까, 씻고 나와."

그때서야 수연이 안심한 듯 욕실로 들어갔다.

승준은 주방의 수납장을 뒤졌다. 그곳에서 예전 진우와 사다 먹고 남은 즉석밥을 찾아냈다. 그것을 죽처럼 끓여 수연을 먹이려 했다. 냄비에 물과 즉석밥과 냉동실에 있는 해물을 넣고 레인지에 위에 올려놓았다. 그리고 냉장고에서 겨우 한 끼 정도 먹을 만큼만 남은 김치를 꺼내려다 멈칫했다. 그리고 다시 냉장고로 넣었다.

샤워를 끝낸 수연이 나왔다. 하루 사이에 그녀도 많이 핼쑥해 보였다.

승준이 그녀 앞으로 죽을 내놓았다. 그러자 수연이 먹고 싶지 않다는 듯 고개를 저었다.

"먹어야 해. 나도 생각 없지만 먹을 거야. 그래야 오늘 왜 이런 상황들이 일어났는지 알 수 있을 거 아니야? 형준이 역시 응징을 해 주려면 기운부터 차려야지."

승준이 그렇게 설득하자 수연이 수저를 들었다. 그리고 그와 함께 죽을 먹었다.

커피를 두고 나란히 앉은 후에야 수연은 승준에게 돌아왔음을 느끼며 안도했다.

"몸은 괜찮은 거예요? 혈액에서 수면제 성분이 나왔다는데……."

"너는? 걔들이 겁주거나 그러지 않았어? 도대체 어떻게 거기까지 간 거야? 네가 얌전히 따라갈 리는 없었을 텐데."

"승준 씨가 깨어나지 않는데 너무 놀라서 응급실 갈 때 옷차림이 너무 엉망이었어요. 회장님하고 차형준 씨가 병실에 와서 집으로 돌아오려고 할 때야 내 차림이 어떤지 알았어요. 그래서 형준 씨 차를 탔는데……. 잠이 쏟아지더라고요. 참을 수 없게. 그리고 깨어 보니…… 거기였어요."

"잠이 쏟아졌다고? 너도?"

두 사람이 동시에 심각해졌다.

"거기서도 중간중간 잠에 빠져 있었어요. 그럴 상황이나 마음이 아닌데도 계속……."

수연의 말이 끝나고 승준이 물었다.

"수연아, 나 믿지?"

결연해 보이기까지 한 그의 질문이 어떤 의도에서 나온 것인지 알 수 없었지만, 수연은 망설임이나 고민 없이 바로 나왔다.

"믿어요."

"그렇다면 이모님께 전화해서 나한테 휴대폰 건네줘."

"……그럴게요."

승준이 병실에서 가져온 그녀의 휴대폰을 수연에게 건네주었다. 휴대폰을 받은 수연은 잠시 머뭇거리다가 선미에게 전화를 걸어 승준에게 다시 건넸다.

승준이 스피커를 켜고 테이블에 휴대폰을 올려놓았다.

[어, 수연아.]

"안녕하십니까? 차승준이라고 합니다."

[……네. 그런데 무슨 일로…….]

신경 써서 음식을 해 준 사람치고 전화 받는 목소리에는 반가움이 전혀 없었다. 오히려 무척 꺼려하는 것 같은 느낌이라는 것을 수연도 알 수 있었다.

"수연이가 응급실에 실려 왔습니다."

[네? 수연이가요?]

휴대폰 너머 침묵이 흘렀다. 너무도 조용한 선미의 반응에 승준과 수연의 시선이 마주쳤다.

[수연이 괜찮나요? 혹시…… 혹시…….]

"어제 주신 나물과 김치를 수연이 혼자 다 먹었습니다."

[뭐? 왜? 왜 그걸 수연이가 먹었어? 네가 먹었어야지! 왜 그걸……. 수연이 어디 있어?]

흥분하며 소리 지르는 선미의 목소리에 승준은 차분했지만, 수연은 너무 놀란 나머지 입을 손으로 막고 그대로 얼어 버렸다.

"왜 그러셨습니까?"

승준이 모든 걸 아는 것처럼 물었다. 그러자 휴대폰에서 발악하는 듯한 선미의 목소리가 흘렀다.

[왜? 너 죽이려고 그랬다! 내 딸 죽인 너 죽이려고! 그런데, 그런데…… 민아 죽인 것도 모자라 수연이까지! 이제는 그냥 내가 너 죽일 거야. 당장 나와!]

민아를 죽였단다. 승준이 어떻게 민아를 죽였다는 것인가.

수연이 승준을 바라보자 그 역시 선미의 말을 이해할 수 없어 물었다.

"무슨 말씀을 하시는 겁니까? 민아를 죽이다니요? 민아가 누군지도 모르는데 이 무슨 억지를 부리십니까?"

[민아를 모른다고? 윤민아를 모른다고? 네 아이를 가지고 있었어. 그거 알고 병원 데리고 가서 수술시켜 놓고는 모른다고! 너무 평범해서 짜증나는 년하고 어떻게 결혼하냐고 애 가슴에 난도질을 해 놓고 모른다고! 네가 죽인 거야! 너 때문에 우리 민아가 죽은 거라고!]

“무슨 말씀하시는지 정말 모르겠습니다. 차를 보낼 테니 오십시오. 만나 뵙고 들어야겠네요.”

[오냐, 그래! 만나자. 너 죽을 각오하고 와. 나도 지은 죄만큼 벌 받을 각오하고 나갈 테니.]

선미가 먼저 전화를 끊었다. 넋 나간 표정으로 수연이 힘없이 물었다.

“이게 다…… 어떻게 된 거죠? 이모가 지금 무슨 말을 한 거예요?”

“나도 모르겠어. 민아가 누구야. 혹시…….”

“사촌 언니요. 이모 딸. 자살로 죽었어요.”

그리고는 수연이 조심스럽게 물었다.

“아니죠? 상무님…… 아니죠? 이모가 말한 사람…….”

그 말에 승준이 인상을 썼다.

“나 믿는다고 하지 않았나?”

“그런데 이모가 왜 이렇게까지……. 이모가 이렇게까지 나오는 건 정말 독한 맘먹은 거예요. 민아 언니 때문에. 그런 일을 아무한테나 하지는 않았을 거라고요.”

“그래서 낙태까지 시켜 가면서 여자를 버린 개쓰레기가 나라고 믿는 거야? 정수연은 내가 그랬을 거라고 생각해?”

차분하다 못해 냉정해 보일 만큼 단단한 승준의 표정과 말투에 수연에게서 절로 대답이 나왔다.

"그건…… 아니라고 믿어요."

승준은 일단 진우에게 선미를 자신의 집으로 모시고 오라는 부탁을 했다. 민아가 죽어 삼자대면을 할 수 없지만 일단 선미가 왜 그를 그렇게 오해하고 있는지 들을 필요가 있었다.

"사촌 언니가 만났다는 남자에 대해 좀 알아?"

"아니요. 사이 안 좋았어요."

"기다려 보자. 이모님 얘기를 들어보자고. 그다음에 형준이를……."

승준이 형준의 이름을 올리는 순간 스치는 것이 있었다.

예전 형준이 승준을 사칭하며 여자들을 만나고 다녔었다. 그중 한 명이 고소를 한 적이 있었다. 그러면서 형준이 승준을 사칭하고 다녔다는 것이 들통나게 되었다. 여자 문제만이 아니었다. 온갖 못된 짓을 하면서 승준의 이름을 팔았었다.

그런 행위들이 드러나고 난 후 승준은 형준을 법적 처벌하려고 했다. 그러나 차 회장이 자신에게 있던 회사 경영에 관한 많은 권한 포기하고 승준에게 넘기는 대가로 그 일을 묻었다. 승준은 그렇게 회사 내 자신의 영역을 넓히고 형준을 미국으로 쫓아냈었다.

"형준의 짓일 거야."

승준의 이야기를 들은 수연도 그럴 것이라 확신했다.

무거운 마음의 두 사람이 한숨만 내쉬며 시간을 보낼 때, 진우가 선미를 데리고 승준의 집으로 왔다. 현관문이 열리고 곧바로 뛰어 들어온 선미는 눈앞에 수연을 보고도 무시했다. 그리고 승준조차도 무시하고 주변을 두리번거리며 소리 질렀다.

"나와! 어디 있어? 나오라고!"

그리고는 집 안 곳곳을 샅샅이 뒤졌다.

"어디다 숨겼어? 수연이 너도 한패야?"

선미는 거의 제정신이 아닌 것 같았다. 수연마저도 한패로 몰아가며 차 상무를 내놓으라고 발악했다.

"이모, 이 사람이 차 상무예요."

선미가 승준을 쳐다보며 고개를 저었다.

"이 사람 아니야. 딴 놈이야. 내가 봤다고! 그 찢어 죽여도 시원치 않은 그 개새끼 얼굴을 내가 아는데!"

"혹시 이 얼굴입니까?"

승준이 가지고 있던 형준의 사진을 선미에게 내밀었다.

"맞아! 이 새끼야! 이 새끼가 차 상무라고! 이 개새끼가 우리 민아를…… 죽였다고."

선미가 앉아서 흐느껴 울었다. 수연이 다가가 선미를 달랬다.

"이모. 그 개새끼 벌 받게 할 거예요. 그러니 노여움 풀어요."

그러나 선미의 흐느낌은 멈추지 않았다. 진이 빠질 만큼 울고

난 선미에게 수연은 물을 가져다주고 차형준이 누구인지, 그리고 차승준이 누구인지를 이야기해 주었다.

듣고 있던 선미가 한숨을 내쉬었다.

"약 먹고 죽지 않으면 병신이라도 됐으면 했는데……."

승준이나 수연에게 미안하다는 사과는 하지 않았다. 그저 허탈한 듯 멍한 표정이었다.

"이모, 차형준은 상무님이 처리해 줄 거예요. 그 사람 지은 죄가 많거든요. 그러니 상무님 믿고 돌아가 계세요."

그런 선미를 잘 달래서 수연이 돌려보냈다. 망연자실한 표정으로 나가는 선미를 보자 수연의 마음이 아팠다.

"혼자 있기 싫지?"

"……네."

"함께 있어 줄 친구 없어?"

"있기는 한데……."

"여기로 불러서 같이 있어. 난 아버지한테 가서 이 사태를 해결지어야겠어."

수연은 곧바로 지수에게 전화를 했다. 사정 이야기는 자세하게 하지 않고 함께 있어 달라고만 했고, 지수는 바로 오겠다고 했다.

지수가 오는 동안 승준은 슈트를 깔끔하게 챙겨 입었다.

"혼자 가도 괜찮겠어요?"

“괜찮아.”

수연은 승준이 걱정되었다. 몇 번 보지는 않았지만 차 회장의 성정을 대충 알기에 자식인 승준을 봐 주지 않고 해를 끼치는 건 아닐까. 승준을 보내는 그녀의 마음이 편하지 않았다.

“친구 도착할 때까지 같이 있어 줄게.”

“도착할 때 됐어요. 괜찮으니까 가세요.”

그녀를 걱정하는 승준의 마음을 편하게 해 주기 위해 수연이 승준의 등을 떠밀었다. 현관까지 밀려서 온 승준이 나가려다 말고 뒤돌아섰다. 그리고 그녀에게 깊은 키스를 했다.

“다녀올게.”

그리고 나서야 집을 나섰다.

넓고 텅 빈 집에 수연의 한숨이 울렸다.

❖

“형준이 어디에 있습니까?”

“무슨 일이야? 병원 뛰쳐나가더니 이 시간에 왜 여기 와서 형준을 찾아?”

“형준이 플레이영 대표 자리 박탈하고 회사에서도 집에서도 내쫓으십시오.”

"뭐?"

"그렇지 않으면 아버지가 쫓겨나실 겁니다. 회사에서, 그리고 이 집에서."

"이런 호래 새끼!"

격한 승준의 말로 인해 차 회장도 격하게 흥분하며 손에 잡히는 대로 집어 던졌다. 그럼에도 승준은 흔들림 없이 차 회장을 바라봤다. 차 회장도 격한 행동을 멈추고 승준을 바라봤다. 매일 자신을 향해 비아냥거리고 살살 긁던 때와 다르게 무척이나 무겁고 진중해 보였다. 오히려 그런 승준의 태도가 차 회장을 긴장하게 만들었다.

"뭐야, 대체? 형준이 뭘 잘못해서 이러는 건지 말해 봐, 그럼."

"형준이가 정 비서를 납치했었습니다."

"무슨 개소리야? 형준이가 뭐가 아쉬워서 네 비서 년을 납치해? 그리고 형준이는 오늘 나하고……."

"말 가려서 하십시오. 비서 년이라고 한 번 더 하시면 그때는 아버지라고 해도 참지 않습니다."

"야, 차승준!"

"차형준 그 개쓰레기가 무슨 일을 벌이고 다녔는지는 아십니까? 한 여자를 죽음으로 몰아갔습니다. 배 속에 있는 제 아이까지 죽이는 것에 죄책감도 없이 산 그런 개자식 죗값 받게 할 겁니다."

차 회장이 한숨을 내쉬었다. 형준의 쓰레기 같은 만행에 한숨 쉬는 줄 알았다. 그러나 차 회장의 입에서 기가 막힌 말이 쏟아져 나왔다.

"그게 뭐 그렇게 잘못한 거라고 이 난리를 피워? 사내새끼가 그럴 수도 있지. 넌 뭐 안 그랬어? 너도 계집애들 끼고 매일 호텔 드나들었잖아! 그런 놈이 지금 누구를 욕해!"

"자기 애 가진 여자를 데려다 수술을 시킨 게 잘못한 게 아니라고요?"

"그렇게 따지면 네 동생 형준이로 안 끝났어. 그리고 그 계집애 그거…… 유림이 비서라는 애. 그년은 안 그래도 내가 손 좀 봐 주려고 했는데 형준이가 알아서 처리하려고 했다니 거, 참 기특하네."

쾅! 테이블을 내리치는 요란한 소리가 거실을 울렸다.

"당신을 쓰레기라고 인정하지 않으려고 한 건…… 쓰레기한테서 나온 내가 쓰레기가 될까 봐서였어. 그런데 당신은 쓰레기야. 인간쓰레기!"

"이 새끼가 아버지한테 못하는 말이 없어! 너 오늘 죽었어. 나도 너 같은 거 아들로 인정하고 싶지 않아!"

차 회장이 벌떡 일어나 골프채를 들고 다가왔다. 그러나 승준이 차 회장의 팔을 잡은 후 손에서 골프채를 빼앗아서 던져 버렸다.

그의 손에 잡혀 차 회장 버둥거렸다.

"난 분명 기회를 줬습니다, 차 회장님."

차 회장을 무섭게 노려본 승준이 거칠게 손을 놓고 차 회장 집을 나섰다.

승준이 집으로 오자 지수는 곧바로 돌아갔다. 그리고 두 사람은 나란히 침대에 누웠다.

"해결은 했어요?"

"며칠 있어야 해. 그럼 아주 깨끗하게 해결될 거야."

"어떻게 할 건데요?"

"무너뜨려야지."

"그렇게 할 수 있겠어요? 그래도 동생이잖아요."

"인간이 아닌 그런 쓰레기가 동생? 됐다고 해. 용서 안 해."

더불어 아버지인 차 회장도.

"그런 얘기 그만하고 자. 많이 지치고 힘들었을 텐데."

승준이 수연을 향해 몸을 돌리고 그녀를 바라보았다. 그녀 역시 옆으로 누워 승준과 눈을 맞추었다.

"엄마하고 아빠가 세상 떠났을 때가 제일 무서웠는데 혼자 갇혀 있을 때 무슨 일을 당할지 몰라 정말 무서웠어요. 공포라는 것이 생각보다 더 끔찍하더라고요."

"알아. 나도 그랬어. 네가 안 보이니까 무섭더라. 엄마가 사라졌을 때보다 더."

승준이 수연의 머리와 얼굴을 부드럽게 쓰다듬었다. 수연도 그의 손길과 똑같이 승준의 뺨을 어루만졌다.

"네가 무사해서 다행이야."

"상무님도 무사해서 다행이에요."

"끝까지 상무님이라고 하네? 제발 그 상무님은 좀 빼면 안 될까?"

"입에 배서……."

"고쳐 보자, 응?"

"그럴게요."

승준이 잠을 재워 주기 위한 것처럼 부드럽게 그녀의 등을 다독거렸다.

규칙적으로 안정되게 토닥이는 승준의 손길에 잠이 들 줄 알았다. 그런데 그녀의 귓가에 그의 심장소리가 그녀를 잠들지 못하게 하려는 것처럼 크고 빠르게 들렸다. 지금 승준이 그녀에게 해 주는 것처럼 그녀도 그의 심장을 다독거려 주며 진정시켜 주고 싶은 마음이 들 정도였다.

수연의 손이 그의 가슴으로 향했다. 그리고 힘차게 팔딱이는 그의 심장 부분을 만졌다.

"왜 이래?"

겨우 눌러 담으며 자신의 욕망을 참고 있던 승준이 당황하며 물었다.

"여기가 너무……."

"뜨거워. 그리고 여기도."

승준이 제 중심을 가리켰다. 눈만 깜빡이며 그를 바라보던 수연이 결심한 듯 그의 손을 잡고 제 가슴 위에 올려놓았다.

"해요."

"괜찮겠어? 오늘 많이 무섭고……."

"상무님…… 아니 승준 씨가 와 줄 거라고 믿었어요. 꼭 나를 찾아낼 거라고 믿었다고요. 그래서 버틸 수 있었어요. 믿음대로 나를 찾아 줬고, 나를 그 두려움 속에서 버티게 해 줬는데 뭘 더 바라요? 이거…… 사랑이잖아요."

승준이 망설이지도 않고 그녀의 몸 위로 올라왔다.

"사랑 맞아."

"사랑해요, 승준 씨."

승준이 말없이 그녀를 바라보았다. 그 시선이 너무도 깊고 그윽했다.

"나도 사랑해."

그의 고백에 그녀가 먼저 그의 얼굴을 감싸며 키스했다.

승준은 수연을 아끼고 사랑하는 만큼 제 욕심을 버리고 그전보다 더 조심스럽게 그녀를 안았다. 그럼에도 세상에서 가장 소중한 그녀를 품는 순간, 태어나서 가장 뜨겁고 황홀한 희열을 느꼈다. 그리고 더는 수연과 떨어질 수 없음을 깨달았고 그가 그녀를 얼마나 많이 사랑하는지도 더 크게 알게 되었다.

힘들었던 것만큼 행복하고 귀한 날이었다.

❖

형준은 이틀 동안 승준을 피해 회사도 출근하지 않았다. 차 회장이 알아서 막아 주겠다고 했지만, 형준은 그 말을 믿을 수 없었다. 예전과 다르게 승준의 힘이 커지고 차 회장은 허울만 좋게 회장직에 앉아 있다는 것을 알아챘기 때문이다.

계획대로 수연만 가졌어도 모든 게 수월하게 흘러갔을 것이다. 승준이 미쳐 날뛰었을 거고 그 이유로 상무 자리에서 내려오게 할 수도 있었다. 만일 승준이 상무 자리는 지키고 자신이 플레이영 대표 자리에서 물러나더라도 무너지는 승준의 모습을 볼 수 있다면 그것만으로도 만족하고 즐거울 거라 생각했다.

그런데 모든 게 물거품이 되었고 오히려 제 생존 여부가 불안해졌다.

자신을 어떡해서든지 찾아내 응징할 줄 알았던 승준이 조용하니 그 불안감은 더욱 커지기만 했다.

그러나 오늘은 더 이상 숨어 있을 수만은 없었다. 그가 플레이영 대표 자리에 취임하는 공식적인 날이기도 하고, 그 사실을 이사회에서 발표도 해야 한다. 그 자리에 불참했다가는 승준이 문제 삼아 그 자리를 박탈할 수 있어 꼭 참석해야만 했다.

결국 형준은 경호원을 붙이고 이사회 자리에 나갔다. 다행히 승준과 멀리 떨어져 있는 자리로 지정되어 있었다. 형준은 먼저 와 있는 승준을 피해 자리에 앉았다.

'설마 이사들 앞에서 어떻게 못하겠지? 그랬다가는 제가 문젯거리가 되니까.'

그렇게 생각하자 마음이 놓였다. 그리고 오늘을 위해 준비한 많은 것들을 주주와 임원들 앞에서 보여 준다면 굳이 승준의 눈치를 볼 필요는 없었다.

형준은 허리를 펴며 당당한 자세로 고쳐 앉았다. 그리고 생각했다.

'끝이라고 생각하지 마. 빼앗으면 되는 거야.'

끔찍한 죄를 저질러 놓고도 웃는 얼굴로 뻔뻔스럽게 앉아 있는 형준의 모습을 보는 순간, 그대로 그에게 가서 죽을 만큼 패 놓고 싶었다. 그러나 승준은 참고 앉아 조용히 때를 기다렸다.

'차형준, 그리고 회장님. 기대하십시오. 경고를 무시한 대가로 오늘 당신들 인생이 달라지는 날이 될 테니까.'

굳은 표정으로 형준을 노려보던 승준은 회의가 시작되고 나서야 그에게서 시선을 거두었다. 몇 가지 안건에 대한 의결이 났다. 그리고 형준의 플레이영 대표직 취임에 관한 이야기가 나왔다. 이미 긴급 이사회를 거쳐 결정된 내용이기에 형준의 인사와 각오 정도만 듣고 넘어가게 되어 있었다. 그러나 형준이 자리로 나오기도 전에 승준이 먼저 일어섰다.

"차형준이 플레이영 대표직을 맡는 것에 찬성하신 분들이 많으실 겁니다. 그에 대해 책임을 질 수 있을지 이 자리에서 묻고 싶습니다."

장내가 술렁거렸다. 승준의 태도는 이사회에 맞지 않는 무례한 행동이었고, 이미 형준의 대표직 자리를 찬성한 사람들을 불쾌하게 하는 발언이었다.

"이봐요, 차승준 상무. 알 만한 사람이 왜 그럽니까? 이미 결정된 사항인데 개인적 의견과 맞지 않는다고 이러면 안 되는 거지!"

그러나 승준은 멈추지 않았다.

"이걸 보고도 그런 말씀을 하실 수 있을지 모르겠습니다. 일단 기본도 안 된 그의 자질부터 확인하시죠."

승준은 가져온 자료들을 화면에 띄었다.

“이 사진은 플레이영 대표실입니다. 문제 있어 보입니까?”

모두가 멀쩡한 대표실을 왜 보여 주는 것인지 의아했다.

“그런데 이 대표실의 모든 가구과 집기들을 새로 싹 바꾸고 비용 처리하였습니다. 대표실 가구와 집기가 업무를 보는 것도 아닌데 이걸 왜 바꾸었을까요? 꼭 공부 못하는 것들이 환경 탓을 하죠. 참고서와 교사 탓을 하고. 그뿐 아닙니다.”

승준은 이어서 미국에서 들어와 그가 유흥비로 탕진한 거액들이 알게 모르게 차 회장 비용으로 처리된 것을 밝혀냈다.

장내가 술렁거렸다.

“그리고 이건 차형준이 미국 지부사장으로 있을 당시에 사용한 비용 내역들입니다. 출장으로 다닌 비행기값과 호텔비만 수억입니다. 그러나 그가 다닌 곳은 출장 갈 명목이 없는 곳입니다. 라스베가스, 뉴욕, 하와이, 심지어 벤쿠버까지. 게다가 아주 교묘하게 포장해 놔서 누가 보면 진짜 출장으로 다녀온 줄 알 정도였습니다.”

승준이 준비한 것이 이런 것들인 줄 몰랐던 형준은 당황했다.

형준은 플레이영에 관한 비전과 사업 방향에 대해 철저하게 준비했다. 그러나 그런 건 아무짝에도 쓸모가 없게 되었다. 아무도 모르게 넘어갔다고 생각한 자신의 비리들이 이사들 앞에서 파헤

쳐질 줄은 꿈에도 몰랐다.

모든 사람들의 따가운 시선으로 인해 앉아 있기조차 힘들어졌다. 그러나 승준은 그것으로 끝나지 않았다.

"이런 차형준의 인성은 어떻겠습니까? 단순히 못됐다고 치부하고 넘어가기에 그가 저지른 죄가 너무 끔찍합니다. 잘못이 아니라 죄! 말이죠. 차형준을 반드시 처벌하겠다고 하는 한 분이 계십니다."

그때 선미가 들어왔다.

"지금 이사회야. 차승준! 회의 내용과 관련 없는 거 가지고 회의 분위기를 망치지 말고 빨리 내려가! 그건 가족사야. 이런 곳에서 다뤄야 할 문제가 아니라고! 뭐 해? 저 여자 끌어내지 않고!"

차 회장이 나섰다. 그러나 이사들은 차 회장의 말을 듣지 않았다. 회의와 관련이 없을 수 있지만, 차형준에 대해 알 필요는 있었다. 그리고 뭔가 흥미진진해지는 내용을 여기서 자를 수는 없었기 때문에 이사들은 선미에게 할 말을 하라는 발언권을 주었다.

선미는 준비해 온 사진과 자료들을 승준에게 건네주었고 승준이 그걸 화면에 띄었다. 형준과 민아의 다정한 사진이었다. 누가 봐도 행복한 연인으로 보이는.

"하나밖에 없는 나의 딸이 사귄 놈입니다. 우리 딸은 이놈과 결혼해서 행복하게 살 거라고 했습니다. 배 속에 아이가…… 있다면서…… 배가 더 부르기 전에 예쁜 드레스를 입겠다고 했습니다. 그런데…… 그놈은 인사도 오지 않았습니다. 그리고 딸은 유산을 했다고 했습니다. 그런 줄…… 알았습니다. 아이 아빠라는 놈이 우리 딸을…… 수술대에 올린 줄…… 꿈에도 몰랐습니다."

선미가 말을 이어갈 수 없을 정도로 흐느끼기 시작했다. 그러나 이내 정신을 가다듬고 계속해서 형준의 만행을 모두 까발렸다. 민아의 일기, 사망 진단서, 그리고 민아가 녹음 파일로 가지고 있던 형준과의 대화까지.

"저한테 차형준은 내 딸을 죽인 살인자입니다."

여기저기서 형준에 대한 욕이 터져 나왔다. 승준은 선미를 내보냈고, 이어서 차 회장을 거론했다.

"이 모든 걸 알면서도 자식의 잘못을 드러내기는커녕, 이런 만행을 남자라면 한 번쯤 겪는 경험이라고 치부하는 차 회장님 역시 회장직에 앉아 있을 자격이 없다고 생각합니다. 기업도 경영윤리라는 것이 있습니다. 인간적인 윤리가 뭔지도 모르는 저 부자가 과연 나이스를 경영하는 자리에 앉아 있을 자격이 있을까요?"

그리고 승준은 이사들을 향해 허리를 숙였다.

"제 아버지와 동생의 잘못을 허리 숙여 깊이 사죄합니다. 나이스의 미래를 위한 모든 판단은 이사님들께 맡기겠습니다."

승준이 자리에서 내려갔다. 아수라장이 된 회의장과 달리 승준의 마음은 시원했다.

그를 무섭게 바라보는 차 회장과 형준을 향해 비웃음을 보내며 빨리 이 회의가 끝나기만을 기다렸다.

수연이 너무도 보고 싶었다.

이사회를 마치고 나온 승준은 자신의 집무실에 있는 선미를 먼저 만났다.

"감사합니다, 이모님."

"나도…… 고마워요. 그 자식 그렇게 만들어 놔 줘서. 그리고 끝까지 믿지 못한 거…… 미안하고."

"아닙니다. 이렇게 나와 주신 것만으로도 정말 감사한 일입니다."

승준은 진심으로 선미에게 고마운 마음을 전했다.

사실 승준은 며칠 전 선미를 찾아갔다. 그리고 형준에 대한 잘못을 사과했다. 비록 사이가 좋지 않은 이복동생이지만 고인에 대한 명복을 빌며 형준의 잘못을 시인하고 사과했다. 그리고 형준과 민아에 관련된 증거자료가 있으면 달라고 했다. 이사회에서 형준을 끌어내리는데 도움이 될 것 같다고.

하지만 선미는 승준을 믿지 않았다. 증거자료를 아예 없애 버리려는 수작으로 알고 거절했다.

"그렇다면 직접 차형준을 밑바닥으로 끌어내리십시오."

그렇게 해서 이사회 당일 선미를 그곳에 세워 형준의 만행을 알리게 해 주겠다고 약속했다. 승준은 오늘 그 약속을 지켰고, 선미는 한을 풀었다.

선미가 가 보겠다고 일어섰다. 그러다가 승준에게 물었다.

"혹시 수연이하고…… 교제를 하나요?"

"네."

"……수연이한테 잘 해 줘요. 어릴 때 부모 잃고 서럽게 자랐어요. 내가…… 그렇게 키웠어요. 부디 행복하게 해 줘요."

"그러겠습니다. 염려 마십시오."

선미가 나가고 얼마 되지 않아 승준도 집무실을 나섰다. 수연이 보고 싶어 참을 수가 없었다.

❖

수연은 승준의 집으로 짐을 옮겼다. 그리고 더 이상 승준의 비서 일도 하지 않았다. 매일을 집에서 쉬고 있는 중이다. 10년을 제대로 된 휴식 없이 치열하게 살아왔다. 알바 두 탕은 기본이고 휴일도 없이 일했다. 유림의 일을 봐 주면서 휴일이 생겼고, 휴식을 알았다.

그러나 아무것도 하지 않고 며칠을 보내는 건 너무 불안하고 힘들었다. 수연은 유림이 빨리 귀국하길 기다렸다.

집에서 시간을 보내기에 가장 좋은 것은 독서였다. 승준의 서재에 좋은 책들이 많아 그나마 그 책들을 읽으며 시간을 허투루 쓰지 않고 있다.

소파에 편한 자세로 앉아 책을 읽고 있을 때 승준에게 전화가 걸려왔다.

[저녁 밖에서 먹자. 30분 후에 도착할 것 같으니까 준비하고 있어.]

"알았어요."

30분밖에 남지 않아 수연은 책을 놓고 바쁘게 준비를 끝냈다.

승준이 데리고 온 곳은 조용하고 작은 레스토랑이었다.

"뭐 먹고 싶어?"

"나야 늘 스테이크죠."

승준이 웃으며 직원에게 스테이크를 주문했다.

"오늘은 어땠어요?"

"좋았어."

아무렇지 않게 승준이 대답했지만, 수연은 마음이 아팠다.

차 회장과 형준이 횡령 배임 등 여러 가지 죄목으로 구속되었다. 문제는 차기 회장직을 승준이 맡을 수 있느냐, 없느냐를 두고 말이 많은 상태다.

나이스를 더 크게 성장시킨 것은 차승준이고 아버지인 회장에게도 무서운 잣대를 대서 심판할 수 있는 냉정함이 있으니 회장직에 앉을 만하다, 라는 파와 나이도 어린 데다 문제 많은 차 회장의 장남이라 믿을 수 없고, 소문들을 생각할 때, 결코 승준도 깨끗할 수 없다며 반대하는 파로 나누어진 상태다. 한쪽에서는 상무직에서도 내려와야 한다고도 하고 있다.

그 현실을 아는 수연이 걱정하는 마음으로 물었다.

"잘못되면 어떡해요?"

"잘못될 게 뭐 있어?"

"최악의 경우…… 회사에서 나올 수도 있다면서요?"

"상관없어."

수연을 안심시켜 주기 위해 하는 말로 보이지 않았다. 그는 정말 상관없는 것처럼 편하게 대답했다.

"나이스 상무 자리? 그런 거 필요 없어. 정수연의 남편으로 평범하게 살아도 행복할 테니까."

남편? 우리가 언제 결혼하기로 했었나? 아니면 결혼을 했나?

남편이라니.

수연이 그의 말에 의아해하며 바라만 보는데.

"나 정수연 남편 되고 싶어. 넌 내 비서 말고 아내 해 줘."

그리고는 주머니에서 반지를 꺼냈다.

"승준 씨…… 이거……."

"프러포즈하는 거야. 결혼해 달라고."

눈물이 났다. 살면서 다시는 이런 행복을 누리지 못할 줄 알았다. 열 살 때 모든 행복은 끝이 났다고 생각했고, 정말 그 이후로 행복한 적이 없었다.

그런데 지금 느껴지는 행복은 가슴이 먹먹할 만큼 감당하기조차 힘들었다.

그가 눈물을 닦아 주며 재촉했다.

"대답해 줘. 결혼하겠다고. 나 지금 되게 떨리니까, 얼른."

"결혼…… 할게요."

안심의 미소가 승준에게 흘러나왔다. 그리고 그녀에게 반지를 끼워 주었다. 그렇게 승준도 행복한 마음으로 식사를 하려고 나이프와 포크를 드는데.

"그런데 이거……."

차가워진 수연의 목소리가 들렸다. 뭐가 잘못된 것일까?

"왜?"

"이 반지 이거…… 예전에 신혜리 준다고 차에서 가져오라고 했던 그 반지 아니에요?"

"사람을 뭘로 보고! 절대 아니야. 그때 그 반지는 진우한테 팔았어."

"진짜요? 거짓말 아니고?"

"진우가 만나고 있는 여자 준다고 해서 팔았어. 그런데 그걸…… 기억하고 있어?"

"기억이 안 날 리 없죠. 그걸 가져오라고 굳이 나에게 지시한 사람이 누구였더라?"

"우리 그런 건 잊자. 어차피 페이크였다는 거 알잖아."

"반지는 줬을지 모르는 거잖아요."

수연은 아닐 거라고 믿고 확신했지만 승준의 표정이 궁금해서 물었던 것이다. 단호하게 한마디만 하고 끝낼 줄 알았는데 그가 그녀의 말에 꼬박꼬박 대꾸하는 것이 귀여워 보였다.

저런 남자와 남은 인생을 함께한다고 생각하니 설레고 떨렸다. 그리고 자신의 손가락에서 빛나는 반지처럼 그와의 시간들이 빛날 거라 믿었다.

❖

유림이 귀국했다. 승준은 이제 유림의 비서 일도 하지 말라며 자신이 공항으로 나가겠다고 했다. 뒤숭숭한 회사 분위기에서 사적인 일로 자리를 비운다는 것이 말이 안 돼 수연이 고집을 부려 그녀가 공항으로 마중을 나갔다.

입국장에서 나오는 유림에게 다가가자 멈춰 선 그녀가 수연을 보고 한동안 말을 하지 않았다. 유림의 그런 모습이 처음인 수연은 당황스러웠다. 그리고 유림이 수연을 올케감으로 맘에 들어 하지 않아 그런다고 생각했다.

한참 수연을 바라보기만 하던 유림이 입을 열었다.

"솔직히 말할까?"

"네?"

"내가 정 비서를 잘못 봤나 했어. 차승준을 넘어 오게 하려면 도대체 얼마나 많은 여우를 속에서 키우고 있었나 했거든. 본성이 무서운 여우라도 되나 생각했는데……. 아무리 봐도 정 비서한테 여우가 안 보인단 말이지. 그래서…… 정 비서가 여우가 아니라서 우리 오빠가 정 비서한테 상처를 치료받았구나, 하는 생각이 들더라."

"……."

"내가 정 비서를 알잖아. 겉은 바삭하고 속은 촉촉하다는 거."

빵을 표현하는 것 같았지만 유림의 말은 틀리지 않았다.

"고마워. 오빠 마음 열게 해 주고 아픈 마음 치료해 준 거."

"별말씀을."

"오빠가 호칭 바꾸라더라. 새언니라고 부르라나? 정 비서라고 하면 용서 안 한 대. 그래도 결혼 전까지는 정 비서 하자. 갑자기 바꾸는 거 나 어색해서 못하니까."

"저도 그래요. 고문님이라고 하는 게 편하고 좋아요."

수연은 유림을 집으로 데려다주었다. 유림은 물론이고 수연까지 그 집에 오랜만에 간 것이었다.

한 여사가 두 사람을 동시에 반겨 주었다. 그리고 유림이 올라가서 샤워를 하는 동안 수연을 조용히 불러냈다.

"내가 정말 정 비서 딸같이 생각하고 아껴서 하는 말인데……. 결혼 다시 생각하면 안 돼? 정 비서도 봐서 알 거 아니야? 차 상무 그 더러운 성질. 여자도 밝히고. 정 비서가 너무 아까워."

진심으로 아낀다는 것이 느껴질 만큼 한 여사가 안타까운 눈빛을 보냈다.

"저녁에 여기로 올 거예요. 그때 다시 보세요. 예전에 알던 차 상무님이 아니에요."

"사람 쉽게 변하지 않아. 속지 마."

그러나 한 여사는 극구 그녀를 말렸다.

그날 저녁 유림 부부와 함께 집에서 저녁 식사를 했다. 수연은 한 여사를 도왔다.

"내가 할 테니까 가서 앉아."

한 여사가 말려도 그녀를 도왔던 것이 몸에 배어 있어 수연은 손님처럼 앉아 있는 것이 불편했다.

"내가 할게. 앉아 있어."

보다 못한 승준이 그녀를 앉히고는 그가 직접 음식을 그가 날랐다.

"아이고, 아니에요. 상무님도 가서 앉으세요."

그러나 승준은 상차림이 끝날 때까지 한 여사를 도왔다.

"이제 끝났으니 가 보세요."

"아니, 모자라는 음식 있으면 더 해야 하고……."

"알아서 할 수 있으니 걱정 마시고 들어가서 쉬십시오."

승준은 한 여사를 들여보낸 후에야 자리에 앉았다.

"와! 내가 본 사람 차승준 맞아? 왜 저렇게 변한 거지? 무섭다, 오빠."

승준은 말없이 웃기만 했다.

"위너스는 이번 회사 사태 보더니 오빠 무섭다고 못 만나겠다고 하더라. 잘됐지, 뭐. 정 비서하고 어차피 결혼할 건데."

그때 환하던 승준의 얼굴이 굳어졌다. 그리고 엄한 목소리로 유림을 지적했다.

"내가 분명 정 비서라고 하지 말라고 했을 텐데."

"우리끼리 얘기한 게 있어. 그러니 우리 사이에 끼어들지 마. 나도 미국에서 시누이 병수발 들며 많은 생각 하고 왔어. 나는 절대 깐깐하고 못된 시누이는 되지 말자고. 진짜 친구처럼, 자매처럼 잘 지내는 그런 시누이가 되겠다고. 그런데 오빠가 껴들면 이 관계 망가져. 그러니 적당히 해 줘."

"맞아요."

수연까지 나서니 승준은 할 말을 잃었다. 그러나 저녁식사 내내 분위기는 화기애애했다.

저녁식사를 끝내고 집으로 돌아가는 길. 수연은 옆에 앉은 승준을 바라봤다.

"왜? 뭐 묻었어?"

시선을 느꼈는지 그가 물었다.

"아니요. 신기해서요. 보스가 남편이 된다는 게."

"앞에 빠졌네."

"뭐가요?"

"잘또."

"헐. 그거 어떻게 알았어요?"

"잘또 보스와 매일매일 함께 있는 게 얼마나 행복한지 두고 봐.

네가 행복하다면 또라이도 돼 줄 테니까."

그의 말대로 될 것 같다. 그 말을 듣고 그녀가 말했다.

"지금도 매일매일 행복해요."

승준도 같은 생각이었다.

에필로그

—회장님, 디엘전자 윤 사장님 오셨습니다.

유림이 아닌 매제가 갑자기 그를 찾아왔다. 뜬금없는 매제의 방문은 부부 사이에 심각한 문제가 생긴 것은 아닌가 하는 걱정을 안겨 주었다.

안으로 들여보내라 하자 곧바로 유림의 남편인 윤태주가 들어왔다.

"윤 서방이, 웬일이야? 연락도 없이."

"시우 엄마 엄명 받고 왔습니다."

엄명이라는 단어에 유림에게 무슨 꿍꿍이가 있는 것으로 느껴졌다. 들어 봐야 쓸데없는 것이라 생각하고 무심하게 물었다.

"유림이가 뭘 명했는데?"

"형님 모시고 비뇨기과에 다녀오랍니다. 여동생이 데리고 갈 수 없으니 저보고 다녀오라더군요. 형님, 왜 그러셨습니까?"

심각한 태주의 태도에 승준의 미간에 주름이 잡혔다.

"무슨 소리하는 거야? 비뇨기과에는 왜? 유림이 보고 적당히 까불라고 해. 뭘 보고 무슨 오해를 했는지 모르겠지만……."

"넷째 생겼답니다."

승준의 말을 자르고 내뱉은 태주의 말에 승준이 멍하니 생각에 빠졌다.

넷째가 생겼다면, 유림이 아니라 수연일 것이다. 계획에도 없던 셋째가 생겼을 때 수연에게 다짐했었다. 절대 넷째는 만들지 않기로.

어렸을 때 엄마를 잃은 탓인지 수연은 모든 육아를 혼자 감당했다. 절대 타인의 손을 빌리지 않았기에 두 명의 아이를 키우는 데 온 에너지를 쏟았다. 승준을 비롯한 주변인들이 보기 안쓰러울 정도였다.

수연은 정작 그 힘든 것을 행복이라 여겼다. 그래서 셋째가 생겼을 때 수연은 행복했고, 승준은 괴로웠었다.

유림에게 엄청난 욕을 들으며 정관수술을 하라는 말까지 들었었다.

그도 그래야겠다고 생각했지만 바빠지는 일로 하루 이틀 미루다 보니 나중에는 수술에 대한 생각조차 사라졌다. 그런데 일이 또 터지고 만 것이다.

아이가 생긴다는 것은 축복이다. 그러나 수연이 독박육아로 힘들 것을 생각하니 아내를 끔찍하게 사랑하는 그에게 있어서는 꼭 축복만은 아니었다.

"가십시오, 형님."

태주의 말에 승준이 자리에서 일어섰다.

"가자, 윤 서방."

집무실을 나서는데 수연에게 전화가 걸려 왔다.

[여보.]

"미안."

[왜요? 나 너무 행복한데. 이번에는 딸이었으면 좋겠어요. 2:2 딱 좋게.]

속이 까맣게 타는 그와 달리 수연의 목소리에서 행복과 기쁨이 느껴질 만큼 그녀는 좋아했다.

[오늘 일찍 들어와요. 파티 해야 하니까.]

그래도 아내가 행복해하니 다행이었다.

네 살, 세 살의 연년생 두 아들이 나란히 서서 그에게 인사했다.

수연은 이제 6개월 된 딸아이를 안고 그를 맞이해 주었다.

"수연아……."

"아가씨한테 얘기 들었어요. 병원 다녀왔다면서요? 아가씨가 고모부님을 특사로 보냈다고."

"응."

"솔직히 다섯까지는 자신 있었는데."

진심으로 안타까워하는 표정이었다.

"내일부터 도우미 한 명 더 올 거야. 무리하면 안 되니까, 됐다는 말은 하지 마. 넷째 나오면 한 명 더 부를 거야."

"여보……."

"오늘부터 아이들 목욕도 내가 씻길 거야. 서툴러서 못 맡기겠다는 말로 말리지 말고 그냥 놔 둬. 이 두 녀석 잠도 내가 재울 거야. 그러니 당신은 유온이만 맡아. 다른 주부들은 독박육아에 스트레스 받아서 남편을 잡는다는데 당신은 왜 그래? 나 좀 부려 먹어."

수연은 자신들의 손길과 사랑을 필요로 하는 아이들을 품고 키우는 게 행복했다. 그녀의 사랑에 웃는 아이들의 모습을 보는 것이 즐거움이었다. 그런데 지금 보니 그 행복을 승준에게 나눠 주지 못했다는 생각이 들었다. 혼자 아이들을 끼고 키운 것이 욕심이었다는 것이 느껴졌다.

아빠가 왔는데도 달려가 안기지 않는 두 아들의 모습을 보며 이제는 아빠의 사랑과 손길에 모두가 행복해야겠다는 마음이 들었다.

수연은 그날 저녁 두 아들을 승준에게 맡겼다. 밥을 먹이고 목욕을 시키고 잠자리까지 모두. 그리고 그날 밤 아이들의 방에서 들리는 세 남자의 웃음소리를 들었다.

수연이 자신의 배를 살며시 문지르며 중얼거렸다.

"우리 넷째가 이렇게 집에 즐거움과 웃음을 주네. 엄마하고 아빠한테 찾아와 줘서 고마워. 너도 빨리 나와서 우리 같이 웃자."

외전

오전 7시. 진우를 깨우는 알람은 휴대폰에서 나오는 음악이나 벨소리가 아니다.

"어이구, 마누라도 없는 것이 밤에 뭐 했다고 여태껏 쳐 자? 남들은 여자도 잘 만나고 애도 잘 만드는데……. 이 새끼야! 지금 잠 잘 때야? 일어나!"

승준이 결혼하고부터는 욕과 잔소리를 퍼붓는 모친의 짙은 허스키 보이스가 그를 깨우는 알람이 되어 버렸다.

모친, 궁 여사의 잔소리는 잠을 깨우는 것만으로 끝나지 않았다. 아침 식사 때와 출근 전은 물론이고 업무 중간에도 전화 통화로까지 이어지고 있다. 그 잔소리가 듣기 괴롭고 힘들어 독립하겠다고 말했다가 부친한테 두들겨 맞을 뻔한 이후로는 한 귀로 듣고 한 귀로 흘려버리는 연습을 하고 있는 중이다.

욕을 먹은 것인지, 밥을 먹은 것인지도 모르게 식사를 끝낸 후 자리에서 일어서는데 박 회장이 묵직한 목소리로 앉으라며 그를 다시 자리에 앉혔다.

"오늘 저녁 6시, 빠르크 호텔 커피숍. 이번에도 성사되지 않으면 결혼식 날 예식장으로 밀어 넣을 거니까, 알아서 해."

인상이 굳어지는 진우와 달리 궁 여사가 반짝반짝한 눈동자로 호기심을 보였다.

"누군데? 어느 집 딸이야?"

"어느 집은 무슨! 저 새끼가 하도 딱지를 놔서 이젠 어디 명함도 못 내미는데. 아버지가 고등학교 교장이고 엄마가 약사래."

"어머! 우리에 비해서 너무 고학력들 아니야?"

"이 여편네야! 그동안 진우가 만났던 애들 부모는 이보다 더한 고학력들이었어. 우리보다 못 배운 집이 이 바닥에 얼마나 될 거 같아?"

"그러네. 그게 참…… 우리의 핸디캡이야. 그치?"

부모의 대화를 듣고 있던 진우가 나섰다.

"진짜 핸디캡은 너무 교양들이 없으시다는 거죠. 나중에 며느리가 기함하고 도망갈까 걱정돼서 장가갔다가 홀아비 될 것 같아

무섭습니다."

"야, 이 미친 새끼! 그게 지금 애비, 애미 앞에서 할 소리야?"

"출근하겠습니다."

진우가 벌떡 일어나 그 자리를 벗어나는데 등 뒤로 궁 여사의 고함이 들렸다.

"오늘 저녁 선 자리 잊지 마! 가서 똑바로 잘 하고!"

그 소리에 한숨을 내쉰 진우는 이 집에서 나가기 위해서라도 이번에는 무조건 결혼할 생각이다. 무조건.

곁에서 보면 화목하기 그지없고 문제 하나 없어 보이는, 평범해서 부러운 그런 가정이다. 부모 모두 직업도 훌륭하고 두 딸도 좋은 학교 나와 취업해서 제 몫을 잘해 내고 있어, 모두가 장 교장 부부를 부러워했다.

그러나 속을 들여다보면 문제가 많은 가정이었다. 부부는 쇼윈도 부부로 산 지 오래고, 장녀는 매달 카드값에 허덕여 번듯한 직장이 있음에도 부모에게 손 벌리며 살고 있다.

차녀인 서영은 불면증에 시달리고 있다. 문제는 그 불면증을 술에 의지하고 있다는 것이다. 알코올 중독으로 이어질 것 같아 술을 마시지 않으려 애써 보지만 잠을 못 자는 괴로움으로 인해 그 결심은 3일을 넘기기 힘들었다.

그런 그녀에게 아버지인 장 교장이 선 자리를 내밀었다.

"굿데이 금융 부사장이야. 가진 게 돈밖에 없는 집안이지만, 허우대 멀쩡하고 선비라고 소문날 만큼 그쪽에서는 사생활도 깨끗하고 사람 좋다니까, 잘해 봐."

"가진 게 돈밖에 없으면 매일 돈 없다고 징징거리는 언니가 나가야 하는 거 아니에요?"

"금융업 집안이야. 조사하면 네 언니 신용정보 다 나올 텐데, 어떻게 내보내? 그리고 네 언니 얼마 전부터 연애 시작했단다. 프로골퍼하고."

서영은 6시까지 빠르크 호텔로 나가라는 장 교장의 말을 들으며 출근했다.

'결혼 말고 술친구가 필요한 남자가 나왔으면 좋겠네.'

그렇지 않으면 매일 술을 마셔야 하는 자신과 사귀는 것조차 힘들 테니 말이다.

❖

빠르크 호텔에서 진우와 서영이 만났다. 서로 어색하게 인사를 나누고 차를 마셨다. 겉도는 대화들로 시간을 보내다가 저녁식사를 위해 호텔의 한식당으로 자리를 옮겼다.

식사하는 동안은 겉도는 대화조차 오가지 않았다. 그러나 후식으로 나온 매실차를 마실 때 서영이 말했다.

"술 한잔할래요?"

진우는 대답이 아닌 그녀와 같은 투로 물었다.

"결혼할래요?"

그녀에게서 시기상조라든지, 좀 더 만나 봐야 하는 거 아니냐는 대답이 나올 줄 알았다. 그런데 그녀는 놀라지도 않은 채 생각지도 못한 대답을 꺼냈다.

"술 한잔하면서 생각해 보죠."

너무 뻔한 반응이 아니어서 당황한 건 진우였다. 그러나 거절도, 승낙도 아닌 그 말을 하며 잔잔한 미소를 보이는 그녀가 그 순간 매력적으로 보였다.

"좋아요. 그럼 술 한잔하러 갑시다."

두 사람은 한식당을 나와 호텔의 바로 향했다.

칵테일을 마실 줄 알았던 그녀가 알코올 도수가 높은 위스키를 스트레이트로 주문했다. 그의 생각에서 벗어나는 그녀로 인해 맞선을 본 것이 아니라 마음 맞는 여자를 만나 시간을 보내고 있는 느낌이 들었다.

한 잔을 단숨에 비운 그녀가 그에게 물었다.

"결혼이 급하신가요?"

"결혼이 급한 게 아니라, 부모님 집에서 나오는 게 급합니다. 아주 시급하죠. 그래서 맘먹고 나왔어요. 오늘 만나는 여자와 결혼하겠다고. 그런 서영 씨는 술 좀 하시나 봐요?"

"좀 하는 게 아니라 심각할 정도예요. 그래서 나는 좋은 술친구를 만났으면 좋겠다는 마음으로 나왔어요. 그런데 곧바로 결혼하겠냐고 물으시니…… 나도 물을게요. 매일 술 마시는 여자하고 결혼해도 되겠어요?"

매일 술을 마신다고 고백하는 여자. 겉으로 봐서는 알코올 중독으로 보이지 않았다. 오히려 지적인 분위기가 술과는 거리가 먼 것으로 보이는데 매일 마셔야 할 정도라니.

"매일 같이 마셔 줘야 하는 겁니까?"

"아니요. 그런 것까지 바라면 정말 못된 거죠."

"매일 마시는 주량이 어떻게 되는데요?"

"그때그때 달라요. 소주 반병일 때도 있고, 막걸리 한 통일 때도 있고, 와인 한 잔이나 맥주 한 캔일 때도 있어요."

"주종도 좀 다양하네요."

그 말에 그녀가 또 한 번 잔잔한 미소를 보였다.

미소가 예쁜 그녀가 왜 매일 술을 마시는지 궁금했다. 무조건 결혼하겠다고 온 것과 달리 먼저 그녀를 알고 싶어졌다.

"왜 매일 술을 마시는 겁니까?"

심각한 고민이나 마음의 병이 아닐까 걱정한 것에 비해 그녀의 답은 너무도 단순했다.

"잠자려고요. 술을 마시지 않으면 잠이 안 와요."

그녀를 가만 보던 진우가 무슨 말을 하려고 입을 벌리자 그녀가 아무 말 하지 말라는 듯 손을 들었다. 그리고는 그녀가 그가 할 말을 했다.

"데운 우유를 마셔 봐라, 따뜻한 물로 샤워를 해 봐라, 적당한 운동을 해라, 이런 말은 하지 마세요. 안 해 본 거 없으니까."

진우는 남자와 뜨겁게 사랑을 나눠 보는 건 어떻겠냐고 말해 보고 싶었다. 그러나 자신을 이상하게 볼까 봐 그 말은 차마 꺼내지 못했다. 그리고 그렇게 그녀를 의식하는 자신을 보며 서영이 그의 마음을 사로잡았다는 것을 알았다.

그녀가 매일 술을 마시는 것과 상관없이 잡아야겠다는 생각이 들었다.

"장서영 씨. 그냥 우리 결혼합시다. 술 대신 내가 서영 씨 잠들 수 있게 노력해 볼 테니까."

서영이 어이없는 표정으로 그를 바라보았다. 그러더니 잠시 후 웃음을 터뜨렸다. 그리고는 이내 웃음을 그치고 대답했다.

"그래요, 결혼해요. 그러나 감당해야 할 것들이 많아요. 내가 술 마시는 거 말고."

서영은 그에게 숨기고 싶지 않았다. 결혼을 해야 한다면 그도 알아야 하는 문제들이기에 남들이 모르는 가정문제를 털어 놓았다.

"결혼하자는 말 취소해도 돼요."

"우리 집도 만만치 않아요. 서영 씨…… 우리 엄마 보면 기겁하고 도망갈지도 모르는데. 화나면 욕을 아주 찰지게 하시죠. 교양, 나이, 체면 이런 거 없이. 건드리지 말아야 할 중2하고 욕배틀 붙여 놔도 절대 밀리지 않을 겁니다. 물론 아주 많이 화가 났을 때 그렇다는 거죠."

그녀만큼 솔직하게 털어 놓는 진우의 모습에서 믿음이 생겼다. 깔끔하게 차려입은 슈트와 반지르르한 외모도 맘에 들었지만 애써 무게 잡지 않고 편하게 그녀를 상대하는 그에게 마음이 갔다.

속전속결이었지만 후회는 없을 것이라는 확신이 들었다.

❖

결혼식을 2주일 앞두고 두 사람은 드레스와 턱시도 가봉을 마쳤다. 저녁 식사까지 끝낸 후 진우가 서영을 집 앞까지 데려다주었다. 차를 세우고 그녀를 들여보내기 전 키스를 나눴다. 그런데 드레스를 입은 모습이 잔상으로 남아서일까, 그녀를 들여보내고 싶지 않았다.

2주일만 참으면 되는데, 선비의 이미지를 깨뜨리지 않기 위해 노력했음에도 불구하고 오늘은 참을 수가 없었다.

입술을 뗀 진우가 속삭였다.

"좀 더 같이 있으면 안 될까?"

그리고 그녀의 목걸이를 만지작거리다가 가슴을 살며시 움켜잡았다. 그의 행동이 무엇을 의미하는지 눈치챈 서영이 고개를 끄덕거렸다. 그리고 그에게 물었다.

"설마…… 차에서는…… 아니죠?"

"당연하지!"

진우가 호텔로 차를 몰았고, 빠르게 달려 도착했다. 룸을 잡고 들어가서는 어떤 틈도 주지 않고 그녀를 안았다.

소중하게 아낀다는 것이 어떤 것인지 알았다. 사랑하는 여자를 안을 때 느끼는 희열은 본능에 충실해서 즐겼던 때와 달랐다. 그 안에는 위로가 있었고 평안이 있었다.

그녀를 가지고 나니 서영이 더욱 사랑스러웠다.

술을 마시지 않고 잠을 잤다. 서영은 눈을 뜬 후 외박을 했다는 사실보다 술을 마시지 않고 밤새 잠을 잤다는 것이 더 놀랍고 신기했다.

진우와 두 번의 관계를 가진 후 잠에 빠져들었다. 그러고 눈떠 보니 아침이었다. 그녀뿐 아니라 진우까지도 신기해했다.

"양기가 부족해서 잠이 안 온 모양이었네. 우리 지금부터 동거에 들어가자. 신혼집도 다 준비되어 있는데."

진우가 농담처럼 말을 던졌지만, 서영은 그의 말대로 하고 싶었다. 그리고 궁금했다.

'진짜 양기가 부족했던 탓일까?'

그러나 그건 아닌 것 같다. 진우가 첫 남자는 아니다. 두 번의 연애 상대가 있었고, 그들과 잠자리도 가졌었다. 그런데 이런 적은 없었다.

서영은 어쩌다 한 번 우연히 이렇게 된 거이라 여겼다. 그럼에도 부디 이런 밤이 더 오길 바랐다.

❖

결혼하고부터는 제 아내밖에 모르는 승준과 오랜만에 술자리를 가졌다. 진우의 결혼 소식을 들은 승준은 제 일처럼 축하해 주었다. 그러면서 그에게 충고를 했다.

"아내한테만 충실해. 괜히 예전처럼 아무 애들 데리고 잘 생각하지 말고."

"어허! 그 생활 너 때문에 청산하게 됐지만, 나도 정신 차렸다. 그런 말은 하지 마라."

"박진우를 갱생시킬 여자가 과연 있을까 했는데. 고맙다고 절이라도 하고 싶어."

"자리 마련해 줄게. 꼭 절해라."

승준은 행복해 보이는 진우를 보며 안심했다. 평생 마음 못 잡고 난봉꾼으로 살면 어쩌나 걱정했었다. 자신이 가정을 만들고 그 안에서 위로를 얻고 행복하게 지내는 것처럼 진우도 그러기를 바랐었다. 이제 그 바람대로 진우는 좋은 상대를 만나 결혼을 앞두고 있다.

친구의 앞날이 밝고 행복한 것 같아 승준도 행복했다.

신혼 1개월 차.

서영의 불면을 고치는 것은 술이 아닌 진우가 되어 버렸다. 그와 밤을 보낼 때마다 그녀는 숙면에 빠졌다.

그로 인해 서영은 활력을 찾았다. 그리고 결혼하자고 해 준 진우에게 고마워했다. 그가 아니었으면 아직도 술에 의지해야만 했을 테고, 알코올 중독이 되었을지 모른다.

서영뿐 아니라 진우도 그녀에게 고마웠다.

부모님의 집에서 나올 수 있게 해 준 것도 있지만 여자들을 전전하며 허무하게 무너지는 순간의 쾌락에서 벗어나 온전한 기쁨과 사랑을 알게 해 준 그녀에게 고마웠다.

두 사람은 서로에게 운명이고 천생연분이었다.

『차 보스와 매일매일』 완결.